巧心童養媳

上

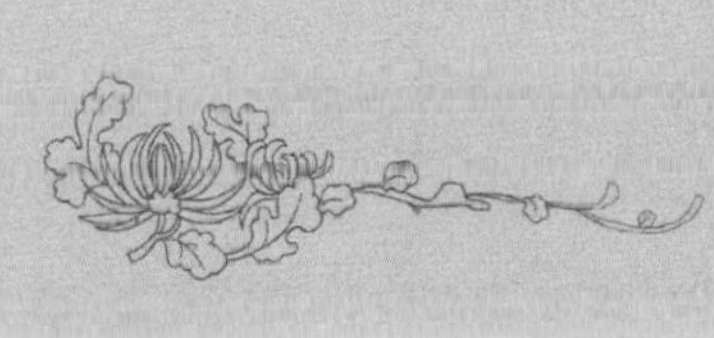

葉可心 著

目錄

自序

葉可心

在人們心中，童養媳一直是個悲慘的代名詞，很多時候是因為家裡窮，從小就被送或賣到別人家，過著淒楚的生活。每當讀到這類書，心中總是忍不住哀嘆，同為女子，總是希望能有個例外，就像本書女主角秦小寶一樣，有待她如親生的婆婆，更有疼她若寶的丈夫，還有一群善良樸實的親人、鄰居。她憑著自己的勤勞和努力，讓一家人過上幸福的日子，所以這才有了《巧心童養媳》創作的初衷。

從古至今，女子的地位提升了不止百倍，我們感恩這時代，越來越多女子對社會做出很大的貢獻，讓身為女子的我感到自豪。就像書中所說，在現代，人與人之間也有隔閡、鬥爭，但多數人不必為溫飽煩心，雖然在古代生活不易，但我相信，不論在古代或現代，只要心存善念、奮鬥不懈，終會獲得你所應得的。

《巧心童養媳》裡沒有太過分的極品和奇葩，不過當然還是會有反派人物，整體來說，這是一本走溫馨路線的農家小說，希望在茶餘飯後能帶給大家一些暖意。

第一章 穿越

週末上午，秦小寶睡了個懶洋洋的覺，看外面天氣晴朗，氣溫剛剛好，便哼著歌出門，計劃去一家新開的百貨公司逛逛，順便找找設計靈感。她在S市的郊區長大，打從高中就對服裝質料十分著迷，跟同學出去逛街，總愛對衣服左摸摸、右揉揉，口中喃喃叨唸這是棉的、這是絲的，通常在這種情況下，沒多久就會被店員趕出來。

考大學時，她本想選紡織工程系，但是家裡死活不同意，父母說不動她，沒辦法，只好請從小帶她的外婆出馬。

秦小寶的外婆家在鄉下，是個青山綠水環繞的村莊，一放暑假，這裡便成了秦小寶的天堂。外婆家的後院種滿了蔬菜、瓜果，還種著幾畝水稻和棉花，每到棉花的收穫季節，她便跟在外婆身後幫忙採摘，一朵朵雪白的棉花，軟軟的，觸發心中的一片柔軟。本來秦小寶的媽媽想把外婆接來一起住，但外婆不肯，說是在都市住不慣，秦小寶也附和說「是的、是的，我也住不慣」，話還沒說完，便被老媽賞了個爆栗。

這次外婆接下重任，信心滿滿地保證一定完成任務。外婆拉著秦小寶的手，一把鼻涕、一把淚地道：「小寶啊，妳還小，理想是豐滿的，現實是骨感的，妳不知道紡織工程系讀出來不好找工作，妳如果真想學，還不如讀服裝設計，將來當個設計師呢！」

秦小寶不忍自己親愛的外婆這樣傷心，便違心地點了點頭，可要是她看見外婆在她點頭後，悄悄對自己父母比了個V字手勢，怕是會頒個奧斯卡最佳女主角獎給她外婆了。高中的努力沒有白費，秦小寶考上S市服裝設計最頂尖的D大，四年的時間，她不但主修服裝設計，還輔修紡織工程的課程，算是對理想和現實都有了交代。畢業後，秦小寶順利進入一家服飾公司擔任設計師，在公司兩年，設計出不少暢銷的服裝，現已升為資深設計師。

這天下班後，秦小寶想去對面的百貨公司逛逛，正巧綠燈亮起，她抬腳走沒兩步，一輛失控的轎車便朝她直衝過來，她來不及閃避，被重重撞倒在地，頓時失去了意識。

「好晃！為什麼這麼晃，晃得我頭都暈了。」秦小寶嘟囔著。

秦小寶慢慢睜開眼睛，看見地面在劇烈晃動，原來她正頭朝下被人扛在肩膀上走著。她想開口喊「停下、快停下」，可是一口氣憋在胸口發不出任何聲音，在搖搖晃晃中，秦小寶再一次暈了過去。

等秦小寶再次睜開眼睛，發現自己穿越到另一個時空，看看自己的穿著打扮，像是到了一個古代的農家。

為啥別人穿越都是非富即貴，變成公主、小姐或娘娘，而自己……秦小寶看著身下的破床以及周遭簡陋的家具抱頭哀嘆。

不過，一向樂觀的秦小寶不會就此被打倒，不管怎麼說，撿了條命回來已是萬幸，如果父母和外婆知道自己在另一個世界還活著，也會開心吧！

秦小寶動了動自己的手腳，發現沒有受傷，還可以活動自如，便慢慢坐了起來。這是一間光線昏暗的屋子，小小的窗戶透進一絲可憐的光。真搞不懂為什麼要開個這麼小的窗，光線差又不通風，以後一定要改造一下。

正當秦小寶環顧四周時，「砰」的一聲，房門被人大力推開，一個身影撲向她，嘴裡還叫著。「媳婦、媳婦，妳起來啦！我們去吃飯。」

秦小寶被眼前這個身影壓得喘不過氣，好不容易推開對方坐起身來，一看到眼前的人，腦子裡自動閃現他的身分。原來原主的記憶還留在腦子裡，這倒好，省得還要裝失憶。只是，當秦小寶把原主記憶讀取了一遍後，便想著還不如失憶算了。

原主居然也叫秦小寶，女，今年十歲，是裴家的童養媳，眼前這個傻子便是她的丈夫裴子安。秦小寶兩眼一翻，真想暈過去不起來了。

秦小寶被裴子安拽著往廳堂走去。這小子的力氣挺大的，身體也很健壯，雖然才十二歲，身高已經超過一百七十公分。從秦小寶的角度看過去，裴子安側臉的線條分明，古銅色的皮膚流露出一股陽剛味，只可惜，轉過臉來的裴子安眼神是呆滯的，十二歲的年齡，心性卻只有五歲似的。

「子安，你別這樣拽著小寶，她剛從山頭摔下來，禁不起你這般對待。」在廳堂忙活著的文氏急忙對裴子安說道。

文氏是秦小寶的婆婆，秦小寶雖是童養媳，但從小喝文氏的奶水長大，文氏也把她當成親生女兒般看待，秦小寶對裴家的收留之恩始終銘記在心，若不是裴家夫婦，自己恐怕活不到現在。

當初，裴家夫婦收留了快要臨盆的秦小寶親娘，本想等她生下孩子後再問清她們的身世，可沒想到生下秦小寶，給她起好名字後，便因大出血撒手人寰。

因而秦小寶一出生就成了孤兒，那時文氏懷著二兒子，也快臨盆，裴家夫婦打算收養秦小寶，長大後給大兒子裴子安做媳婦，畢竟娶媳婦要花費不少銀子，所以養個女孩給兒子做童養媳在農村是常見的事情。

文氏拉過秦小寶的手，關心地問道：「小寶，怎麼樣？有哪裡疼或不舒服嗎？」

「沒、沒事，謝謝……娘。」秦小寶還有點不適應喚眼前這個女人作娘。

「如果哪裡不舒服，一定要跟娘說，娘去給妳請大夫。來，坐下吃飯吧！」

「吃飯嘍！」裴子安的二弟裴平安和三妹裴秀安歡呼一聲，坐上桌。

比起其他童養媳，秦小寶可算是幸福。裴家這一脈以前靠著讀書考取功名，到城裡做了官，也算是個書香門第，但是裴家人丁單薄，到了裴明澤這一代更是只剩他一支獨苗，幾代下來家道已經中落，且裴明澤屢次參加應試，都只考中秀才，之後便無法再更進一步，於是心灰意冷地回老家，靠著幾畝薄地，娶了個媳婦踏踏實實過起農家日子，雖然清苦，倒也和和睦睦。

不料裴子安直到五歲還不會說話，被大夫診斷為癡呆兒，文氏心裡真是像吃了黃連那般苦，便越發對秦小寶好了。裴平安比秦小寶小幾天，裴秀安比秦小寶小兩歲，四個孩子年齡相差不大，從小一塊兒長大，感情非常要好。

裴明澤從小就教幾個孩子讀書認字，直到一年前突染急病去世，剩下文氏一人苦苦撐起整個家，身為童養媳的秦小寶自動自發地承擔了大部分家務。都說窮人家的孩子早當家，裴平安和裴秀安也跟著秦小寶一起打打下手，家裡的事情勉強能應付過去；裴子安雖然癡傻，但畢竟是男孩，長得又健壯，地裡的活能幫上不少忙。

秦小寶看著桌上簡單的幾道素菜和糙米飯，孩子們吃得興高采烈的，心裡不禁五味雜陳，想著在現代的孩子是多麼幸福，有那麼多好吃的，卻還挑三揀四。

正發著呆，突然一雙挾了一大口菜的筷子伸了過來，原來是裴子安看秦小寶沒有動筷，便幫她挾起菜來。

秦小寶轉頭，對上一臉樂呵呵的裴子安，單純的眼神裡滿滿的友好，秦小寶心中一暖。好久沒遇到這麼純粹對自己好的人了。

「媳婦，妳快吃、快吃。」

秦小寶對裴子安一笑，輕聲道：「嗯，我這就吃。」

裴家現在雖是農戶，但由於裴父從小教養，養成了食不言、寢不語的習慣，正當幾人安安靜靜吃著飯時，大門「砰」一聲被踹開了。

文氏急忙放下碗筷站起身，一個五大三粗的中年農婦走了進來。

「二嫂，妳怎麼來啦？」文氏忙上前問道。

「喲！還吃飯哪！有錢吃飯，沒錢還債是嗎？」農婦瞟了瞟飯桌，斜眼對文氏說。

「二嫂啊，這些孩子都在長身子，就算再難也不能餓到孩子，欠妳家的錢再寬限幾天吧，等這次水稻割了馬上就還給妳。」文氏低聲下氣地說道。

「不行，我那一大家子也要養活呢！今天妳若不還錢，我就不走了！」農婦一屁股坐了下來。

來人是裴子安的族伯母羅氏。裴家村由同一個老祖宗發源，這位族伯母的關係算是跟裴子安家最近的，所以今年過年時，好說歹說問她借了些銀子，才把年關給過了。

秦小寶一看是來討債的親戚，文氏又打發不了，便笑嘻嘻地上前說道：「二伯母，您吃了嗎？要不在這簡單吃兩口？」

羅氏眼珠子往上一翻，硬邦邦地扔了兩個字過來。「不吃。」

看樣子今天拿不到錢，羅氏是絕不會善罷甘休了；不過，欠債還錢乃天經地義，只是家裡一貧如洗，一個銅板都拿不出來，更別說銀子了。

秦小寶摸了摸胸口的玉墜，牙一咬把玉墜扯了下來，遞到羅氏面前說：「二伯母，家裡實在拿不出銀子，您看這枚玉墜能否先抵押著，等我們有銀子了再贖回來？」

羅氏一看秦小寶手裡的玉墜，眼前一亮。這枚蝴蝶玉墜色澤翠綠、成色透明，是一枚上等的翡翠，抵那幾兩銀子已是綽綽有餘。

「不！小寶，這是妳親娘留給妳唯一的東西，從小到大都沒有離身過，不可以抵押出去。」文氏一把抓住秦小寶的手。

「娘，人是活的，東西是死的，況且只是抵押，等我們以後有了銀子，再向二伯母贖回來就是。」秦小寶安慰文氏道。

「是啊，弟妹，你們現在還不出銀子，這玉墜就先押在我這，等有銀子了再還給小寶。」羅氏怕秦小寶反悔，趕忙搶過她手中的玉墜。

秦小寶攔下還想說什麼的文氏，對著羅氏說：「二伯母可要替小寶收好這墜子，小寶今後可是要贖回的。」

羅氏應了一聲便轉身離去。

「唉……都怪我沒能力，害得妳連唯一的念想都押出去了。」文氏唉聲嘆氣，抹著眼淚道。

「娘，您不要自責，您已經很辛苦在支撐這個家了，相信小寶，我們會越來越好的。」

幾個孩子都聚到文氏的身邊，文氏看著他們，無奈地點了點頭。大家也沒心思繼續吃下去，便收拾碗筷去洗刷了。

秦小寶望著家徒四壁的房子，心裡琢磨著，單靠家裡幾畝田種水稻也只能勉強讓一大家子吃個粗飽，若要有個天災人禍，那真的是要餓肚子了，更別提能有什麼額外收入讓生活過得好些。

不行，必須得想想別的辦法才行！在現代一向沒為生活煩惱過的秦小寶，突然覺得壓力大了起來。

秦小寶站起來在屋子裡走了一圈，發現除了少少幾件家具，真的什麼也沒有，所幸屋子不小，吃飯的廳堂相當於現在的客廳，在整個房子的中心位置，廳堂兩側各有兩間房，廳堂後面是廚房。

走到後院，有一排豬圈和雞鴨圈，但裡頭空空如也。這兩年收成不好，為了能餬口，能賣的都給賣了。

裴子安看秦小寶走出屋子，便也跟了出來，這麼多年來他已經習慣跟在秦小寶後面。

「子安哥。」秦小寶一開口，便叫出了這個名字，她在心裡哀號一聲。好歹自己也是二十幾歲，居然要叫裴子安做「哥」……唉，沒辦法，原主的叫法如果突然改變太引人懷疑。

「子安哥，我們去菜園摘點菜回來吧！」秦小寶說道。先把這兩天要吃的搞定再說，好在自家有種菜，雖說只是蔬菜，但也已經足夠。

「嗯……嗯，好啊！」裴子安撓撓頭憨笑道。

別人家的菜園都在家附近，但裴子安家裡的菜地卻離家挺遠的。裴子安揹著背簍走在前面，一會兒看見蝴蝶便去抓一抓，一會兒看見野花便去採一朵，秦小寶看他無憂無慮的樣子，輕聲嘆了口氣。

「大家快看，傻子帶媳婦出來玩啦！」一群小屁孩圍了過來，嘰嘰喳喳地嘲笑他倆。

「傻子傻，媳婦傻，長大生個小傻子。」

這種情形不知道經歷了多少遍，每次都是以裴子安衝進孩群亂打一通結束。小時候裴子安經常被打得鼻青臉腫，等到裴子安個頭大了，換成他把別人打得鼻青臉腫。

秦小寶看著那群小屁孩天不怕、地不怕的樣子，搖搖頭，從裴子安手中接過菜簍子，找了塊乾淨的石頭坐下來，只差沒帶把瓜子來了。

秦小寶不是沒想過給那群屁孩講道理，畢竟裴家從前也是書香門第，對於講道理這事還是拿得出手的，只可惜，這世上不是誰都能接受講道理，所以對於不講道理的人，只能用拳頭來解決了。

還好農村的小孩子在外面打來打去，只要不傷筋骨，倒不像現代的孩子那麼嬌貴，隨時會被找上門來索討賠償。

裴子安身手俐落，兩三下就解決了幾個屁孩，他拍了拍手上的灰，拎起簍子拉起秦小寶，開開心心地往菜園走去。

走了一刻鐘，終於到達菜園，不知為何，裴家的菜地周圍一片荒蕪，長滿了野草。

由於路遠，菜園打理起來不方便，蔬菜自然長得不好。秦小寶心想，若是能像外婆家那樣，把菜種在後院豈不是方便很多？想起現代的外婆，秦小寶心裡一陣難受。

摘好了兩天的菜，秦小寶說道：「子安哥，我們家水稻是不是馬上就可以收割了？我們去看看好不好？」

她想了解裴家的水田情況，這可是關係到溫飽問題，秦小寶努力回憶在外婆家學到的農業知識。江南的水稻一年有兩季，早稻四月播種，五月插秧，七月收成；晚稻必須搶在立秋前插秧，十月下旬到十一月收成。早稻口感沒有晚稻好，所以一般如果有餘糧要賣的話，晚稻比較能夠賣個好價錢。

現在正是早稻即將收割的季節，也不知道這一季的收成會怎樣？

第二章 水田

裴家的水田地理位置非常好，由此能看出裴家以前是有實力的，只不過為何只剩五畝水田呢？

看樣子今年早稻收成會不錯，望過去一片黃澄澄的稻田，飽滿的稻穗彎下了腰，農民就是看天吃飯，天公作美收成就好。

秦小寶在心裡盤算著，等這次稻子收了後，一定要賣掉一些換點銀子，否則手裡沒錢心裡不踏實。

這片水田是文氏帶著裴子安辛苦打理出來的，所以裴子安對這片田非常有感情，他脫了鞋襪便跳進水田裡玩耍，把水田的水潑到秦小寶身上，惹得秦小寶一陣笑罵。

看著水田裡的裴子安，秦小寶突然眼睛一亮，心中一個念頭閃了出來，隨即她雙手合十，嘴裡喃喃唸道：「多謝菩薩保佑，這下餓不死了。」

唸罷，秦小寶對著裴子安開心地叫道：「子安哥，走，我們回家！」

「嘿嘿，好，回家！」裴子安看到秦小寶開心，自個兒也笑彎了眉眼。

兩人手牽著手，哼著小曲，走在鄉間的小路上。夏天泥土獨特的氣息撲鼻而來，秦小寶用力呼吸著清新的空氣，感覺真好。

剛走進院子，一個洪亮的男聲便傳了出來。「文妹子妳跟我客氣啥，快拿著。」

「貴叔。」秦小寶心情好，脆生生地叫了一聲眼前這個身材魁梧的中年人。

貴叔就住在裴家隔壁，中年喪妻，只留下兩個兒子與他相依為命，除了家裡的幾畝地，平時就靠賣雜貨為生。

「小寶和子安回來啦！」貴叔咧著嘴，憨憨地笑著。

「肉，有肉吃。」裴子安眼尖，一眼望見貴叔正把一塊肉往文氏手裡塞。

「我剛從鎮上的集市回來，順便帶了一些肉給你們。文妹子，孩子們正是長身體的時候，妳就別推辭了。」貴叔說道。

「真是太感謝貴大哥了，子安、小寶，還不快謝謝貴叔。」文氏難為情地接過肉說道。她本不想拿，但是看到孩子渴望的眼神，便不由自主地接過了那塊肉。

「謝謝貴叔。」兩個孩子異口同聲地說道。

「謝啥，嘿嘿。」貴叔依舊憨笑著。

「貴大哥，今天晚上我把這肉燉了，你和大慶、小慶一起過來吃吧！」文氏說道。

「不用、不用，這是給子安他們吃的，我家裡還有呢！」貴叔趕緊推辭道。

「唉，這麼多年，你又當爹又當娘的，可真是不容易，不過還好大慶和小慶都大了，也能幫你分擔不少。」文氏嘆了口氣。貴大哥也是個可憐人，媳婦幾年前就過世了，與自己同病相憐。

貴叔搓了搓粗糙的手，說道：「這幾年多虧文妹子對大慶和小慶的照顧，我忙著幹活顧不得他們的時候，都是文妹子叫著他們一起吃飯的。」

小寶聽著兩人的對話，心中暗暗嘆氣。古代農村多半還在為溫飽問題奔波，真比現代農村生活條件差遠了。

「娘，什麼時候可以吃飯啊？我都餓了。」裴子安眼睛一直盯著那塊肉。好久沒吃到葷腥了。

「子安哥，來，我們去做飯。」小寶有眼色得很，看著貴叔還想跟文氏多聊聊，便拉著裴子安去了廚房。

秦小寶在現代很少下廚，反正外面吃的東西多，一個人也懶得弄，但到了這裡可由不得自己了。還好古代的小寶自小就做慣了廚房的活兒，所以也不算太為難，照著記憶做就行。

她拿著這塊來之不易的肉，不捨得整塊做成紅燒肉，那樣太奢侈了。她先把皮和肥肉切下來，熬出豬油放入罐子小心收著，豬油渣裝盤，撒上少許鹽就可以變成一道菜，剩下的瘦肉便切一切與菜一起炒著吃，這樣便能多吃幾頓了。

今天這頓晚飯，一家人吃得很是開心，吃完飯收拾好碗筷，幾個孩子便一頭鑽進了裴父留下來的書屋。

古代有點錢的農家都會送家裡的男孩上私塾，裴家家境貧寒，讀不起私塾，所幸裴父是個讀書人，他在世的時候便自己教授幾個孩子讀書習字，也不比私塾先生教得差，還能讓秦小寶和裴秀安都跟著一起學習。

除了裴子安學習比較困難，秦小寶和裴平安、裴秀安都已識字不少，能讀四書五經了。

雖然裴父已經去世，但文氏卻不是短視的女人，她沒讓孩子荒廢功課，不管家中事務多忙，還是規定他們每天必須到書屋自學幾個時辰。

裴家畢竟也是幾代讀書人，家中藏書頗多，且涉及各個領域，裴父當年回鄉下把書全給帶了回來，如今孩子們才能飽覽群書。

裴平安和裴秀安搖頭晃腦地讀著四書，秦小寶則在書架上四處翻了起來。

「小寶姊，妳在幹什麼呀？」只有八歲的裴秀安好奇地問。

「嘿嘿，我在給咱家找吃的。」秦小寶沒有停下手中動作，回答道。

裴平安聽聞此話，也好奇地放下手中書本，問道：「小寶姊，這書架上面有好吃的？」

秦小寶神秘地對兩人笑笑，說道：「過段時間你們就知道啦，快讀你們的書去。」

由於秦小寶比他倆年紀大，且比較早熟，所以裴平安和裴秀安平時都對秦小寶馬首是瞻，聽了這話便乖乖地拿起書本繼續讀起來。

秦小寶心中默默叨唸道：「讀那些八股文還不如找些實用的書，看看能不能有什麼收穫？」秦小寶想罷，又一頭栽進了書櫃。

「唉，看來這書香世家裡盡是些陽春白雪的書籍，居然沒有關於農耕、農作的書，不過這倒符合讀書人的藏書習慣，還是得想想別的辦法。」早上一睜開眼，秦小寶便喃喃自語。

昨天晚上翻了大半夜，都沒有找到一本想要的書。古代農民大多不識字，能讀得了書的農家孩子不會幹農活，都去考功名了，哪有人去寫這種沒人看的書？所以農業知識多半只靠著農民代代口耳相傳，要找到一本農耕方面的書太難了。

秦小寶一個翻身下床。不管怎樣都不能放棄，好好想，一定能想到法子的。

「貴叔，在忙嗎？」秦小寶第一個想到的就是去找貴叔。她起床梳洗、喝了點粥就來到貴叔家。

貴叔家離得不遠，走兩分鐘就到了，看似與裴家房子差不多，只不過沒有主婦，家裡顯得凌亂一些。

「哎呀，是小寶啊！吃早飯了嗎？過來吃點吧！」貴叔一看是秦小寶，熱情地招呼著。

「我吃過了，貴叔。」秦小寶笑咪咪地說。

「小寶妹妹好。」大慶和小慶正在吃早飯，異口同聲地跟她打招呼。

「大慶、小慶哥哥早啊！」秦小寶回應道。

貴叔拉了把凳子讓秦小寶坐下，問道：「這麼早過來找貴叔，是不是妳娘有啥事啊？」

「不是的，貴叔，我過來是想跟您請教一些事情。」秦小寶正經地說道。

「哦？小寶想知道什麼呢？論起讀書我可是一竅不通，比不上妳爹的學問。」貴叔一聽秦小寶要請教問題，緊張地搓起了手。

秦小寶一看忙說道：「貴叔別緊張，我想請教的是農活，跟讀書沒關係的。」

「哈哈，農活好辦，別的不敢說，我一輩子都是幹農活，基本的農活沒啥可以難倒我的。」貴叔放鬆下來。

秦小寶沈吟了一會兒，開口問道：「貴叔，您知道怎麼養魚嗎？」

「養魚？這我沒養過。」貴叔撓撓頭說道。

「哦……」秦小寶失望地低下頭。

「不過，我以前倒是賣過魚。怎麼，小寶打算養魚？」貴叔一句話就成功把秦小寶的希望又點燃起來。

秦小寶點點頭，說道：「嗯，有這個打算。」

「可是我們村子裡沒有養魚的池塘啊！附近幾個村子也沒有人養魚，鎮裡集市賣的魚都是隔了好幾個村子拉過來的，由於路途太遠，拉到集市上已經不太新鮮了。」

「也就是說，我們鎮上的集市缺少新鮮的魚嘍？」秦小寶得到一個訊息。物以稀為貴，將來的進項肯定不錯。

「可不是，雖然我們鎮上這幾個村子都有小溪，但畢竟捕撈費時，而且溪裡的魚又少又小，不像河裡或池塘養得那麼肥美，所以我們鎮上的人幾乎吃不到新鮮的魚。」

「養魚的地方我有辦法解決，只是不知道貴叔能否幫忙指點小寶？」秦小寶胸有成竹地說道。

「需要我怎麼幫忙呢？」貴叔心裡吃了一驚。雖然秦小寶從小就聰明能幹，但到底只是個十歲的孩子，沒想到她會有如此想法。

「貴叔能不能幫我買到魚苗？」

「這個倒不難，我可以到以前賣魚時進貨的人家去幫妳買魚苗。」

「太好啦，多謝貴叔！」

道別貴叔，秦小寶口中哼著小曲，一路小跑回到家中。眼看著收割的日子近了，這事還要得到婆婆的支持才行。

「娘，我有件事要跟您商量。」秦小寶把正在收拾碗筷的文氏拉到自己的房裡。

「一大早有啥事情啊？」文氏雙手在圍裙上擦了擦，問道。

「娘，早稻馬上就要收割了，我看今年的收成應該不錯，您有啥想法嗎？」秦小寶不敢一下子就提出自己的想法，於是先探探文氏有沒有什麼打算？

「唉，早稻收完後，也就勉強夠我們這一大家子到年底的口糧，如果晚稻能像早稻收成一般好，也許還能賣一些換銀子。」文氏說道。

秦小寶知道農民種地最重要的是自給自足，有餘糧才有可能去換銀子，農民靠天吃飯，一旦收成不好就會餓肚子，所以每家每戶都會留足口糧，以備不時之需。

秦小寶小心翼翼地說道：「我想今年早稻收完後，賣掉一半換銀子。」

還沒等秦小寶說完，文氏便大驚，打斷道：「小寶啊，不能賣糧，這是我們的口糧啊！」說完，便像想起什麼似的，安慰起秦小寶。「妳抵押給二嬸的玉墜，娘也想早日替妳贖回來，只是這早稻一賣，我們就要餓肚子了，不如等晚稻收割後賣了銀子再贖回來，好嗎？」

秦小寶一聽，知道文氏想岔了，忙擺手說道：「不是的，娘，我不是這個意思。」

文氏愣了一下，問道：「那妳為何想要賣糧？」

秦小寶知道文氏性情溫和柔弱，能勉強把田裡和家裡的事情處理好已是不易，再無別的想法了，便索性直言說道：「娘，我們這一大家子，光靠五畝水田過日子著實太吃緊，如果收成好還能填飽肚子，一旦收成不好，我們就要喝西北風了。」

這番話聽得文氏連連點頭。誰說不是呢，去年的收成不好，所以才向族嫂借了銀子過年，但借錢過日子也不是長久之計。

「所以，我想除了種水稻之外，還想養點別的東西，也可以貼補家用。」

「那妳想養什麼呢？」文氏眼中一片茫然，問道：「養豬？還是養雞、養鴨？」

「娘，養您說的這些牲口所需時間太長，而且我們家地方有限，不能大量養，掙不了多少銀子的，養了打打牙祭還差不多。」秦小寶想起昨天吃的豬肉，真是香，古代養的牲口不是吃飼料長大的，而且順著自然時間成長，雖然長得很慢，但味道真是鮮美，等以後有錢了，圈塊地專門養豬和雞鴨也是不錯的。

「那妳想養什麼？」文氏不解。

「我想養魚！」

「什麼？養魚？」

「對！」

「可是我們家沒有魚塘啊！而且我們從來沒養過魚，不光我們，這幾個村子都沒有人養魚的。」文氏搖著頭說道。

「正是因為我們幾個村子都沒人養魚，鎮上賣的魚還要從遠處村子拉過來，所以如果我們能養成功，豈不是穩賺嗎？」秦小寶試著說服文氏。

「那、那妳打算在哪裡養？怎麼養？」

秦小寶站了起來，望向窗外，看著那一片片金燦燦的水稻田，慢慢地說道：「我打算在水稻田裡養魚。」

文氏一聽驚得站了起來，說道：「水稻田怎麼養魚？別把我們的稻子給糟蹋了。」

「娘，相信我，不會的，稻田養魚對於水稻和魚都有好處，絕對不會糟蹋稻子。」

秦小寶昨天下午看到水稻田後，「稻田養魚」幾個字便浮上心頭。在現代她非常愛看料理節目，其中一集便是講到稻花魚。稻花魚是利用水稻田裡的水養魚，既可獲得魚產，魚又能吃掉稻田中的害蟲和雜草、排泄糞肥，翻動泥土促進肥料分解，讓水稻生長得更好，並增加產量。

秦小寶看完稻花魚這一集，覺得挺好玩，還特別研究過稻田養魚，本想在外婆的水田裡試驗一次，可是老人家嫌麻煩，而且也不缺這點收入，便作罷了。

但是，現在在古代，秦小寶無法跟文氏說清楚稻田養魚的想法是怎麼來的，唯有拚一把文氏對自己的信任。

看著秦小寶急切期待的眼神，文氏猶豫不決，畢竟這關係到會不會餓肚子的問題。

秦小寶再三向文氏保證絕不會有差錯，並循循善誘道，如果這事能成，今後的日子就不愁了。

「也罷，大不了我這臉皮不要，再去妳族嬸那借銀子過年。」文氏做了最壞的打算。頂多就是這一季的晚稻沒有收成罷了。

秦小寶看著文氏一臉慷慨赴義的表情，不禁噗哧一聲笑了出來，同時心中的感動也蔓延開來。

在古代，作為一個童養媳，能有口飽飯吃已經很不容易，沒想到讓她碰上了這麼好的婆婆，非但對自己像親生女兒，而且還對自己的想法這麼支持。

因為秦小寶在現代了解、研究過稻田養魚，所以才有那麼幾分信心，可是對於文氏這位古代農婦來說，秦小寶的想法無異是異想天開，但她依然選擇信任，就衝著這份支持，秦小寶在心中暗自決定，再難也得把這事給做成了。

第三章　合作

轉眼便到了收成的時節，這時候原則上每家能幹活的人都要到田裡去幫忙，裴家也不例外，文氏和裴子安帶頭收割，秦小寶則帶著裴平安和裴秀安在一旁打下手。

秦小寶看著文氏和裴子安弓著身子一把一把割著稻子，不禁想，古代割稻完全依靠人力，哪像現代有收割機這麼方便，五畝地，開著機器沒幾個小時就搞定了。

早稻是要搶收的，因為收完早稻馬上就要播種晚稻，這樣兩季稻子才能接續得上，也就是說，收完稻子馬上就要安排播種和養魚的事情了。

收割的前幾天，秦小寶已經熬夜好幾個晚上，稻田養魚看似簡單，只要把魚養在稻田裡就好，實際執行起來卻十分複雜。

秦小寶絞盡腦汁地把從前研究過的知識通通寫出來，然後再整理出方案，雖然不敢說很完整，但也八九不離十，這才放下心。

雖說有了理論，但實踐起來是不是這麼回事，秦小寶也不確定，但已經走到這一步，不試試又怎知可不可以呢？

秦小寶越想越有幹勁，揮著鐮刀割起稻子，裴平安見狀，也撿起一把鐮刀，有模有樣地割著稻子。

雖然秦小寶和裴平安的速度比不上文氏和裴子安，但畢竟人多力量大，眼看著等待收割的範圍越來越小了。

「小寶、小寶！」貴叔氣喘吁吁地出現在秦小寶面前。

「貴叔，怎麼了？」秦小寶忙扶住貴叔問道。

文氏也走了過來，拿著水壺遞給貴大哥說道：「貴大哥，這是怎麼了？有話慢慢說，你先喝口水。」

貴叔擺擺手，說道：「沒事，我不渴。小寶託我去買魚苗，誰知那魚塘塘主居然不肯賣，還說今年魚苗少，要的話只有草魚，誰不知道草魚可是最容易生病的魚，很難養活，所以我不敢做主，想先回來告訴妳們一聲，看到底怎麼辦？」

秦小寶一聽，哈哈笑了兩聲，不提買魚苗的事情，反而問道：「貴叔，辛苦您了，這農忙的季節還幫我跑腿，您家的稻子收了沒？」

貴叔一臉莫名，搞不懂這小寶是怎麼了，這麼大的事情不管，居然問我家稻子如何？不過他還是老老實實地回答道：「我家田不多，交給大慶和小慶就可以了。」

「那就好。貴叔，有件事情想跟您商量，養魚這麼大一件事情，我們一家肯定是做不來的，不如您跟我們一起合夥行不行？我們兩家的田加起來有十畝，買魚苗的錢和養魚的技術我們來負責，您就負責周邊的採買和販售，等掙了錢我們兩家對半分，怎麼樣？」

雖然秦小寶知道怎麼養魚，但活兒還是得有人做，而且她一個十歲的女孩，也不適合拋頭露面去跟外面的人打交道，貴叔為人誠實又有在做買賣，請他在外張羅再適合不過。貴叔一家與裴家不分彼此，平時也相互幫忙，如果這次養魚能掙錢，也能給大慶和小慶攢點媳婦本。

文氏聽了秦小寶一席話，在一旁連連點頭。她一個婦道人家，一輩子忙著農活，沒見過什麼世面，小寶又還小，如果貴大哥一家能一道來做，那真是再好不過了。

貴叔看著文氏急切期盼的眼光，又看看秦小寶認真的表情，摸著腦袋說：「這有什麼不可以的，我應下了，從今天起，這事就是我阿貴的事情了。」

秦小寶等到貴叔這句話，懸著的心放了下來，笑嘻嘻地對貴叔說：「那等大慶哥和小慶哥忙完收割，我們一起來挖魚坑和魚溝。」

貴叔點點頭，又一拍腦袋說道：「哎呀，小寶，妳倒是快想想魚苗怎麼辦啊？魚苗買不到的話，這事就砸了啊！」

「貴叔，麻煩您再跑一趟，就跟魚塘主說草魚苗我們全要了，但這價錢得給他壓到最低。」秦小寶不疾不徐地說道。

「啊？小寶，妳當真要買草魚苗來養嗎？」貴叔再次跟秦小寶確認她說的話。

「沒錯，貴叔，請幫我以最低的價格買下他們全部的草魚苗。」秦小寶篤定地說。

「壓低價格不難，草魚苗沒人願意買，我們如果全買下來，肯定能拿個最低價。」貴叔琢磨著。

「那就拜託貴叔啦！等我們家稻子收完了，還請貴叔幫我們賣掉兩畝地的糧，作為買魚苗的本錢。」秦小寶笑著說。

「貴大哥，養魚這事還得麻煩你多費心，我怕小寶年紀小，做事不周全，你這些年四處跑，經驗多些，有你在她身邊指點，我也放心一點。」文氏拉著貴叔走到一旁，悄聲囑託道。

「文妹子放心，我一定盡全力。」貴叔見文氏看重自己，不由得嘿嘿笑起來，越發起勁了。

全部的稻子收割完已是三天後，一大早，貴叔便帶著大慶、小慶來找秦小寶報到。

貴叔跟魚塘主談得非常順利，魚塘主聽說貴叔要把草魚苗都買下來，高興得眉開眼笑，不僅價格給到最低，還免費送了一車魚飼料，把秦小寶樂得一晚上沒睡好。

買魚苗的每一個銅板都是賣了口糧換來的，能省則省，這樣算算，比預算省下不少。

裴家五口人加上貴叔家三口人，一行人扛著鋤頭、鐵鍬，浩浩蕩蕩去了田裡。

到了田裡，秦小寶先分工，明訂每個人要做的事情。「我們要在每畝田裡挖一個魚坑，並且沿著田埂四周和中心挖出幾條魚溝，魚溝要挖成十字形。」

眾人得到指令，便賣力幹起活來。

秦小寶望著稻田慢慢在眼前改變，心中的信心也越發增強。等挖好魚坑和魚溝，就可以插秧了。

吃完晚飯，秦小寶感覺身子都要散架了。她在現代本來就很少運動，來到這裡身子又變小，這幾天的勞動讓她感覺非常吃力。

裴子安見秦小寶用手捶著腰，便跑過去幫她揉肩膀，秦小寶對他一笑，他也咧著嘴跟著笑了起來。

秦小寶不禁在心中輕輕地嘆氣。若是裴子安是個正常人就好了，起碼這個家裡有個男主人，現在看文氏苦苦支撐的樣子，真是難為她，或許自己莫名其妙來到這個地方，也是天意吧！

正胡思亂想，屋外就傳來敲門聲，文氏迎了幾個中年人進來。

秦小寶定睛一看，原來是族長裴成德帶了幾個族叔伯過來，心中很是莫名。裴父過世的時候，他們曾來張羅，此後不管家中過得多艱難，他們都再沒來過問和關心一下，不知這次過來是為了什麼？

雖心中疑惑，秦小寶卻也恭恭敬敬地給裴成德和族叔伯行了禮，然後便垂首站在文氏後面。

裴成德雖然年紀五十不到，但他在裴家村輩分最長，裴子安要叫他曾叔公。

被請到上座的族長威嚴地掃了文氏和秦小寶一眼，清了清嗓子，開門見山地說道：「文氏，妳今天帶著幾個孩子在田裡做什麼？」

「嗯……」文氏被突如其來地一問，頓時不知道該怎麼回答，便愣在了那裡。

秦小寶見狀忙上前一步，恭恭敬敬地回答道：「曾叔公，今天娘帶我們在挖魚坑。」

「放肆！」坐在一旁的族大伯喝了一聲。「族長在問話，怎輪得到妳這個晚輩回答？弟妹妳該好好管教管教了。」

文氏被喝得渾身一抖，趕緊拉著秦小寶到身後，惶恐地說道：「族長恕罪，小孩子不懂事，是我的錯，回頭我一定好好管教。」

秦小寶在文氏身後翻著白眼，心裡暗自嘀咕，但她也知道現在不能強出頭，只能隱忍。

裴成德見文氏如此說，從鼻孔裡哼了一聲，定睛等著文氏交代。

文氏看向秦小寶，秦小寶給了她一個鼓勵的眼神，文氏頓時覺得有了支撐的力量，開口回答道：「族長，您看我們孤兒寡母五張嘴，只靠著家裡五畝水稻田過日子，要是老天保佑沒災沒難，還勉強能吃上一口飯，如果像去年那般天災，可真要餓肚子了。」

文氏說著看到來要債的羅氏丈夫裴耀澤，忙指了指他，對著裴成德說道：「多虧二哥家去年借銀子給我們過年，否則我們連年都過不去，欠了大半年的銀子，我們到現在都還不起，前幾天弟妹過來問能不能還銀子，小寶便把她親娘留給她唯一念想的玉墜子抵押給了二嫂。」

「哎呀，弟妹，妳可真是見外，我那婆娘只不過是問了一聲，妳又何必抵押什麼玉墜子？我回去就叫婆娘送還回來，等什麼時候有銀子再還就是。」裴耀輝沒想到文氏竟然把話題轉到自己頭上。那個玉墜真是上等貨，前幾天羅氏拿回來的時候，他還想如果他們銀子還不上就好了，不過當著這麼多人的面，自己怎麼也不能落了個落井下石的名聲。

秦小寶低頭垂目在心底偷偷哼了一聲「真是說得比唱得還好聽」，不過秦小寶不懂，像裴耀輝和羅氏這麼貪財的人，怎麼會肯借銀子給文氏呢？

「文氏，講重點！」裴成德聽文氏絮絮叨叨說了一堆，露出不耐煩的表情。他不想關心這些雞毛蒜皮的事情，難道還想讓他這個族長出錢資助他們不成？

「是。」文氏轉頭對裴成德恭恭敬敬地說道：「所以我們就想著能不能在種田之外，做點別的能掙錢的活兒，比如我們今天挖的田，就是為了養魚做準備。」

「什麼？荒唐！水稻田裡怎麼可以養魚！」裴成德一拍桌子，怒道：「這田是祖宗留下來的，我們世世代代都是靠種田為生，你們怎麼可以褻瀆我們賴以為生的田地，把魚養在田裡，水稻還怎麼長？」

「這、這……」文氏不知道稻田養魚的技術，所以囁嚅了半天也說不出個所以然來。

秦小寶在旁邊著急，忙捏了捏文氏的手，在文氏耳邊說了兩個字。「裝暈。」

文氏反應也快，立刻兩眼一翻，倒地暈了過去。

「娘！娘！您怎麼了？」幾個孩子一起撲了上來。

裴成德一看文氏暈過去，也慌起來，忙指揮道：「趕快扶你娘躺到床上去。」

他們幾個是男人，不好出手相扶，還好裴子安力氣大，揹著文氏進去臥房。

裴平安和裴秀安忙不迭地跟著進臥房，只有秦小寶站在廳堂沒有跟進去，裴成德心中暗想，這孩子到底不是親生的，也沒見她著急。

「小寶，妳娘這是怎麼了，經常暈倒嗎？」看來裴家也只有秦小寶還能問個話。

「是啊！自從爹去世以後，娘要養我們幾個，每天都忙碌到很晚，這一年身子越來越差，我們請過一次大夫，說是不能太過勞累，要多吃點好東西補一補，但是您看我們這個家連飯都吃不飽，哪裡還有銀子買補品，所以現在也不知該怎麼辦？」

秦小寶知道只要文氏一倒下，裴成德必定會讓自己開口，所以她現在正愁眉苦臉地答著話。

「唉，你們要多分擔一點，不要讓妳娘太勞累了。」裴成德嘆了口氣，說起來這孤兒寡母也的確可憐。

「是。」秦小寶恭恭敬敬地回答。

「既然文氏暈倒了，那妳來說說那個田裡養魚是怎麼回事？」裴成德並不想多管文氏的病情，今天他來的目的是解決這個問題。

「族長，您也看到我家的情況，我們雖說過得艱難，可也知道這年頭村裡的本家過得也不容易，除了問二伯母借了幾兩銀子，再沒向其他人以及族長您開過口，現在之所以想在稻田養魚，也是為了減輕我娘的負擔。」

自從裴明澤放棄考試回到裴家村種田後，由於裴明澤和文氏性格都比較懦弱，還有一股書呆子氣，精明強悍的裴成德便瞧不上裴明澤一家，認為他家這一脈算是沒落了，等知道裴子安是個傻子時，他便越發如此想了。裴明澤去世前，裴成德沒來過裴家幾次，這次要不是裴耀澤跑來跟他說文氏要破壞祖田，他也懶得管他們這一家子。

所以當裴成德看到剛才那幕，又聽到秦小寶這樣說，口氣便沒有原先那麼強硬。他畢竟是一族之長，若是這些孤兒寡母有個好歹，自己想必也推脫不了責任；而且秦小寶已表明不會麻煩別人，會想辦法靠雙手掙錢，他若再多加為難，也顯得不近人情。

想到這裡，裴成德開口問道：「雖說妳的話有幾分道理，但妳能保證在水田裡養魚不會破壞祖田嗎？」

「當然可以保證。」秦小寶見裴成德口氣軟了下來，信誓旦旦地說道。

「小寶，妳拿什麼做保證？」裴耀澤哼了一聲，質問道。

「這個……」秦小寶一時語塞。她確實不知該如何保證。

「族長，您看不如這樣，既然小寶他們這麼有信心能養好魚，不如讓他們試一試？」裴耀澤居然幫秦小寶說起話來。

秦小寶有些驚訝，心想裴耀澤人還挺好的，難道自己錯怪他了？她正想對裴耀澤露出一個感激的微笑，誰知嘴角還沒咧開，就聽到裴耀澤話鋒一轉，說道：「不過，若是他們沒有成功，可不能把祖田再任由他們折騰了。」

「啊？」秦小寶沒想到裴耀澤在打自家五畝祖田的主意。

「那你說，這幾畝祖田該怎麼辦？」裴成德心想，怪不得這小子來報信時，帶了一份厚禮過來，原來他另有盤算啊！

「要不就這樣吧，我家跟小寶家是同一個高祖，在村裡算關係最近的本家，不如讓我家來幫忙打理這五畝田，當然，在每年收成的時候會分他們一部分糧食。」裴耀澤說出了自己的想法。

秦小寶一聽快氣炸了。這不是變相要霸占自家的田嗎？等他們每年收成的時候分給自家糧食，恐怕一家五口都要餓死了，她不由得看向裴成德，希望他開口說句公道話。

第四章 打賭

然而，裴成德卻是另有想法，他知道裴耀澤想打這五畝田的主意，但把文氏一家扔給裴耀澤也不錯，既然有人願意接下這個包袱，何必管他是不是想要霸占田地呢？

裴成德開口說道：「文氏一家孤兒寡母，照顧這五畝田確實不容易，由你代為打理也不失為一個辦法，只是這每年的口糧你得保證能分給他們，你可做得到？」

「這是當然，我們好歹也是同宗的親戚，怎麼可能讓他們餓肚子？」裴耀澤一聽裴成德答應了，趕忙信誓旦旦地說道。反正只要先把田拿過來，到時候分多少糧食給文氏，還不是自己說了算。

「小寶，妳娘現在暈倒了，妳也算是長子嫡媳，就看妳是否可以拿主意了？若妳能拿主意，也認為這個方法可行，就立個字據為證吧！」裴成德對秦小寶說道。

秦小寶深深吸了口氣，避免自己開口吐不出好話，她咬著牙說：「雖然我不是娘親生的，但娘待我比親生的還好，這時候我若不能擔起責任，就愧對爹娘的養育之恩了，族長放心，等娘醒了一定會同意小寶的。只是二伯這個提議固然很好，但更像是賭局呢！既然是賭局，一定有輸有贏，我倒想問問，如果我們養魚成功了，又該如何？」

裴成德和裴耀澤沒想到秦小寶會說出這樣的話來，一時間愣住了。

「這樣吧！若是我們成功了，二伯家五畝水田每年的收成得分我家一半，如何？」秦小寶見他們說不出來話，便自顧自地說出想法。

「耀澤，你看行不行？」裴成德不禁對秦小寶多看了兩眼。看來這小童養媳是個厲害角色，兩三下便把皮球踢還給裴耀澤。

裴耀澤騎虎難下，他心想，若此時反悔，豈不是未戰先認輸？反正自家田多，就跟她賭了。「行！就這麼辦！」

「好，二伯是個爽快人，族長，我們立下字據吧！」秦小寶對裴成德說道。

裴成德點了點頭，吩咐帶來的人跟秦小寶進書房取筆墨紙硯。

看著裴耀澤按下一個紅紅的手印，秦小寶小心翼翼地把字據收入懷裡，她對著要離開的裴成德說：「族長，我送送您吧！」

「不用，妳趕快去照顧妳娘，記住，別再讓她太勞累了。」裴成德對秦小寶說話的態度明顯溫和了一些。

「是，族長，您慢走。」秦小寶恭敬地給裴成德行了個大禮，目送裴成德一行人離去。

裴耀澤走時，不忘瞪了秦小寶一眼，秦小寶只是眼觀鼻、鼻觀心，絲毫不介意他的目光，氣得裴耀澤一甩袖子，哼了一聲怒氣衝衝地出去了。

只許州官放火，不許百姓點燈，哪有只等著被你欺負的道理！秦小寶望著裴耀澤的背影，還給他一個白眼。

「小寶，真是急死我了，妳怎麼就答應他們了呢？萬一我們養不成魚，那祖田不就要拱手讓人了嗎？」文氏早就起來躲在房門後偷聽了全部過程，不過她不敢出聲阻止，只能等族長走了以後，才急忙走出來拉著秦小寶的手說道。

「沒事，娘，您相信小寶嗎？」秦小寶看著文氏的眼神，似乎有種讓人心安的魔力。

聞言，文氏漸漸沒那麼激動了，她說道：「都是娘沒用，沒有照顧好你們，還讓妳這麼小的孩子去跟族叔伯立字據。」說著說著便抹起眼淚。

「娘，不哭，小寶這不是已經長大了嗎，該替娘分憂解勞了。放心，以後這種事情就交給我吧，我們的日子一定會越過越好的！」秦小寶的心抽疼了一下，忙用衣袖幫文氏小心擦著眼淚，輕聲安慰道。

「娘，不哭，子安會幹活，力氣有！嘿嘿。」裴子安也湊了過來。

文氏左手抱秦小寶，右手摟著裴子安，含淚笑道：「好，娘不哭，娘有你們就夠！」

秦小寶看著裴子安呆笑的模樣，暗自嘆了口氣。如果裴子安不傻，就是個暖男了。

終於，到了插秧的時候，秦小寶計算著哪天能插完秧，便請貴叔在那天把魚苗運回來，順便請他帶幾張魚網回來。

「小寶姊，為什麼要用魚網圍住魚坑呢？」裴秀安眨著一雙大眼睛問道。

秦小寶正指揮大家在魚坑四周架起柵欄，為以防萬一，還用魚網把柵欄圍了個嚴實。

「怕魚逃出來呀！」秦小寶抽空回答裴秀安的問題。

「啊？那這麼小的魚坑，等魚長大了，不會被擠死嗎？」裴平安正賣力地幹著活，聽到秦小寶的回答，不禁停下來抬頭問道。

秦小寶噗哧一聲笑了出來，說道：「放心，不會被擠死的。等秧苗長高了，魚搆不著秧苗就不會吃了，這時就可以把魚坑裡的魚放出來，讓牠們沿著我們挖的魚溝游到田中各處，所以牠們的活動空間大著呢！」

「原來是這樣！」裴平安和裴秀安同時說道。

「小寶啊，妳這些點子都是哪裡來的，到底可不可靠啊？聽文妹子說妳跟裴耀澤打賭，把祖田都賭上了。」貴叔一邊圍著柵欄，一邊擔憂地問秦小寶。

「貴叔，您別擔心，這些都是我從爹留給我們的書中看到的，不會有錯，等我們養魚成功了，二伯家五畝田的一半糧食就是我們的了。」秦小寶撒了個小小的謊。這也是為了讓大家安心，再說他們又不會真向她要書來看。

「那就好。唉……裴耀澤也真是的，跟妳一個小孩子打什麼賭，我看他如果輸了，還有什麼臉在我們面前出現？他就是欺負妳家孤兒寡母，要是敢來找我麻煩試試，就怪我那天不在，否則哪裡允許他這樣欺負你們。」貴叔一邊叨唸，一邊賣力地幹活。

裴耀澤和他媳婦在村裡評價不好，愛占便宜，斤斤計較。

雖然族長和二伯對自己沒什麼好臉色，但貴叔是真心對自己好，秦小寶抿嘴一笑。「沒關係的，貴叔，您就等著收錢吧！」

活蹦亂跳的魚苗被放入魚坑中，魚老闆送的魚糧也足夠了，之後只要魚兒出魚坑，便會以田中的蟲子和雜草為食，等到水稻接近成熟，落下來的稻花更是牠們最好的食物。

草魚其實最適合養在稻田中，養在稻田中反而不易生病，所以當貴叔頭疼只買得到草魚苗時，秦小寶卻開心得很，正所謂知識就是力量，哦不，就是金錢啊！

秦小寶掰著手指頭算了一下，古代水稻畝產量只有現代的一半，大概五百斤左右，就是每畝地產四石糧，按照這裡的物價，一石早稻五百文，也就是半兩銀子，每畝水稻可以進項二兩銀子；晚稻貴一點，一石六百文，每畝晚稻可以進項二兩四錢銀子。

稻田養魚通常可使水稻增產百分之二十，也就是說每畝田最高可以多進項半兩銀子，五畝田就多進項二兩半銀子，這還不算賣魚的錢。

裴子安繞著兩眼發光、口中唸唸有詞的秦小寶轉了兩圈，拉起她的手說道：「小寶，來玩。」

「子安哥，我們馬上就有錢，再也不用餓肚子了！」秦小寶開心地拉著裴子安轉圈。

兩人就這樣傻轉著圈，開心地又唱又跳，把一旁的裴平安和裴秀安也吸引過來，一起加入這個歡欣的隊伍。

魚苗下坑，秦小寶的心定了一半，文氏早已在家做好飯菜，等著他們回家吃飯。按照文氏的吩咐，貴叔和大慶、小慶也被秦小寶一起拉回家吃飯。

吃完飯，秦小寶召集大家又開了個會，她看著大家認真的臉，頓時有一種到古代繼續混職場的感覺。

雖然秧苗和魚苗都下了田，但是在魚苗放出坑前，一天兩次的餵食是必須的，秦小寶排了個值班表，確保每天都有人負責這事，還把每日需要打理的事情一併寫下來交代給大家。

以前上班的時候，雖然自己不是管理者，但卻是個被管理者啊！直接把管理者那套搬過來，激勵員工勤奮負責、兢兢業業，剩下的就看主管的執行力了。看著這些認真的臉，秦小寶相信他們一定會把事情辦得穩穩妥妥的。

謀事在人，成事在天，接下來就看老天爺幫不幫忙了，這幾個月注定會比較辛苦。

轉眼，炎夏過去了，秋高氣爽的天氣是秦小寶最喜歡的，魚苗早就放出了魚坑，順著魚溝自由自在地四處悠遊。

魚已經不是魚苗，長大了一圈，沒有雜草和害蟲的水稻也長勢驚人，四處飄散的稻花散發出一股清香。

一切都如她所預想，如果沒有什麼大變數，就等兩個月後的收成了。

秦小寶的稻田養魚引起了全村轟動。起初，大家都覺得文氏是在瞎胡鬧，每天都有人來嘲諷兩句，但現在看到魚和水稻的長勢，已經沒有人再說三道四；雖然裴耀澤依舊在鄉親間散播各種謠言，說他們鬼迷心竅，到頭來肯定田毀稻亡，但是，鄉親們聽了也只是笑一笑，並不往心裡去，甚至期待看他們能否有很好的收成呢！

秦小寶對裴耀澤的行為十分嗤之以鼻。雖說農村人淳樸，但他們也不是傻子，都有分辨是非的能力，所以她從不跟鄉親們解釋什麼，最好的解釋就是拿出成果給他們看。

突然間，一道閃電，接著一聲巨雷，一陣傾盆大雨把正在屋裡寫著稻田養魚日記的秦小寶驚得跳了起來。

如今已是初秋，很少會有驚雷出現，這是怎麼了？秦小寶不禁有種不祥的預感。

她衝出房間，看見文氏正驚慌失措地向外看，問道：「娘，子安和弟弟、妹妹在家嗎？」

文氏叫了幾個孩子的名字，只見裴平安和裴秀安從屋裡跑了出來，卻沒看見裴子安。

「對了，今天輪到子安下田，他這會兒應該還在田裡。」文氏想起來。

「糟了！」秦小寶大叫一聲，拿起一把雨傘就往外跑。

裴子安是個癡傻的人，他絕對不會想到打雷的時候要遠離水田，現在只能祈禱裴子安看見下雨趕緊跑回來吧！

文氏見秦小寶衝出去，忙叮嚀裴平安和裴秀安待在家，不要亂跑，自己也衝進了雨裡。

秦小寶一路狂奔到田邊，她看見裴子安開心地在水田裡追著魚玩，秦小寶心中警鈴大作，忙喊道：「子安哥，快上來！」

裴子安抬頭看到秦小寶，高興地揮著雙手喊道：「小寶，下來玩……」

最後一個「玩」字還沒說完，只見又是一道閃電，接著一個巨雷劈了下來，裴子安身子晃了一下，倒進了水田中。

「子安哥！」

「子安！」

隨後趕來的文氏看到這一幕，眼前一黑，暈倒在地上。

秦小寶無暇拉起文氏，只得把傘撐在文氏身上擋雨，顧不得會有繼續打雷的危險，三步併成兩步衝進水田，先探了探裴子安的鼻息。幸好，還有呼吸！

秦小寶試著讓自己冷靜下來，現在最重要的是把裴子安拖上道路，可裴子安身子健壯，柔弱的秦小寶怎麼也拽不動他。

正當秦小寶一籌莫展的時侯，一個人影衝了過來，二話不說揹起裴子安就上了道路。

秦小寶定睛一看，原來是裴耀澤的小兒子裴衛安。

雖然裴耀澤跟裴明澤是同一輩，但他年紀長裴明澤十多歲，現在已是四十出頭，生了三個兒子、一個女兒，大兒子、二兒子和女兒都已成親。

裴耀澤最小的兒子裴衛安今年十四歲，因為跟裴子安、秦小寶年齡相仿，從小經常一起玩耍，等到八歲時，裴衛安便被裴耀澤送到私塾唸書，平常就很少看到他了，沒想到在這緊要關頭他居然出現幫了個大忙。

裴衛安從小就對裴子安特別好，雖然可能是因為同情他，但也看得出裴衛安的善良，自從唸書以後，他越發正直仁義，經常勸說父母要寬厚仁德，雖然裴耀澤和羅氏人品不怎麼樣，不過能有裴衛安這樣的兒子，也算是前世積福吧。

裴衛安把裴子安揹到路上後，用手指掐了掐他的人中，見裴子安沒有絲毫反應，便對秦小寶說：「小寶，妳去把嬸子叫醒，我把子安揹回妳家去，然後請大夫來診治。」

「嗯，好。」秦小寶強作鎮定地回道。

對於秦小寶的鎮定，裴衛安感到有些奇怪，一般女孩子不早該嚇哭了嗎？不過救人要緊，他沒時間多想，便揹起裴子安往他家走去。

說也奇怪，裴子安被裴衛安揹到路上後，天氣變得大好，不僅雨停了，連太陽都出來了。

秦小寶把文氏搖醒，說道：「娘，您不用著急，子安哥沒事，衛安哥幫忙把他送回家了，我們也回家吧！」

文氏聞言長舒口氣，扶著秦小寶的手站起來，跟在裴衛安後面，急急忙忙趕回家。

裴衛安請來村裡的郎中，他診斷半晌，搖著頭對文氏說：「恕我無能為力，妳們另請高明吧！」

「不！大夫，麻煩您再好好瞧瞧，我兒還有氣息，還有得救！求求您了，我給您跪下磕頭。」文氏一聽郎中的話，頓時哭了起來。

秦小寶忙攔住要跪下的文氏，輕聲安慰道：「娘，您先別著急，子安哥還活著，一切皆有可能，不是嗎？」

文氏含著淚木然地點了點頭。她現在是一點主意都沒有，全指望小寶了。

秦小寶安撫完文氏，拉著郎中走到門外，低聲問道：「大夫，求您一句實話，我家子安哥還有救嗎？」

「唉……這孩子是被雷劈到，也看不出別的症狀，老夫實在是沒有辦法，不過他既然還有氣息，說明命不該絕，說不定哪一天就醒過來了。」

秦小寶明白沒法指望古代醫術能醫治被雷擊的人，但裴子安尚存氣息給了她一線希望，說不定就像郎中說的，哪一天就醒過來了，現代的植物人不也有這樣的情況嗎？

秦小寶請裴衛安幫忙送走郎中，自己坐到裴子安床前，低聲跟他說話。「子安哥，我知道你能聽見我的聲音，你覺得累就先睡一會兒，睡夠了可要記得醒過來哦，小寶還等著你一起去玩呢！」

這一席話又把旁邊的文氏說得淚水漣漣，她抓著裴子安的手，也學著秦小寶那樣低聲說起話來。

第五章　雷擊

貴叔得知消息馬上趕了過來，進門就問：「文妹子，我聽說子安出事，現在怎麼樣了？」

文氏一邊起身讓貴大哥坐，一邊抹著眼淚說：「大夫說他也沒有辦法，就盼著子安哪天自個兒醒過來。」

「唉，怎麼會這樣？這天氣實在怪異，文妹子，妳也不要著急，子安命大著呢！他肯定會醒過來的。」貴叔是個粗人，能這樣安慰人已經不容易了。

「娘，您放心，照顧子安哥的事情就交給我，我相信子安哥一定會醒過來的。」秦小寶轉頭對貴叔說道：「貴叔，這兩個月田裡的事情可要拜託您多多照看了，我恐怕無法分心。」

「小寶，妳就好好照顧子安和妳娘，田裡的事不用操心，有什麼事情我會及時告訴妳的。」

秦小寶非常慶幸當初拉著貴叔一起合作，否則家裡出了這樣的事情，真是蠟燭兩頭也不夠燒。

好事不出門，壞事傳千里。第二天，裴子安被雷擊的事情傳遍了整個裴家村，裴耀澤逮著了機會，到處落井下石。「看我說得沒錯吧！他們家亂動祖田，惹怒了祖宗，所以才會在這個時節打雷劈到裴子安。」

古代信奉鬼神之說，反常的天氣，會被鄰里鄉黨認為是做了觸怒鬼神的事情，所以裴耀澤的說法讓大家都深信不疑。

秦小寶發現鄰里鄉黨最近都躲著自己家裡的人，生怕受到牽連，還偷偷指指點點在背後議論著。

倒是裴衛安，每次聽到鄉親們議論裴子安的事情，便會正色地阻止。「子安被雷擊是個意外，他已經很可憐了，你們不要再添油加醋。」

「這都是你爹說的，要怪就怪你爹去。」不知誰嘟囔了一句。

裴衛安轉身就往家裡走，拉著裴耀澤勸道：「爹，子安已經夠可憐了，您不要再落井下石，好好向菩薩祈求，保佑子安早點醒過來不行嗎？」

「哼，臭小子，你居然胳膊兒往外撇。裴子安那個小媳婦敢跟我談條件，還說若是他們養魚成功，要分我們家五畝田的一半糧食，這下好了，惹怒祖宗，讓裴子安被雷劈了吧！這都是事實，為什麼說不得？」裴耀澤非但不理裴衛安勸說，反將他臭罵一頓，氣得裴衛安即刻啟程回去私塾。

秦小寶學著電視裡喚醒植物人的方法，每天和裴子安說話一個時辰，還幫他活動手腳，以防功能退化。

一個月下來，要照顧裴子安又要擔心水田的秦小寶瘦了一圈，令文氏心疼不已，可是她也沒有什麼辦法，只好每天跪在家裡供奉的菩薩面前祈禱。

今天，秦小寶又像往常一樣，一邊幫裴子安活動手腳，一邊叨唸著。「子安哥，我們的魚田馬上就要收啦！今年的稻子能增產兩成左右呢！還有魚長得肥美，肯定能賣個好價錢！唉，你看我把以前的事情都講完了，你還不醒來，我以後該跟你講什麼呢？」

幫裴子安活動完手腳後，秦小寶坐了下來，望著他安靜睡著的臉，突然一陣傷心，想到自己莫名其妙來到這個陌生的地方，每天都像打仗似地活著，突然好想念父母和外婆，不知他們現在過得如何？

「子安哥，其實我不是這裡的人，我的家在另外一個世界，對於這裡來說，應該算是未來世界吧！在那裡我有父母，還有很疼我的外婆，前幾個月摔下山坡後，我就來到了這裡。」秦小寶在裴子安耳邊悄悄說著，卻沒注意裴子安的眼皮跳動了一下。

「我們那裡的人雖然也會勾心鬥角、吵吵鬧鬧，但至少不會餓肚子，所以吵過也就算了。在那裡，人和人之間是平等的，女人可以做男人會做的事，甚至比男人還能幹；可是這裡卻不同，對女人有諸多限制，但是為了生存又不得不出頭，我覺得好累。」秦小寶雙手托著頭，不知道為什麼，對裴子安說出了心底的秘密，她感覺一陣輕鬆。

「可是我又覺得自己好幸運，遇到了娘和你，還有弟弟、妹妹，你們都對我這麼好，我印象中的童養媳可慘了，天天被打罵，吃不飽飯，還得做牛做馬，但在這個家，我這個童養媳卻被你們捧在手心當寶。

「上次貴叔問我怎麼知道稻田養魚的，我騙他說是從爹留下的古籍中發現的，其實是在我們那裡一個很好看的美食節目中看到的。」

秦小寶說著說著不禁嚥了嚥口水。「我們那裡有很多好吃的，可惜這輩子不知道還能不能再吃到？不過，說不定這裡也有很多好吃的呢！

「子安哥，你一定要醒過來，我們以後還要一起雲遊四海，肯定會有很多有趣的事情、很多好吃的東西等著我們去發掘呢！」

秦小寶這次在裴子安身邊待了非常久，傾訴完後，她感覺輕鬆許多。接下來的日子，秦小寶每天都和裴子安說自己那個世界有趣的事情，說著說著，感覺自己還生活在那裡。

文氏感覺秦小寶的心情漸漸好起來，也不那麼憔悴，便問是不是裴子安有好轉跡象？秦小寶用力地點點頭，給文氏吃了一顆定心丸。心靈雞湯不是說過嗎，只要有希望，就會成功。

「嬸子在家嗎？」裴衛安在門外叫了一聲。

文氏聽到馬上回應。「在呢！衛安快進來坐。」

裴衛安神色不安地走了進來。

「衛安，你是回來過中秋嗎？」文氏笑著問道。

「嗯。」裴衛安心不在焉地應著。

秦小寶看出當中有蹊蹺，便上前笑著對裴衛安說：「衛安哥，你這次來，是不是有什麼事情要告訴我們？」

裴衛安沒想到被秦小寶一眼看破，便嘆了口氣說：「妳家魚田馬上就要收了吧？」

「是啊，還有十幾天時間，現在魚和水稻都長得很好，今年的收成一定會不錯。」秦小寶感覺到一絲不安。

「嬸子、小寶，這最後十幾天妳們千萬要當心，最好日夜都有人守在水田旁，不要讓不安好心的人有隙可乘。」裴衛安說完這句話，轉頭就走。

文氏一把拉住裴衛安，問道：「衛安，這到底怎麼回事？為什麼要日夜有人守著？」可任憑文氏如何問，裴衛安都不肯再開口。

秦小寶嘆了口氣，把文氏拉過來，說道：「娘，您別為難衛安哥了，我們只須按照衛安哥交代的去做就好。」

說完，對著裴衛安深深行了個禮，說道：「多謝衛安哥提醒，我們一定會多加注意的，小寶就不送了。」

裴衛安定定地看了秦小寶一眼，轉身出了院門。

「小寶，是不是有人要打我們水田的主意？」文氏慌張地說道。

「娘，衛安哥肯來報信已是非常不容易了，這義和孝，到底他是偏向了義。」秦小寶惋惜著裴衛安居然是裴耀澤的兒子。

「娘，明天您跟我去一趟族長家吧！」日夜防範總有疏忽的時候，還不如請族長出面打消裴耀澤的壞念頭，畢竟壞事一旦敗露，想必他們一家也沒臉待在裴家村了。

第二天，文氏找了半天，都沒找到一件像樣的禮物帶給族長。

秦小寶拉了拉文氏，說：「算了，娘，族長也不缺我們這點東西，等我們掙了錢再好好謝謝族長吧！」

也只能如此了，文氏帶著秦小寶來到族長家。

「文氏，子安的身體怎麼樣了？」族長到底還是有族長的風範，並沒有因為雷劈的事情而躲著文氏和秦小寶。

「多謝族長關心，已經在慢慢恢復了。」文氏恭敬答道。

「嗯，那就好，雖然外面很多流言蜚語，但妳們也不要多想，最重要的是把田種好，自然就沒人能說什麼了。」裴成德抽了口菸斗，說道。

秦小寶眼睛一亮，想不到族長還挺有想法，沒被輿論牽著走。

「是啊，族長，我家水田裡的魚和水稻都長得很好呢！過一段時間便可以收成了。」秦小寶大著膽子切入今日的重點話題。

裴成德因為上次簽字據的事情對秦小寶有所改觀，這回倒沒有責怪她一個小孩在長輩面前搶話說；也有可能經過上次事件後，裴成德就沒把秦小寶當小孩看了。

秦小寶見裴成德對她的貿然並無慍色，心中更有自信，開口說道：「族長，有件事情想跟您商量商量。」

「什麼事情？說吧！」裴成德喝了口茶，說道。

「我們想等魚田成功後，帶著鄉親一起在稻田養魚，這樣的話，我們裴家村的水田進項至少可以翻一倍，您覺得如何？」

秦小寶知道必須讓裴成德有利可圖，他才會盡全力幫助自己。以前她不敢提出來，是因為自己都不知道能做到什麼地步，但現在看來魚田的成功已十拿九穩，所以這時拋出誘餌正是時機。

裴成德作為族長，如果能讓村裡每戶農田進項翻倍，將會大大提升族長的威信，就算其他鄉親因為雷劈的事情不肯動自己的祖田，自己家中也有不少水田，如此便可以獲得不少利益。

裴成德望向秦小寶的眼神亮了起來。沒想到這個小媳婦氣度還挺大，懂得審時度勢，有了她，裴明澤這一脈看來沒這麼容易沒落了。

「嗯，妳這個想法很好，不過，妳能保證水田可以成功嗎？」裴成德點著頭問道。

「當然可以，如果不出意外的話。」
「哦？能有什麼意外？」裴成德詫異地問。
「當然是人為的意外。族長您說我家水田成功了，最不開心的會是誰？」秦小寶提醒道。
裴成德是個聰明人，馬上說道：「他敢！這種缺德的事情如果他敢做，祖宗家法饒不了他。」
「那還得請族長辛苦跑一趟了，我真擔心這個人為的意外會毀了我們全村人的利益。」秦小寶的意思很明白，如果自家水田不成功，也別想讓她把這技術傳出來。
「我這就跑一趟！」這下輪到裴成德急於想促成此事了。
文氏和秦小寶回到家中，文氏有點不高興，因為秦小寶並沒有跟她說要教別人養魚的事情。
秦小寶看著文氏，笑嘻嘻地湊了過去。「娘，別不開心了，是小寶不對，沒有事先跟您商量，小寶錯了，請娘責罰。」
文氏用手指點著秦小寶的腦袋，嘆了口氣，說道：「娘就是覺得，我們子安出了這麼大的事情，那些鄰里鄉親在背後議論我們，我們卻要幫他們掙錢，心裡不舒服。」
秦小寶理解文氏的心情，所以她先斬後奏，怕得就是文氏反對。
「娘，您聽我說，我們這個養魚的技術，鄉親們天天看著呢，就算不教他們，多看兩次，他們也能偷學去，還不如賣個人情給大家；特別是族長，否則他怎麼會這麼輕易就去二伯父家中警告他們呢？」

文氏若有所思。秦小寶說得挺有道理。

「這就是利益交換，只有自己有用處，人家才會幫你，妳也可以幫到人家。」

文氏點點頭，說道：「小寶，妳也知道娘沒什麼想法，現在子安又這個樣子，這個家以後還是要靠妳啊！」

「娘，我們以後的日子會越過越好的，您只要健健康康地享福就行！」秦小寶說道。

「娘！娘！大哥醒了！」裴平安從房內跑了出來，欣喜地大叫道。

文氏和秦小寶一聽，同時衝進了房間。

裴子安已經坐起來，神色茫然地環顧著四周。

文氏撲了過去，喜極而泣地抱住裴子安，說道：「子安，我的兒，你終於醒了，嚇死娘了。」

秦小寶也偷偷地抹眼淚，心中一塊石頭終於落地。若不是因為自己弄什麼稻田養魚，裴子安也不會去水田看魚，也就不會發生雷劈的事情了，若是裴子安真有個三長兩短，她這輩子良心鐵定過不去。

秦小寶看向裴子安，發現裴子安也盯著自己，眼睛眨也不眨的，不知為何，秦小寶看著他的眼神，心跳頓時漏跳一拍。這個眼神跟以前的裴子安太不一樣了。

秦小寶不由得走過去，扶起文氏，輕聲對著裴子安說道：「子安哥，我是小寶，你還記得我嗎？」

裴子安點點頭，秦小寶放下心來。看來只是睡得太久而已。

「那我呢？你還認識娘嗎？」文氏急切地問道。

裴子安同樣也點點頭，而後便低垂下眼睛，似乎在想什麼心事。

「娘，我去熬粥，子安哥睡了那麼久，現在肯定餓了。」秦小寶說道。

「我去、我去，妳留在這陪子安。」文氏搶著出門，順便把裴平安也帶了出去。

秦小寶把裴子安扶著靠在床頭，然後又嘰嘰喳喳說起話來，把這些天的瑣事都一一告訴他。

裴子安只是靜靜地聽著，秦小寶一邊說，一邊繼續幫他活動手腳，絲毫沒有發現，跟以前那雙呆滯的眼睛不同，裴子安的一雙眼睛明亮異常，正充滿興味地看著她。

「喂！妳以前一直都這麼嘮叨嗎？」

冷不防地，一個渾厚的男聲打斷了秦小寶的話題。

第六章 甦醒

秦小寶抬起頭，疑惑地朝四周看了看，然後朝裴子安望去，這才發現裴子安的眼睛正炯炯有神地盯著她，秦小寶的嘴巴張成O字型，整個人呆在原地不知該如何是好？

裴子安也不多做表示，就這樣好整以暇地和她對看。

愣了好半晌，秦小寶艱難地開口問道：「剛才是你在說話嗎？」

「不然妳認為還有誰呢？」跟剛剛一樣的聲音從裴子安口中發出來。

裴子安昏迷前正處於變聲期，沒想到昏迷一個多月醒過來，居然聲音都變好聽了。

不對、不對！這不是重點，怎麼子安哥好像變了一個人，難道被雷劈治好了癡傻？

秦小寶此時的心思都表現在臉上，一會兒歡喜，一會兒疑惑。

不行，得問清楚才行。秦小寶暗想。

「子安哥，你是不是不傻了？」秦小寶小心翼翼地試探著。

「妳才傻。我餓了，怎麼粥還沒好啊？」裴子安的神情和言詞都像個正常人一樣，只是態度有些冷淡。

秦小寶驚嚇得跳了起來，一邊跑出屋子一邊高聲叫道：「娘、娘！子安哥恢復正常了！」

正在廚房忙碌的文氏，一把抱住衝過來的秦小寶，笑罵道：「妳這孩子，我當然知道子安恢復正常了，這不正煮粥給他喝嗎？來，粥好了，端過去吧！」

「不是的、不是的，子安哥不傻了，跟正常人一樣了。」秦小寶忙搖著雙手解釋道。

「什麼？這是真的？」

「當然，您快去看看子安哥，我來端粥。」

文氏轉身匆匆忙忙地走到房中，摟住裴子安又忍不住哭了起來。「子安，你總算是清醒過來了！感謝老天爺、列祖列宗保佑，我的兒啊！」

秦小寶端著粥走進來，看到裴子安被文氏抱得緊緊的，感覺都快喘不過氣來，忙說道：「娘，快讓子安哥把粥喝了吧，他剛剛還說餓了呢！」

「好、好，來，娘餵你。」

「不用，我自己可以喝。」裴子安硬生生地拒絕了文氏，自己接過碗，喝了起來。

文氏眼中閃過一絲失落，秦小寶偷偷拉了拉文氏安慰道：「娘，不管怎麼說，子安哥好不容易清醒過來了，他以前癡癡傻傻，什麼都不懂，現在自然要開始學習與適應這一切，別急，他總有一天會知道我們對他好，不會一直這麼冷淡的。」

「是啊！小寶說得有道理，娘不急，有的是時間讓他慢慢適應。」文氏紅著眼眶說道。

裴子安喝完粥，天色也不早了，文氏和秦小寶扶著他躺下來，打算讓他先休息，明日再帶他出去活動活動筋骨。

等文氏和秦小寶一走，裴子安又睜開眼睛，可是天已經黑了，屋子裡什麼都看不見。憑著剛醒過來時掃了一眼這屋子的記憶，裴子安知道自己重生到一戶農家，還是一戶很窮的農家。

裴子安嘆息一聲。重生到這裡之前，他叫蘇元振，生在京都一戶官宦人家，從小錦衣玉食、不愁吃穿，重點是他是個天才，一個多月前剛剛考中狀元，年僅十八歲就高中狀元，從古至今極為少見，從此他被無數人奉承，每天都有酒局邀約，他也來者不拒，有天他喝得爛醉，一個不慎滾下酒樓的樓梯，然後就莫名其妙進到現在這個身體裡，變成了裴子安。

也就是說，一個多月前，裴子安被雷劈的時候，蘇元振就已經在裴子安身體裡了，他能聽見人講話，但就是醒不過來，他很著急，不知是否還能做回以前那個狀元郎？

後來有個小女孩每天都會來跟他講話、幫他按摩，起初講的是裴子安小時候的事情，等講完了裴子安，便慢慢講到了自己身上。

他知道這個小女孩叫秦小寶，她說她來自另一個世界，那裡有好多有趣的事情，跟這個時代很不同，不知她跟自己是不是一樣的情況？

小女孩的聲音很溫柔，也很好聽，漸漸地，他已經習慣每天聽見她的聲音，有幾天她沒按時過來，他便心急如焚，直到她出現。

他突然很想醒過來，想看看聲音的主人長相如何？他在心裡猜測著，她應該有著小巧的臉蛋、大大的眼睛、白皙的皮膚，還有一對可愛的酒窩。

他醒過來那天，一眼就認出了聲音的主人，果然生得與他猜測得一般無二。

他醒來之後，看秦小寶繼續嘮嘮叨叨地講話，幫他按摩手腳，他便在心底無聲地笑了，原來這幾十天來，她都是這樣子的表情和動作。

才開口說沒幾句話，他便看到文氏和秦小寶興高采烈的樣子。他心想，原來裴子安以前是個傻子，現在他進到這個身體裡，裴子安當然不會再是傻子，只是他今後得替裴子安活下去了。

好不甘心啊……自己寒窗苦讀十二載，好不容易考上了狀元，卻莫名其妙來到這裡，變成一個農民。

不！肯定會有辦法的，說不定哪天又能回到蘇元振的身體，他得想辦法回蘇府探一探情況，只是在這之前，只能先扮演好裴子安，否則一旦說出實情，還不被村民當妖怪打死。還好裴子安以前是個傻子，不管自己表現如何，都不會引起懷疑才是。

蘇元振，不，裴子安雙手抱頭，極力壓抑著心中的苦悶。他安慰自己，好在有那小女孩在，至少不會太無聊吧？

裴子安在硬板床上糾結著睡了過去，到底還是有心事，第二天一早醒來，秦小寶就發現裴子安的眼圈黑得跟貓熊一樣。

「子安哥，你是怎麼了？昨天晚上沒睡好嗎？」秦小寶關心地問道。子安哥不傻了，雖然人變得高冷些，但畢竟正常了，這對裴家來說是件可喜的事情。

想必村裡馬上就會傳遍裴子安被雷劈好了癡呆症吧！那所謂破壞祖田、被列祖列宗懲罰的流言也會不攻自破，秦小寶想到就開心。

「床太硬，睡不著。」裴子安老實地說道。

秦小寶聽見這個回答，眼睛瞪得大大的，難以置信地說：「這床你都躺了十二年，現在嫌太硬，會不會太晚了點？」

裴子安看著秦小寶誇張的表情，不禁莞爾，說道：「用不著這麼驚訝吧！」

秦小寶看到裴子安的笑容，頓時心中一滯，原來不傻的子安哥笑起來挺好看的。她不自然地咳了一聲，岔開話題說道：「子安哥，快起床，今天我帶你去魚田看看，再過幾天就要收成，你這個壯丁可要多幫忙了。」

裴子安雖然不知道魚田是怎麼回事，但也沒有多問，反正看到就知道了；只是，想到要做農活，裴子安心底不禁哀號。想他錦衣玉食那麼多年，雙手只拿過筆桿，沒想到這等體力活有天會落在他頭上。

裴子安雖然沒做過農活，還是見過農田的，他發現這片農田與別人的大相逕庭，裡面居然養著魚，魚看上去還挺肥美的，就是不知味道如何？

「小寶，不如我們今天就抓兩條魚回去嚐嚐吧！」裴子安冷不防地冒出一句話。

秦小寶大大的眼睛又瞪圓了。沒想到變正常的裴子安居然是個吃貨，不過，這也沒啥好奇怪，他癡傻的時候也挺愛吃的。

裴子安以為秦小寶又要叨唸一頓，沒想到秦小寶居然拍著他的肩膀，笑著說：「吃貨，有眼光！等會兒我們就抓回去試吃！」

吃貨？這是什麼意思？難不成是她那個世界的語言嗎？

「吃貨？」裴子安疑惑地看著秦小寶。

「哦！這是在誇你很懂得享受的意思。」秦小寶一句話矇混過去。

有意思，裴子安心中暗笑。

才從家中走到田裡，已經有人把裴子安變正常的消息傳遍了全村，等到裴子安和秦小寶抓了兩條魚返家時，路上已圍了一群人。

有打量裴子安的，有上前跟裴子安說話的，甚至還有人摸了摸裴子安，一群人就這樣圍著他們緩緩地向前移動。

此時裴耀澤卻是一副喪氣貌。昨天裴成德找上他就是一頓罵，告誡他願賭服輸，不要搞小動作。

他輸了嗎？明明還沒到最後時刻。

裴耀澤越想越生氣，他不過是跟婆娘討論了一下這個想法，怎麼裴成德就猜到了呢？真是奇怪，看來這個計策是行不通了。

「孩子他爹，我聽說裴子安不但醒過來，而且還不傻了，大家都在外面看熱鬧呢！」羅氏急急忙忙從門外走進來叫嚷道。

「什麼？此話當真？」裴耀澤猛地一下站起來，裴子安居然好了？「走，出去看看！」

剛走出院門，便見一群人慢慢移動過來，他倆便躲在門後偷聽。

「子安，你身體還有什麼不舒服嗎？」有人問道。

「沒事了，謝謝族叔關心。」裴子安彬彬有禮地回答。

人們都在交頭接耳，判斷著裴子安正常與否？

「子安，你怎麼昏迷了這麼久？你是怎麼醒過來的？」

「在昏迷這段時間，我看見了列祖列宗，還有我爹，他們對我說，裴家正在種魚田，馬上就要收成，讓我快點醒過來幫忙，然後我就醒了。」裴子安神色自若道。

「什麼？哎喲！列祖列宗顯靈了，看來明澤家要好起來了，你們看他家的魚田快要收成，魚兒肥美的呢！」眾人七嘴八舌、嘰嘰喳喳地議論。

不僅是村裡的鄉親，連秦小寶也難以置信。居然會有祖宗顯靈這種事情？不可能，一定是子安哥在唬他們，秦小寶不安地拉了拉裴子安的衣角。

裴子安對秦小寶投以一抹安撫的笑容。反正村民信鬼神，再說，他究竟有沒有夢到，又沒人知道，也不怕對質。

躲在門後的裴耀澤聽見裴子安這番話，忍不住跳出來，指著裴子安怒道：「你胡說！你就是個傻子，怎麼可能夢見列祖列宗？你不要褻瀆先祖。」

裴子安看了看秦小寶，表示自己不認識這個人，秦小寶馬上悄悄在他耳邊說：「他就是與我簽字據的二伯父。」

裴子安「哦」了一聲表示明白。事實上，從秦小寶每天的叨唸中，他已知曉所有跟自己有關的人事物。

「二伯父，不是你說我家稻田養魚惹怒列祖列宗，然後我就被雷劈了嗎？現在我恢復正常，說明列祖列宗贊同我們的做法，你怎麼又不信了呢？」

裴耀澤一時語塞。裴子安的一言一行都顯示他已變回正常人，就算他不願相信裴子安不傻了，也不得不承認這個事實，但他仍嘴硬道：「你只不過碰巧被雷劈岔了，不可能是先祖贊成你們的做法。」

「爹，您就別再說了，還嫌不夠丟人嗎？」裴衛安的聲音出現在裴耀澤身後。

裴衛安早在屋裡就聽到門外的動靜，心中正為裴子安感到高興。有爹娘在，他本不想此刻出去，而是打算過一會兒去子安家中，好好恭喜他一番。

但是，父親的話讓他實在聽不下去，便走了出來。

裴子安看著裴衛安。除了家裡的人，裴衛安應該是村子裡對自己最好的人了吧，被雷劈的時候，也是他把自己揹回家的。

思及此，裴子安深深對裴衛安做了個揖，說道：「多謝衛安哥的救命之恩，若不是你把我揹回家中，請來大夫醫治，恐怕子安今天也不能站在這裡。」

裴衛安趕忙扶起裴子安，既高興又感慨地說：「你我兄弟，不用這麼客氣，看到你能恢復意識我就放心了，今後嬸子和小寶不用再這麼辛苦，你該承擔起家中重任了。」

「是，衛安哥的話，子安謹記在心。」

「各位鄉親，大家都散了吧！子安恢復正常全靠先祖在天之靈保佑，大家應該一起感謝和祈禱先祖庇佑。」裴衛安三言兩語便將眾人的注意力轉移到先祖身上。

聞此言，村民全都一一跪倒，對著祖墳方向叩首，嘴裡還唸著。「祖先顯靈，保佑我裴家村太平安康。」

裴子安和秦小寶感激地朝裴衛安點了點頭，一起回家。

「子安，娘剛剛聽說，你昏迷的這些日子，見著先祖和你爹了？」秦小寶和裴子安一回到家中，文氏就激動地上前問了起來。

「是啊！娘，子安哥剛才可厲害了，把鄉親們唬得一愣一愣的，到最後全跪在地上拜祖先呢！」秦小寶笑答。

「什麼叫唬，只不過別讓他們老說我們破壞祖田、惹怒先祖。」裴子安不滿秦小寶把自己的計謀說成是騙人的小把戲。

「說得好啊！子安，你這次能清醒過來，還是多虧菩薩保佑，我得去拜拜菩薩。」文氏聽得出來，看見先祖是假，藉機打擊散布流言的人才是真。

「娘，我們帶了幾條田裡的魚回來，今天晚上來嚐嚐味道吧！」秦小寶趕緊拎起魚對文氏說道。

「好、好，你們做什麼都好。」文氏喜悅溢於言表。

文氏離去後，秦小寶無奈地一攤手，對著裴子安說道：「現在娘心裡全是你，說什麼都好。」

裴子安學秦小寶無奈地一攤手，秦小寶不禁噗哧笑了出來。他也太會逗人開心了。

第七章 收成

不過話說回來，事情絕對不是像裴子安說的那樣，秦小寶決定找機會再套套他的話，想畢，便拉著裴子安去廚房煮魚。

要嚐到魚肉最鮮美的味道，莫過於清蒸了。秦小寶熟練地將魚開膛破肚、清除內臟，然後洗乾淨、擦乾水分，用鹽把魚裡外抹遍，淋上一些料酒，再將蔥、薑塞入魚腹，放入蒸籠內用旺火蒸了起來。

整個過程一氣呵成，如行雲流水，看得裴子安好生佩服。在蘇府的時候，他從未下過廚房，那時他只管吩咐想吃什麼，廚子自會做好端過來。

魚出爐時，那香味簡直能讓人口水流一地。

魚塘養的草魚經常會生病死亡，產量非常少，所以草魚很受歡迎，價格也居高不下；稻田養的草魚，是吃天然的雜草、蟲子和稻花長大的，魚肉比魚塘養得更為鮮美細嫩。

秦小寶把貴叔和大慶、小慶叫來一起吃晚飯，收穫的喜悅要一起分享。

貴叔一進門便拉著裴子安左看右看，嘴裡不停說：「好、好，真是好。」

裴子安被他看得不好意思起來，忙說道：「貴叔，坐，我們快吃飯吧，這魚香得呢！」

大家圍著桌子坐下來，紛紛下箸。裴子安挾了一塊魚肉放入嘴裡，細細品味。山珍海味他吃過不少，只是從未吃過如此鮮美的草魚。

「怎麼樣，這魚味道如何？」秦小寶期待地看著大家。

「好吃！」大夥兒異口同聲地說道。

「這魚味道確實不錯，這下太好了，聽說草魚價格挺貴的，過幾天就可以賣了。」文氏樂呵呵地說道。

「肉質細嫩、味道鮮美。」裴子安說道，然後想了想又補了一句。「刺少。」

最後一句刺少把大家都給逗笑了，秦小寶對即將到來的收穫季充滿了期待。

裴成德家中，劉氏正說起今天在裴耀澤家門口發生的事。

「今天裴子安那小子好端端站在眾人面前，不但身體沒有任何異樣，連言語行為都變正常，一點也看不出以前癡傻的模樣，他說是先祖和他爹托夢給他，讓他幫忙家裡收魚田，所以才讓他醒過來呢！」劉氏就跟普通村婦一樣，傳起八卦來繪聲繪影、唱作俱佳。

裴成德抽著旱煙，心想，他去警告過裴耀澤，那小子現在絕對不敢有任何動作，但裴子安在這個時候清醒過來，倒是在他意料之外。

不過，這也是好事一樁。昨天還在擔心村民會因為怕破壞祖田，而不參與稻田養魚，現在看來這個擔心是多餘的了。

話說自己當初也沒多看好稻田養魚，但照現在這個情況來看，秦小寶是個旺夫之人，以後倒是可以多跟他們往來。

「妳有空多去關心關心子安吧！」裴成德對劉氏說道。

「好。」劉氏應道，心裡卻感到奇怪。裴成德向來都看不上裴明澤那家子，現在卻要自己去關心裴子安？真讓人摸不著頭腦。

「妳是不是覺得奇怪，為什麼我要妳去子安家多走動？」裴成德看劉氏疑惑的表情，就知道她腦子轉不過來。

劉氏一臉不解地點點頭，裴成德便開口道：「以前不想插手他們家的事，是因為怕拖累我們，現在子安清醒了，秦小寶看來也是個精明能幹的人，自是不用再做無謂的擔心，更何況她已經答應下一季要教全村人一起在稻田裡養魚。」

「那我們家也可以養了？一畝田能多收好多銀子呢！」劉氏總算聽明白了，她早就眼紅文氏那五畝魚田，算算每畝田起碼可以多賣二兩銀子。

「妳別光想這些蠅頭小利，如果全村人收入都增加，我這族長的威信豈不又提高？族長的椅子就能穩穩坐著了。」裴成德道。

裴家村族長的位置可是有不少人覬覦，族長除了有權以外，家家戶戶每年還得孝敬節禮，以示對族長的尊重，如果有人想請託族長辦事，那好處自然也是少不了的。總之一句話——有權就是有錢，在官場適用，在家族同樣適用。

「是，知道了。」劉氏唯唯諾諾地點頭稱是，將此事記了個牢。

而在裴耀澤家中，裴衛安低著頭，正被裴成德訓誡。

「你今天是怎麼回事，為何這樣拆你爹的臺？」裴耀澤今天在眾人面前顏面盡失，一腔怒氣沒處發洩，便抓了裴衛安在廳堂訓話。

「你倒是說話啊！剛才不是挺能說的嗎？」裴耀澤看裴衛安只是站著，並不答話，越發怒氣衝衝。

「爹，我如果不出去，您能下得了臺嗎？」裴衛安心中嘆口氣。誰叫裴耀澤是他爹呢！總不能一直這樣沈默下去。

「那也比被親生兒子拆臺要好。」裴耀澤見裴衛安終於開口，頓時一口氣舒坦了，語氣也變得緩和。

「爹，以後能不能不要再占子安家的便宜？我們兩家本來就是近親，他們家不好過，我們應該要多照顧他們，但您和娘反而時常算計他們，難道不怕先祖問罪嗎？」

「好小子，你也搬出先祖來嚇唬我，我可不信那一套！」裴耀澤雖然嘴硬，但心裡也感到不踏實，畢竟他們的確沒少做那些缺德事。

「人在做、天在看，凡事都給自己留點後路吧！我們日子過得不差，不需要再占別人便宜。」

「臭小子，什麼叫過得不差，誰不想再寬裕一點呢？以後還得給你這臭小子娶媳婦呢！哪來的錢？」裴耀澤怒道。

「爹，雖說子不論父過，但今天這些話全是兒子的肺腑之言，您放心，這些話不會再有別人知道，只求爹能夠好好為子孫行善積福。」

說罷，裴衛安對著裴耀澤深深一行禮，便回了自己的房間。

終於到了收成的日子，天剛濛濛亮，大夥兒便往田裡走去。

貴叔把家中閒置已久的賣魚推車推了出來。秦小寶打算今天先收一畝田的魚，到鎮上的市集賣賣看，再視今天賣魚的情況決定明天要收多少魚。

一般來說，會先放水收魚，等稻田乾了之後再收割稻子，所以並不影響原本的農作時程。

秦小寶願教村民稻田養魚的事情已傳出去，所以今天四周圍觀了許多人，他們都想看看這神奇的魚田。

秦小寶並不介意大家參觀，反而順便講解了一些注意事項。待魚隨水排進漁網時，那活蹦亂跳的畫面，讓圍觀群眾一陣驚嘆。

還有一些沒有隨水排出的魚在田中亂跳，秦小寶對著大家說：「各位鄉親，今天是我們稻田收魚的好日子，為了讓大家一起品嚐稻花魚，我們打算每家贈送兩條，請大家幫忙把稻田裡的魚都抓出來吧！」

眾人一聽有魚拿，便吆喝著把稻田裡剩下的魚統統抓了出來，然後很有秩序地每家領走兩條魚。

「小寶，這稻花魚的名字是妳想出來的嗎？」貴叔看到滿滿一車子草魚，樂呵呵地問道。

「是的，貴叔，以後我們的魚就叫這個名字吧！把裴家村稻花魚的品牌打響出去，這樣一來，我們的魚就不愁賣啦！」

稻花魚，這名字還挺好聽的；品牌？這又是那個世界的用詞吧。裴子安心中默默想著。

「好！就這麼叫，我去鎮上市集啦！」貴叔說著，拉起推車便要走。

「貴叔，我跟您一起去。」秦小寶忙叫住貴叔。來這裡這麼久了，還沒機會去市集看看。

「子安哥，你陪我一起去吧！」她一個女孩子家外出，怕會有人閒言碎語，跟著夫婿出門，總該不會有人說閒話了吧？

裴子安摸摸鼻子。鎮上市集有什麼好看的，他一點兒都不想去啊……不過看到秦小寶充滿期待的眼神，心一軟不知怎地便答應了。

從裴家村到鎮上並不遠，走路一個小時就能到。

「貴叔，我們這個鎮叫什麼名字？鎮上離京都遠不遠？」裴子安還不知道自己身處何方，趁著趕路的時候跟貴叔打聽起來。

「我們這個鎮叫亭林鎮，騎馬快馬加鞭的話兩天就能到京都。」貴叔回答道。

「哦，原來是這樣。」裴子安努力回憶著亭林鎮這個名字。印象中這是個江南小鎮，雖不富庶，但也不是苦寒之地。

「貴叔，您去過京都嗎？」秦小寶非常好奇古代京都是什麼樣子，會不會跟北京差不多呢？

「呵呵，我哪裡去過那個地方，我們村子裡除了子安爹是從青州城回來的，其他人都沒出過亭林鎮。」

青州城與京都相鄰，裴家村隸屬於青州城的亭林鎮，當初裴明澤祖上就是在青州城做官，到了裴明澤這代考不上功名，才又回到裴家村種田為生。

「貴叔，沒關係，等我們以後賺了錢，就可以到處去遊歷了。」秦小寶一臉嚮往。

「好，貴叔這把老骨頭就指望你們嘍！」貴叔哈哈大笑起來，只當秦小寶是隨口說說。

裴子安聽到秦小寶想去京都，忙接話道：「其實，去京都也花不了多少錢，等我們把魚田收了，就可以去了。」

「那怎麼行，魚田收的銀子是要留著做本錢的，你難道不想再多掙點錢嗎？」秦小寶一口拒絕了裴子安的提議。接下來還要做好多事情呢！好不容易攢下來的本錢，不能就這麼用掉了。

「妳說的是。」裴子安看秦小寶一本正經的神色，便打消了這個念頭。事實上他也不想拿秦小寶辛苦賺的錢回蘇府，還是以後再說吧！

從裴家村到亭林鎮的路上，是江南水鄉的風景，清新的空氣中，瀰漫著一絲甜甜的香氣。

雖是深秋的早晨，但太陽已經露臉，所以並不讓人覺得寒冷，由於走了許多路，三人還微微出了點汗。

果然，大約過了半個時辰，他們就到亭林鎮的城門，市集就在進城後的左前方。

到了市集，秦小寶整個人雀躍起來。這裡好熱鬧啊！市集由兩條街道交叉而成，路面十分寬敞，兩邊是各式各樣的店鋪，店鋪門前還有一個個小攤。

貴叔帶著他倆到了專門賣菜的地方，找了個空位，熟練地把魚車往地上一架，便吆喝叫賣起來。

「裴家村稻花魚，大家快來看看！新鮮的草魚，活蹦亂跳，今天剛剛撈上來的。」貴叔以前賣過魚，所以叫賣起來十分熟練。

很快，市集上的人都被吸引過來。

「果然是草魚，而且非常新鮮呢！」一位大嬸很有經驗地撈起一條魚仔細端詳道。

「那是當然，我們就住在裴家村，半個時辰前這魚才出水，保證新鮮。」秦小寶加入吆喝大軍中。

「不對啊！你們裴家村沒有魚塘，怎麼可能有魚呢？」一位大叔疑惑地問道。

「這位大叔，您算是問對了，這是我們裴家村新的養魚方式，稻田養魚，這魚是在水稻田裡長大的，吃的是稻花和蟲子，您說這味道能不鮮美嗎？」秦小寶乘機推銷稻花魚。

「這……從來沒聽說過有這種養魚法，萬一我們買回去不好吃怎麼辦？算了算了，還是不買了。」大嬸「啪」的一聲把魚扔回車裡，轉身就要走。

秦小寶趕緊一把拉住大嬸，說道：「別著急走啊！大嬸，您看這亭林鎮這麼大一個市集，很少見到魚，更別說這麼新鮮的草魚了，而且今天我們新上市半價賣，您還不趕緊買啊？過了這村就沒這店啦！」

大嬸一聽半價賣，頓時來勁了，說道：「這可是妳說的啊！平日草魚都是二十文一斤，今天能十文賣給我們？」

秦小寶不懂價格，看了看貴叔，貴叔點點頭，她心裡頓時有底，開口說道：「好，今天十文一斤給大家先嚐嚐鮮，售完為止。」

眾人一看難得一見的草魚居然只要十文一斤，便一哄而上，不到一炷香的工夫，滿滿一車草魚就賣完了。

沒搶到的人非常懊惱，貴叔和秦小寶不忘告知大家。「明天還會來賣，要買請早哦！」

裴子安在一旁看得目瞪口呆。他從沒在這種市井場合待過，對於買賣是一竅不通，此時他的心中不禁暗暗讚嘆，小寶真是機靈能幹啊！

秦小寶笑呵呵地抱著錢袋子數錢，數下來今天掙了一千多文錢，也就是一兩多銀子。沒想到這一車魚居然有一百多斤，如果按照二十文一斤賣的話，扣除買魚苗的成本，一畝田的魚可以淨賺二兩銀子。

「小寶。」裴子安冷不防叫了秦小寶一聲。

「啊？」秦小寶正開心數著錢，壓根兒不想認真搭理裴子安。

「妳的眼睛都快成銅錢啦！」裴子安大叫一聲，一把抽走秦小寶手中的錢袋子就跑。

秦小寶急道：「子安哥，還給我，別掉了！」

裴子安發覺逗弄秦小寶太好玩了，一邊笑、一邊跑地說：「妳這個小財奴，追上我就還給妳。」

貴叔一邊笑著看兩人打鬧，一邊收拾好東西，跟在兩人後面回裴家村。

第八章 坦承

一進家門，文氏就迎上來詢問魚賣得如何？

秦小寶拿著錢袋子獻寶似地交給文氏，說道：「娘，放心吧！這車魚搶購一空，好多人還等著我們明天去賣呢！」

「那就好、那就好。」文氏欣慰道，把錢袋子又塞回給秦小寶。「小寶，以後我們家的錢就交給妳管吧！娘不懂賺錢，只能幫忙打打雜，這個家遲早要交給妳和子安的，妳就辛苦點先管著吧！」

秦小寶沒想到文氏竟然把管家大權交給了自己，一時間有些不知所措，只好看向裴子安。

裴子安對秦小寶的能力毫不懷疑，朝她點點頭，說道：「既然娘這麼信任我們，我們也該替娘分擔重任了，妳就拿著吧！」

「娘，您放心，我們一定會努力讓您過上好日子的。」秦小寶握著錢袋子，由衷地說道。

「貴叔，等另外幾畝魚賣了，我們再來分銀子，好不好？」秦小寶心中惦記著合夥的事情，這事她不主動提，貴叔是不會來找她分銀子的。

「沒問題，我們先把事情做好，都是自家人，不用跟我客氣。」貴叔還是一如既往地豪爽。

萬事起頭難，今天算開了一個好頭，等魚賣完、稻子收完，家中就有積蓄了。秦小寶看著手中的錢袋子十分歡喜。

果不其然，第二天一早，秦小寶他們還沒到市集，已有一群人等在攤位旁，魚車一到，所有人便立刻圍上去，搶購一空。

到了最後一天，秦小寶抱拳對著眾人道：「各位大叔、大嬸，今年的稻花魚到今天為止全都賣完了，如果大家覺得裴家村的稻花魚還不錯，來年請多加支持。」

水稻一年種兩季，稻花魚須跟種植水稻同步，所以下一季稻花魚得等到明年七月分才會收成，看來這段時間得想想別的掙錢辦法才是。

「啊？怎麼要等那麼久？」

「是啊！沒聽說過養魚還要等這麼久的。」

眾人一聽覺得奇怪，但秦小寶並不打算解釋。多點神秘感，明年的稻花魚就能更好賣，畢竟明年裴家村家家戶戶都會養稻花魚，量比今年大多了。

「大夥兒覺不覺得這魚比其他的魚好吃呢？」秦小寶問。

「是啊！比其他魚好吃多了。」有人大聲說道。

「難道這麼好的東西不值得大家花點時間等待嗎？」秦小寶笑問。

「這倒也是。」

「嗯，說得有理。」

大家七嘴八舌地討論起來。

「好，我保證明年稻花魚會比今年產量更多，請大家耐心等待！」秦小寶說完這話，拉著貴叔和裴子安就走。

「小寶，妳為什麼不跟他們解釋養稻花魚為什麼要那麼久時間呢？」貴叔邊走邊問。

「留點神秘感，他們會更加期待。」秦小寶意味深長地一笑。

「真是隻小狐狸。」裴子安心裡想，這做法的確是高明。

回到裴家村，秦小寶把貴叔帶到家中，請來文氏，對他們說：「貴叔，今天我們就把賣魚的銀子分一分。」

貴叔不好意思地笑著說：「掙錢了，我們都很開心，至於銀子怎麼分，妳決定就好。」

「好！」秦小寶到房中把前幾天賣魚的錢和記帳本一起拿出來。親兄弟明算帳，雖然貴叔不會為了銀子斤斤計較，可還是要把錢算清楚才行。

「這次一共有十畝水田養魚，每畝田產魚約一百二十斤，每斤賣二十文，所以每畝田賣兩千四百文，也就是二兩四錢銀子，十畝就是二十四兩銀子；因為第一天是半價賣的，所以實際收入是二十二兩六錢，當初說好魚苗的錢我們付，所以這二十二兩六錢銀子對半分，每家分得十一兩三錢銀子。」

秦小寶一口氣把帳算完，抬頭問道：「貴叔，您看我這帳算得對不對？」

貴叔常年在外做生意，在銀錢上面也不糊塗，他見秦小寶算帳算得清清楚楚，不禁伸出大拇指誇道：「小寶，妳這算帳的本領哪裡來的，真是乾淨俐落、毫不馬虎。」

秦小寶被誇得不好意思。自己哪有貴叔說得那麼好，只不過每筆帳都要及時記錄清楚，才不會最後變成筆糊塗帳。

貴叔拿著十幾兩銀子，樂呵呵地說：「沒想到，這不費地、不費魚食，就能掙這麼多錢，小寶，下一季我們繼續。」

「貴叔，您再回去看看這次收的晚稻，如果沒算錯的話，還能增產兩成呢！」秦小寶笑嘻嘻地又告訴貴叔一個好消息。

「真的啊？晚稻比早稻賣得要貴呢！太好了，我們留好自家吃的口糧，就可以把晚稻賣錢了。」貴叔驚喜地說道。

前幾個月，秦小寶請貴叔幫忙賣了兩畝地的早稻，一共是四兩銀子；由於草魚苗價格被貴叔壓得很低，所以魚苗才花二兩銀子，剩下的二兩加上賣魚的銀子，總共是十三兩三錢，秦小寶算得眉開眼笑。

「貴叔，我家的晚稻也增產了兩成，接下來還得麻煩您幫我把這兩成晚稻賣了，剩下的晚稻我們打算自己留著吃。」由於早稻賣了兩畝，所以晚稻只能賣增產的兩成了。

「好，晚稻一畝賣二兩四錢，算下來五畝地增產的兩成可以賣二兩四錢，我這就連我家的晚稻一起處理。」貴叔一口答應下來，便匆匆走了。

秦小寶沒料到貴叔算帳這麼快，心想還好賣魚的帳沒有亂糊弄一通，不然這合作關係還能繼續嗎？

十三兩三錢加上二兩四錢，那就有十五兩七錢的銀子啦！現在糧食足夠，銀子也有了，溫飽是沒問題了，接下來好一段時間沒有農活可忙，是該想想還能做什麼掙錢的事情了。

「小寶，現在我們有點銀子，娘幫妳把玉墜贖回來吧！」文氏對秦小寶說。

「不急，娘，玉墜子又不能當飯吃，先放在二伯母那吧！我還想用這些銀子再掙更多銀子呢！」秦小寶忙說道。

裴子安見秦小寶緊緊護住錢袋子，不禁莞爾。這廝當真是個小財奴，但轉念一想，她怎麼可能不想贖回自己的玉墜子呢？想必是因為家裡太窮了，她身負讓全家溫飽的重任，才把自己的事先放一邊，如此一想，裴子安突然覺得心中憐惜起來。

裴子安雖然沒在農村生活過，但從前也看過不少相關的雜書，看來他得好好思索如何幫助秦小寶，畢竟兩人一起努力，一定能更快過上好日子。

這段時間，裴子安想回蘇府的念頭漸漸淡了，這是怎麼回事？

裴子安搖搖頭，嘆了口氣。算了，隨心而動吧！

「對了，娘，我一直想問您，為什麼二伯父、二伯母那麼視錢如命，卻肯借二兩銀子給我們過年呢？」秦小寶突然想起自己困惑已久的事。

「唉，他們兩夫妻是村裡出了名的刻薄、愛占便宜，若不是因為當初妳爹心軟同意和他們交換祖田，他們想必理都不會理我們，而且借銀子時他們已經撂下話，只會借這一次，算是抵償以前的人情。」文氏嘆口氣說道。

「什麼？交換祖田？這是怎麼回事？」秦小寶驚叫。

原來，裴明澤祖上留下的地共有水田十畝、旱田十畝，很長一段時間都是裴耀澤一脈在打理，直到裴明澤回鄉，裴耀澤才歸還祖田。

但是，在歸還祖田時，裴耀澤好說歹說，把自家五畝旱田換了裴明澤家的五畝水田。

在裴家村，旱田的收成可以忽略不計，水田才是糧食和收入的來源；但裴明澤剛回鄉，不知箇中的門道，見裴耀澤可憐兮兮地求自己，說自家人多、水田不夠，裴明澤家人少，有那麼多水田也種不來，裴明澤拗不過他，便答應了，秦小寶之前看到菜園周圍的荒地，就是裴家的十五畝旱田。

秦小寶聽文氏講完，氣得牙癢癢的。這裴耀澤夫婦真是人間極品、貪得無厭！

本來秦小寶看在裴衛安多次出手相助的分上，不打算跟裴耀澤計較字據的事，沒想到居然還有這麼一件事，如果放過他們，他們還以為自己好欺負呢！

「娘，我想請子安哥明天陪我去討債。」秦小寶對文氏說。

「啊？」文氏沒反應過來。

這一家子也太善良，居然把裴耀澤立字據的事情給忘了。
「就是二伯父跟我們立的字據呀！明天我們就去把錢要回來。」秦小寶提醒道。
「這……妳真打算去要啊？我擔心他們會不認帳，趕你們出來。」文氏憂心道。
「哼！他親自立的字據能賴得了？我就不信沒王法了。」秦小寶哼了一聲。
「是啊！娘，您放心，明天我陪小寶去，看誰敢欺負我們。」裴子安自然是對秦小寶相挺到底。以前裴家只有孤兒寡母好欺負，現在他是個正常人，想欺負他們哪有那麼容易。
「也好，子安，你一定要保護小寶，知道嗎？」文氏叮囑道。她忽然想起一件事。「子安，讓小寶教你認字吧！」
文氏心中一直惦記著這件事情，前些日子大家都忙，就先放在一邊，現在總算空閒下來，可以趕快開始了。
裴子安一聽，忙對文氏說：「娘，我腦子裡還有一些以前爹教我們讀書的印象，認字就不用小寶教，我可以自己學。」
文氏沒想到裴子安還記得以前讀書的事情，欣慰道：「菩薩保佑，我兒居然還能認字，那你就跟弟弟、妹妹一起每日到書房去學習吧！如果有不懂的地方，再讓小寶教你。」
秦小寶應了一聲，便拉著裴子安去書房，沒看見裴子安一臉的無奈。
第二天一早，裴子安和秦小寶便去鎮上給裴成德買禮品。

「子安哥，你那天說昏迷時看到了祖先和爹，是假的吧？」難得有兩人獨處的機會，秦小寶怎麼會放過，便想試探一下。

被雷劈以後醒過來不奇怪，但是，被雷劈好了癡呆，實在太讓人難以接受。

說不定他跟自己一樣，也是穿越來的，這個念頭讓秦小寶雀躍不已。以前她從不信鬼神之說，但自從來到這裡，她才了解這世界果真是無奇不有。

如果他們遭遇相同，溝通起來一定會順暢很多。說實話，一開始當她知道自己的丈夫是個傻子時，她還偷偷鬆了口氣，跟古代人成親生孩子，她沒把握自己能接受。

可現在丈夫不傻了，雖然自己年紀還小，但那一天總會到來，這未來的丈夫怎能不了解個清楚呢？

「當然是假的。」裴子安說道。

他已經知道秦小寶是另一個世界的人，既然他們是差不多的情況，是不是該藉此機會跟秦小寶坦白呢？

如果不跟她坦白，像她這麼聰明，總有一天會發現他不是原本的裴子安，怎麼說她也是自己的媳婦，將來要過一輩子的人，是不該對她有所隱瞞。

思及此，裴子安突然一陣心慌。他不是要找機會回蘇府嗎，怎麼好像已經把裴家當成自己的家了？

「其實，昏迷的那些日子，我腦子是清醒的。」裴子安不知不覺脫口而出這句話。

「哦？是嗎？那外面發生什麼事情你都知道嘍？」秦小寶有些詫異。突然，秦小寶臉色大變。裴子安是清醒的，那他肯定知道自己是來自另一個世界！

「是啊，我每天都能聽到一個小女孩跟我說話。」

「你、你別誤會！」秦小寶難得慌張。「我說的那些都是瞎編的，你別當真。」

「妳怕了？」裴子安帶著興味的笑容看著秦小寶。

「我怕什麼，我又沒做壞事。」秦小寶嘴硬道，努力讓自己直視裴子安，免得表現出心虛。

裴子安盯著秦小寶的眼睛，看了許久，悠悠地嘆了一口氣，說道：「其實妳不必害怕，我跟妳是一樣的情況。」

「什麼？」秦小寶沒想到自己的猜測竟是對的，雖然曾有所懷疑，但聽到事實時還是非常震驚。難道時空之門錯亂了嗎？隨便誰都能穿越？

「可以說一樣，也可以說不一樣。」裴子安看著反應很大的秦小寶繼續說。

秦小寶困惑了，什麼叫是一樣，又不是一樣？不過她並沒有提出她的疑問，既然裴子安選擇向她坦白，就一定會說清楚。

第九章 旱田

裴子安見秦小寶等著他繼續說下去，便清了清嗓子說道：「妳來自未來世界，但我卻是這個時代的人，我是剛中狀元的蘇元振，只因自己貪杯，從樓梯上滾下來，然後就到了這個身體裡。」

「你說你是這個時代的人？你是當今的新科狀元？」怪不得，怪不得昨天晚上叫他看四書的時候，他一副不情不願的樣子，敢情是可以倒背如流啊！

「是啊！我家在京都蘇府，裴子安遭雷擊後，我就進入了他的身體。」

「原來如此。」這麼說來，他們兩人還真是同病相憐，只是自己已經沒辦法回去了，而他說不定還能回到蘇府。

「你說想去京都，就是要去蘇府吧？」秦小寶問道。

「剛醒來的時候，確實非常想回去，但後來又覺得這麼做太不切實際，蘇府的我說不定已經死了，我以現在的身分跑回去，誰會認得出來？」裴子安低著頭，失落地說道。

這倒是沒錯，他是不可能以裴子安的樣貌回蘇府做狀元郎的。

「如果蘇元振死了，你父母肯定傷心欲絕。」才剛高中狀元就英年早逝，父母怎麼可能不傷心。

「也許，根本沒有人會傷心。」裴子安淡淡地說了一句。

「What？」秦小寶在裴子安面前不用再偽裝，連英文都蹦出來了；不過裴子安這句話的確嚇到她了，天下父母心，哪可能不傷心呢？

「What是什麼意思？」裴子安困惑道。

「就是驚訝、不敢相信的意思。你剛剛說沒有人會傷心，怎麼可能呢？」秦小寶簡單解釋了一下，問道。

「我母親生下我因血崩過世了，父親又續了弦，繼母生了好幾個弟弟、妹妹，要忙著照顧他們，雖然在生活和讀書上沒有虧待過我，但與我並不親近；而父親一直怪我害我母親過世，所以也對我很冷淡，我從小就是與書為伴，只有沈浸在書中，才會忘記自己的孤獨。」裴子安臉上流露出淡淡的寂寞與悲傷。

「我拚命讀書，就是為了讓父親能正視我一眼，但沒想到我高中狀元後，父親也只是丟下一句『不錯』，就是這一句話讓我心灰意冷，天天在外喝酒，才會失足摔落樓梯。」

秦小寶看著他落寞的神情，不禁鼻頭一酸。他其實還是個孩子啊！怪不得剛醒來時那麼冷漠，原來背後還有這段故事。她踮起腳尖、摸了摸裴子安的頭，安慰道：「不要難過了，雖然你前世親情淡薄，但是你看我們裴家的親情濃到都滿出來了啊！每個人都對你很好呢！」

「是啊！我能感受得到，所以漸漸不想回蘇府了，我怕若是看到大家像什麼都沒發生過一樣，我會更傷心。」

這倒是實話，一個人被徹底忽略，恐怕比死了還難受。

「子安哥，不要這麼悲觀，你放心，雖然我們現在過得苦了點，但是我相信，只要勤奮努力，一定很快就能過上好日子的。我們要活在當下，過去就讓它過去，一切向前看。」

裴子安努力對秦小寶做出個笑臉，把秦小寶逗得一樂。這笑真是比哭還難看。

秦小寶不想氣氛這麼凝重，便拉著裴子安，輕快地說道：「子安哥，走，我們到鎮上逛逛去！」

裴子安被秦小寶感染，加快腳步，和她一起往亭林鎮走去。

「子安哥，京都是不是比鎮上繁華多了？」秦小寶看著人來人往的街道問。

「是啊，京都在天子腳下，比亭林鎮大上許多，街道交錯，各式各樣的店鋪和商品也多，對了，好吃的東西也很多呢！以後有機會帶妳去看看。」

民以食為天，所以人們總是能把美食做到極致，所以秦小寶相信，這裡一定有很多她沒吃過的佳餚，想到就流口水，便道：「好啊！我們現在好好賺錢，將來一起遊遍四海，吃盡天下美味。」

「好！」裴子安看著秦小寶笑著說。

「子安哥，我們給族長買什麼禮物好呢？」正事不能耽擱，魚養成功了，自然應該送些東西感謝族長，更何況，還指望族長主持公道，去幫忙向裴耀澤討債呢！

秦小寶可沒那麼傻，自己跑去裴耀澤家要錢，族長出馬，兩三下就能搞定，為何不請族長幫忙出頭呢？

「禮不能太輕，也不好太重，族長可有什麼愛好？」裴子安思忖著問。

「喜歡抽菸和喝茶。」秦小寶說道。

「那我們去買幾盒上好的茶，再買幾疋布，這樣看起來分量夠，又能迎合他的喜好。」裴子安建議。

「子安哥的建議太好了，思慮周全、滴水不漏，不愧是當朝狀元郎！」秦小寶一聽十分認同，便豎起大拇指毫不吝嗇地稱讚裴子安一番。

裴子安俊臉一紅，忙打斷秦小寶。「小寶，以後不要再提狀元郎這三個字，我現在已經是裴子安了。」

頓了一下，他又補充道：「也是妳相公。」

「啊！」秦小寶沒想到調戲裴子安不成，反被他調戲了，便跳起來往裴子安頭上敲去。

裴子安早有防備，哪可能被秦小寶輕易偷襲到，他忙抓住秦小寶的雙手問道：「小寶，為什麼要打我，難道我說錯話了嗎？」

一雙明亮的眼睛無辜地看著秦小寶，秦小寶只覺得面紅耳赤，忙縮回雙手，說了一句「懶得跟你計較」，便咻一下跑了。

裴子安在後面哈哈大笑。終於反將她一軍，而且心裡不知為何還甜滋滋的。

青茶是青州城最有名的茶，兩人選了一家看起來不錯的茶莊，精挑細選了兩盒上好的青茶後，便來到隔壁的一家布莊。

亭林鎮的布莊並不多，大概只有兩、三家，布疋樣式也都差不多，沒有什麼特色。不過，讓秦小寶吃驚的是，布莊中居然沒有棉布，除了昂貴的絲綢，便是低廉的麻布。她跟老闆打聽了一下為什麼沒有棉布？老闆驚訝地看著秦小寶，他沒想到這小姑娘知道棉布，便告訴秦小寶說：「棉布是從西域運過來的布料，因為稀有，有些比絲綢還昂貴，所以除了京都和一些大城市外，其他地方都沒有。」

秦小寶低頭看了看身上穿的麻布衣服。她來到這裡後，周圍的人的確穿得都是這種質料的服飾。

「子安哥，你以前在京都的時候，穿的是什麼布料的衣服？」秦小寶問道。

「以前穿的是絲綢衣服，怎麼了嗎？」裴子安雖然不解，但還是如實回答。

原來如此，記得自己在修紡織工程系的課程時學過，宋代以前，棉花只在新疆和廣西、海南一帶盛產，而中原百姓的衣服以麻布為主，貴族的衣服以絲綢為主，棉花因為沒有在中原普及，所以很少有棉布材質的衣服。

雖然秦小寶來到一個不知名的時代，但根據這個情況來看，很有可能是跟宋代差不多的時代，也可能跟自己原來的世界是兩個平行空間。

得知此一訊息的秦小寶顯得有些興奮。如果能把家裡那十五畝旱田種上棉花，再織成棉布出售，會怎樣？

「子安哥，你在京都見過棉布嗎？」秦小寶把裴子安拉出布店，悄聲問道。

「見過，我在京都的時候，有一家店鋪專門賣西域運來的東西，會有一些棉布之類的西域特產出售，不過價格滿貴的，只有京都有錢人家會買。」

「那家店鋪裡的東西是怎麼來的？」

「他們有個商隊，會從京都往返西域，這條路途經許多城池，他們會在各個地方販賣當地沒有的特產和貨物。」

古代交通不方便，貨物的流通往往要靠商隊，絲綢之路、茶馬古道就是那些商隊開闢的通商路線。這樣看來，是有機會買到西域的棉花種子，只是得跟商隊打交道了。

「子安哥，那商隊接受貨物預訂嗎？」

「這倒不清楚，我沒跟他們往來過。怎麼，妳想要買什麼？」

「我想請商隊到西域幫我們買棉花種子回來，就是做棉布的原料。」秦小寶說道。

裴子安驚訝地看著秦小寶，問道：「妳買這個做什麼？」

棉布比麻布舒適，比絲綢堅韌，以後將會是主流衣料，但由於這時代交通、訊息都很封閉，棉花種植和紡織技術流傳過來需要很長一段時間，因此沒有人會嘗試製作棉布，一旦有人開始在中原種植棉花、製作棉布，老百姓了解到棉布的好處，這種布料一定會很快普及，因為它物美價又廉。

請商隊把種子買回來，順便請他們收集一些技術方面的書籍，就算只是皮毛也沒關係，以前學過的東西加上實際研究，這事肯定能行！

秦小寶又掉進自己的世界，想著想著不禁拍手叫好，裴子安一臉莫名地看著秦小寶。

「是這樣的，子安哥，棉布將來一定會流行起來，所以我想種植棉花，做出棉布賣給大家。」秦小寶察覺到自己的失態，立刻把思緒拉了回來。

這事有點意思。裴子安看著秦小寶問道：「裴家村沒人種過棉花，妳真打算做？」

「是啊！我們家那十五畝旱地種植棉花是最好不過，而且這種造福人類的事情，非我秦小寶莫屬。」

「妳不怕失敗嗎？」裴子安追問，他想知道秦小寶到底有多少把握？

「稻田養魚不也沒人做過，我們不是就成功了？總要有人敢為天下先吧！」秦小寶沒有絲毫猶豫。

「好，既然妳想要嘗試，我一定全力支持！我在京都的時候喜歡看雜書，看過一些記載西域棉花種植的書，雖然很少，但還是有些參考價值。」裴子安相信秦小寶，就算不成功，也沒什麼大不了的。

「真的？太好了！居然有關於棉花種植的書，在哪裡有？我們去買一本吧！」秦小寶急忙問道。

「哪裡買得到……那是在翰林院的藏書閣看到的，我中了狀元後，翰林院院首邀我過去喝茶，我聽聞翰林院是天下藏書最多的地方，便請院首帶我去參觀，偶然間翻到一本西域雜記中有幾頁提到棉花種植，但這也不是本專書，應該是朝廷派人出使西域時記載下來的。」裴子安搖了搖頭說道。

「原來是這樣，不過無妨，子安哥既然看過此類記載，我們的把握又增加幾成了，謝謝你，子安哥！」真是太好了，這些記載肯定比自己從前學習的書本知識要實際多了。

「子安哥，我們買好布疋，把事情處理好後，過兩天就去京都吧！」秦小寶是個行動力很強的人，說做就做才不浪費時間。

裴子安有些猶豫，秦小寶知道他是糾結於回京都這件事，便安慰道：「別想太多，我們去京都把事情處理完就回來，如果你不想去蘇府，那就不去。」

裴子安點點頭，笑著摸了摸秦小寶的腦袋說：「知道了。」

秦小寶對裴子安一笑，拉他進了布莊，繼續挑起布料來。

絲綢的布料不適合普通老百姓，雖然族長的身分比普通人尊貴一些，但在農村不可能穿著絲綢的衣服，所以秦小寶挑了兩疋上等的麻布作為禮物。

買好禮物，秦小寶又拉著裴子安在鎮上逛了一圈，看了許多布店和成衣店。

裴子安以為秦小寶想買衣服，好幾次想把她看過的買下來，不過都被她拒絕了。秦小寶說：「我們的銀子要花在刀口上，現在還不是享受的時候；再說，這些衣服都不好看，如果有機會，我自己來做，肯定比這些好多了。」

裴子安只當秦小寶是捨不得銀子，也就笑笑隨她去了。

逛到中午，兩人在鎮上簡單用了午飯後便趕回裴家村，去到裴成德家中。看到他們手中的禮物，裴成德笑呵呵地客套幾句，一邊讓劉氏收起來。

裴子安給裴成德行禮，恭敬道：「子安醒來後一直沒來給曾叔公行禮，實在是由於家中魚田的事耽擱了，這次子安特地前來感謝曾叔公的幫助。」

裴成德扶了裴子安一把，說道：「子安不必多禮，你能醒過來，是祖先的庇佑，我沒幫上什麼忙，不用謝我。」

「曾叔公，這次魚田成功多虧您出手相助，也請受小寶一拜。」秦小寶作勢要跪下去，被裴成德一把拉住。

「你們這兩個孩子，這麼見外做什麼，我們都是一家人，說什麼幫不幫的，而且小寶明年不是還要教大家一起稻田養魚嗎？」裴成德提醒道。

「是的，在明年開春種水稻前，還請曾叔公召集村裡的鄉親宣布這件事情，這事得您出面才行，小寶一切聽您吩咐。」秦小寶低首下心地說。功勞就都給裴成德好了，反正自己也不需要什麼威望。

「好！這事我們再好好籌劃籌劃。」聽到秦小寶說讓他出面，裴成德很是高興，看來這小媳婦還挺有眼色的。

「說起來，這次養魚成功也多虧了二伯父的促成，若不是他跟小寶打賭立了字據，想必小寶還沒有如此壓力能完成這事情。」秦小寶見裴成德高興，便把這事給引出來。

「對了，耀澤跟妳打賭時立下字據，說如果你們成功了，他便將五畝水田的進項分你們一半，他可有兌現承諾？」裴成德也想起立字據的事情。

「還沒，但小寶作為晚輩，不好去向二伯父討要，還請曾叔公做主。」秦小寶乘機說道。

「這有什麼不好意思的，字據在手，還怕他們賴帳不成？走，曾叔公就陪你們走一遭，把這件事情給了！」裴成德二話不說，帶著裴子安和秦小寶直奔裴耀澤家。

第十章 討債

裴耀澤和羅氏正在家中關著房門數錢。

今年的晚稻收成很好，留下足夠家中的口糧後，把剩餘的稻子賣掉，又有幾十兩銀子的進項。

等到過年，把養的幾頭豬還有一群雞鴨一起賣了，又是一大筆銀子進帳，這年就好過嘍！兩口子越算越開心。

「耀澤在家嗎？」院門外傳來裴成德的聲音。

「快、快！妳趕緊收拾一下，我去開門。」裴耀澤急忙吩咐羅氏，然後才小跑步去開院門。

「族長，您怎麼來啦？」裴耀澤剛說完這句話，就看到站在裴成德後面的裴子安和秦小寶，他眼皮一跳。剛剛還在說他們不敢來要債，沒想到居然把族長一起請過來了。

裴耀澤把裴成德請進屋來，喊道：「孩子的娘，還不趕緊給族長倒茶。」

「來了。」羅氏把銀子藏好，忙跑出來張羅。

裴耀澤看也不看裴子安和秦小寶一眼，也不叫他們坐，只管對著裴成德讓座上茶。

裴子安和秦小寶也不在乎。他們今天本就不是來走親的，只要能把銀子要回來，管他理不理。

「族長，您今天來是有什麼事情嗎？」裴耀澤裝著糊塗問道。

「耀澤，這晚稻收了也有些日子了，今年收成還不錯吧？」裴成德喝了口茶問道。

「哎喲！族長，您看今年這稻子收成雖然還可以，但我們家人口多啊！這些糧食也只剛好能混個飽腹。」裴耀澤趕忙說道。

「是嗎？三十畝水田只夠你們一家人飽腹？那你們家的人胃口也太大了吧！」裴成德不疾不徐地說道。

「這、這……」裴耀澤沒想到往常頗給自己顏面的族長，今天說話這麼帶刺，他陪笑道：「族長您說笑了，嘿嘿……」

「今天來，不是為了別的事情，你和小寶打賭時，是你親手立下的字據，如今這結果大家都看到了，你是不是該兌現承諾了？」裴成德不打算跟裴耀澤廢話，今天這件事他肯定是要幫秦小寶出頭的，雖然以前裴耀澤經常給自己送禮、請客，但那都是小恩小惠，哪比得上秦小寶能給自己帶來的好處。

「族長，那時我不也是為了祖田著想嗎？原本是想讓小寶打消亂動祖田的念頭，沒想到小寶居然跟我打賭，這也不是我本意啊！」裴耀澤還想開脫。

哼！什麼鬼話，明明是想霸占我家祖田，說得比唱得好聽。秦小寶暗想，不過她並不急著戳破。裴成德既然管了這事，就交給他吧！

秦小寶怕裴子安沈不住氣，看了裴子安一眼，只見他淡定地朝自己搖搖頭。看來子安哥更擔心自己會衝出去呢！不由得會心一笑。

「不管怎麼說，白紙黑字在這裡，你若是不想簽，當初可以拒絕，現在賴帳是不是有點晚了？」裴成德拿著秦小寶的字據晃著。

裴耀澤還想繼續抵賴，裴成德一拍桌子，怒道：「看在同族的分上，我好意勸你，你若再冥頑不靈，不肯履行契約，就休怪我開祠堂了。」

開祠堂是裴家村遇上重大事件才會做的一件事情，由現任族長起頭，請德高望重的長輩在裴家祠堂中一同做出處置，一旦開了祠堂，有過錯的一方將會面臨極為嚴厲的懲罰，輕則趕出裴家村，重則會受到沈塘之刑。

裴耀澤沒想到族長會為了此事想開祠堂。

「別、別，族長，不要開祠堂，我給就是了。」裴耀澤知道今天是躲不了了，趕緊吩咐羅氏把銀子拿出來。

還好請了族長出面，若是自己跑來要錢，裴耀澤是抵死不會給的。

「二伯父，請二伯母把我的玉墜子也一併拿出來吧，畢竟那是我親娘留給我的遺物，我想贖回去。另外，晚稻每畝可以賣二兩四錢，五畝一共十二兩，對半分就是六兩銀子，再減去我娘去年向二伯母借的二兩銀子，總共是四兩銀子。」秦小寶對著進屋拿銀子的羅氏說道。

羅氏停下腳步，看了看裴耀澤，裴耀澤咬著牙點了點頭，羅氏便一跺腳，心不甘、情不願地進了屋子。

見識到裴耀澤夫婦的賴皮，秦小寶知道，如果不趁族長在時把玉墜贖回來，將來未必拿得回來，畢竟這玉墜子遠比借的二兩銀子貴了好幾倍。

羅氏拿出四兩銀子和玉墜交給秦小寶。

秦小寶摸了摸離開身邊半年的玉墜子，剛要掛回脖子上，卻被裴子安一把拿了過去。

秦小寶滿頭問號。只見裴子安掏出一塊帕子，細心地擦拭玉墜子，擦了好一陣子才小心地給秦小寶戴到脖子上。

裴耀澤夫婦的臉色尷尬至極，誰都看得出來裴子安是嫌棄他們的手摸過這個玉墜子。

秦小寶不禁在心裡暗叫。子安哥做得好！沒想到你還挺故意的。真是大快人心。

裴成德看事情解決了，語氣也緩和起來，開口說道：「身為裴家的子孫，可以窮、可以苦，但絕對不能賴，禮義廉恥這四個字是裴家祖先留給我們的祖訓，千萬不要在你們手上毀了。」

「是、是，謹遵族長教誨。」裴耀澤和羅氏在一旁唯唯諾諾地應著。

「以後每年收成時，你們記得主動將這筆銀子交到子安家，早稻五兩、晚稻六兩，就這麼定了，如果小寶再找上我管這件事，那祠堂就一定要開了，你們好自為之吧！」裴成德教訓一番，也將醜話說在前頭，省得到時又要賴帳。

裴耀澤和羅氏聞言，就像戰敗的公雞，垂頭喪氣的。

族長的意思，是不管收成如何，都得支付銀子，收成好時也就罷了，若是收成不好，可就虧大了。

儘管如此，兩人還是一句話也不敢反駁，以免惹來更大的麻煩。

秦小寶揣著銀子，和裴子安開心地回到家中。

「娘，您看，我的玉墜子贖回來了，銀子也討回來了！」秦小寶一回到家，便向文氏獻寶。她知道文氏一直對她把玉墜抵押出去的事情耿耿於懷，所以趕緊告訴她，好讓她放心。

「哎喲！我家小寶真能幹，居然把債要回來，墜子也贖回來了。」文氏聞言非常高興，總算一塊心頭大石落地。

秦小寶把要回來的四兩銀子放到錢袋子裡。現在身上有近二十兩銀子，去京都跟商隊買棉花種子應該足夠了，雖然棉花在中原很少見，但在西域卻非常常見，應當不會太貴，這貴就貴在商隊的跑腿費上，不過他們並非專程為了種子跑一趟，看來應該還有談價空間。

秦小寶收好銀子，對裴子安說道：「我們跟娘商量一下種棉花的事情吧！」

雖然文氏把家裡的事都交給裴子安和秦小寶處理，但畢竟她是長輩，大事還是必須向她報備。

裴子安點點頭，把文氏請到了房中。

秦小寶朝裴子安使了個眼色，示意他開口。上次稻田養魚是自己的主意，已經讓文氏驚嚇不已了，這次換裴子安跟文氏說，看能不能讓她比較安心？

裴子安精準地接到了秦小寶暗示，將兩人的意思對文氏講了一遍。

文氏聽得似懂非懂，嘆了口氣說道：「唉……這些事情娘不懂，所以你倆自己看著辦吧，只要你們平平安安的，做什麼都可以。」

「放心吧！娘，我們會一切小心的。」秦小寶忙說道。

等文氏離開房間，秦小寶對著裴子安比了個「二」的手勢，裴子安依樣畫葫蘆地也比劃了一下。

「Yes！」秦小寶教裴子安。「比這個手勢的時候，要配合說這個詞。」

「噎死！」裴子安一教就會。

秦小寶開心大笑。太好了，又可以掙錢了。

去京都路途遙遠，不像去亭林鎮用走的就到了，得先到鎮上訂好馬車、約好時辰再出發。

來回折騰了兩次，終於訂到可以去京都的馬車，本來秦小寶是打算租兩匹馬騎過去，這樣可以快一點。

但裴子安死活不同意。他騎馬沒問題，還是蘇元振時，他經常跟朋友約了賽馬，可是秦小寶這麼嬌小，又沒學過騎馬，要是摔下來怎麼辦？

秦小寶學電視裡的小混混調戲著裴子安，說：「我們可以兩人共騎一匹馬啊！我不介意的。」

本來秦小寶想看裴子安臉紅同意的模樣，沒想到裴子安面不改色地說：「我怕馬累著，畢竟妳太重了。」

秦小寶聞言差點沒岔氣，心想。我哪裡重了？身上根本沒四兩肉。

不過秦小寶心裡也明白，裴子安是擔心她的安全，才會堅決不肯讓她騎馬。

算了，反正不趕時間，坐馬車也舒服點，還能看看沿途風景。

訂好了馬車，馬車伕卻臨時有事不能去，馬車老闆說：「要麼自己駕車，要麼換別家的車。」

裴子安嘆了一口氣。都要出發了，誰家馬車會這麼巧空著等自己去租呢？算了，自己駕車吧！他坐上馬車，試了幾下，感覺控制得了，便付了銀子駕駛起馬車，一路晃晃悠悠往京都方向走去。

「子安哥，你是不是從來沒想過自己會當個馬車伕啊？」秦小寶坐在馬車裡吃著蘋果，掀開礙事的車簾，口齒不清地說道。

「是啊！我還沒想到居然做了一隻豬的馬車伕。」裴子安頭也不回地回敬道。

「豬說誰呢？」秦小寶氣道。

「豬說妳啊！」裴子安笑。

哈哈哈，裴子安傻傻著了秦小寶的道。在現代風靡一時的段子，在古代可是沒人知道呢！

裴子安看秦小寶笑得莫名其妙，問道：「妳笑什麼？」

「因為『豬』說妳，你自己承認是豬啦！哈哈哈，笑死我了。」

裴子安這才反應過來，原來自己被秦小寶擺了一道。

士可殺，不可辱，秦小寶居然設圈套讓狀元跳，裴子安「籲」了一聲，將馬車停下，鑽進車廂找秦小寶算帳。

「對不起，子安哥，我錯了，是我不對，我是豬，你不是。」秦小寶趕緊求饒。

裴子安笑著哼了一聲，說道：「好吧，既然妳知錯了，我就饒了妳這次。」

說罷，重新拿起韁繩趕起馬車。

和剛清醒時相比，現在的裴子安活潑開朗不少。其實蘇元振也只是個十八歲的孩子，由於親情的缺乏讓他變得有些冷漠，但裴家的溫暖慢慢改變了他，尤其常常跟秦小寶這個樂天派在一起，想不開朗都難。

秦小寶很滿意現在的裴子安。不知為什麼，雖然裴子安是個古代人，但卻與自己很有默契，常常一個眼神就知道對方在想什麼。

這可能就是傳說中的緣分吧！秦小寶的臉有點發燙，她忙打住自己的想法，專心地吃著蘋果。

若是騎馬的話，兩天就能到京都，但駕著馬車，速度明顯慢下來，再加上秦小寶沿路不時停下來看看風景、吃吃飯，他倆的馬車晃悠晃悠地直到第五天才到京都的城門口。

還好現在是農閒季，文氏一個人在家打理菜園子就夠了，所以並不趕時間，而且出發前文氏也交代，要他倆乘機在京都好好玩幾天。

這種悠閒的時光真的很珍貴，雖然已入冬，但京都和青州城都在江南地區，所以並不是那麼寒冷，加上天氣晴好，陽光曬在身上暖暖的。

越臨近京都，裴子安顯得越沈默。秦小寶理解他的心情，也就不再嘰嘰喳喳地打擾他，有些事情得讓他自己想明白才行。

裴子安按照秦小寶的要求，在偏僻的巷子找了一間乾淨的客棧，這裡比較安靜，價格也較便宜。

雖然掙了點錢，但現在還不是花錢的時候，能省則省。

秦小寶很滿意這間名叫忘塵的客棧，名字取得好聽，只是店老闆是個矮胖子，感覺有點不搭。

為了省錢，兩人要了一間房，秦小寶睡床上，裴子安打地鋪。

在客棧安頓好之後，兩人就直奔那家西域店鋪。憑著記憶，裴子安很快就找到名為萬隆號的雜貨鋪。

店內裝飾得古樸又奢華，看來這些年的經營掙了不少錢。秦小寶打量著店內的貨物，有珠寶、布疋、茶葉等高級品。

「這是我們萬隆號的少東家，本店目前是由少東家做主，您兩位有事可以跟我們少東家說。」店內的夥計向裴子安和秦小寶介紹道。

「兩位有事找我？」萬隆號老闆拱手對他們做了個揖。

沒想到萬隆號的管事者這麼年輕，秦小寶不禁和裴子安對視一眼。眼前這位萬隆號少東家也就二十不到的年紀，卻是十分沈穩老練的樣子。

「在下裴子安，這是我媳婦，不知少東家怎麼稱呼？」裴子安拱手還禮道。

「哦？」聽到他介紹秦小寶時，少東家顯然愣了一下，不過很快他就明白過來。看這兩人的穿著打扮像是農村來的，童養媳在農村並不少見。

「在下萬隆號少東家萬景龍，不知兩位找我何事？」萬景龍見裴子安和秦小寶年紀尚小，猜不透他們的來意，不會是想來做工的吧？

「此次冒昧前來，是想向貴號訂一批貨。」裴子安知道萬景龍的猜測，便開門見山地說明來意。

萬景龍一聽，原來是客戶，趕忙將兩人讓進內堂。

第十一章　父子

三人坐定，萬景龍問道：「裴公子看中敝號什麼貨物呢？不是自誇，我們萬隆號的貨都是一等一的，您看在這全京城，還能找出第二家嗎？」

「確實如此，萬隆號名響京城，所以我們這不是找來了嗎？」裴子安順著萬景龍的話誇讚兩句。採購棉花種子的差事費事又不掙錢，不知萬景龍願不願接？

「貴號的棉布非常不錯。」裴子安接著說道。

「那是自然，棉布從西域引進，如果穿過這種布料做的衣服，恐怕就不習慣現在身上穿的了。」萬景龍覺得裴子安十分識貨。棉布在西域常見，但中原卻很稀有，所以可以賣個好價錢。

「裴公子可是想要進此貨？」萬景龍問道。若是的話，這可是筆好生意。

「是的，不過我是想進棉布的原料，棉花種子。」裴子安說道。

「棉花種子？」萬景龍以為自己聽錯了，又再確認一次。

裴子安點點頭。

萬景龍不可思議地問：「要棉花種子做什麼？」

「不瞞萬公子，我們家有十幾畝地，想嘗試種棉花，再製成棉布，所以我們想請貴商號幫我們進一批棉花種子；另外，如果能再加上一些種植和紡織的書籍，那便再好不過。」裴子安有條不紊地說道。

「可是，我們從未進過這個東西啊！」萬景龍猶豫。棉花種子非常便宜，如果價格開太高，恐怕有損商號信譽。

「萬公子，您想，這棉花種子不貴，也不占用太多空間，而且我們不急，貴商號的商隊什麼時候回來，就順路帶給我們，不須什麼額外成本，況且我們會支付合理的價格。」秦小寶見萬景龍猶豫，便加入勸說行列，說之以理、誘之以利。

見萬景龍還是不語，秦小寶繼續說：「萬公子，目前中原地區還沒有人種植棉花吧？要是我們試種成功，製作出棉布，我們願意拿出三分之一的量，在京城只請萬隆號代理出售，而且給你們的收購價是按照市價的八成哦！」

萬景龍聞言，不禁眼睛一亮。這方式倒是可行，如果他們試種成了，萬隆號就有大批棉布可以出售，而且全京城僅此一家，收購價還有折扣，利潤非常可觀；若他們失敗了，那種子也只是順便帶回來而已，並無損失。

做生意就在於魄力和膽量，不可能無本生利，這樁買賣可說是沒什麼風險，卻可能帶來很大進項。

看裴子安跟他媳婦也不像普通農民，裴子安的氣度風範一點也不比京都的公子哥兒差，而他媳婦也是能言善道、古靈精怪，說不定這兩人還真有兩下子。

「好，我看裴公子和裴夫人也都是爽快之人，我若是再推辭就太不識大體了。」萬景龍哈哈一笑，說道：「萬隆號商隊正好這個月要出發至西域，不過路途遙遠，估計要年後才能回來，商隊回來後，我會去信給你們，你們再過來取貨。」

「多謝萬公子，預祝我們今後合作愉快。」裴子安抱拳說道。

萬景龍想著棉布的代理權，只先收了他們十兩銀子的貨款。秦小寶知道，實際上棉花種子是不值錢的，但以跑腿費來說，已經非常便宜了。

萬景龍是個聰明人，他明白做生意不能只看眼前利益，才能越做越好。

「子安哥，要不我們去蘇府附近看看吧？」秦小寶看著一路無語的裴子安問道。

裴子安默默地點了點頭。

蘇府坐落在城南鬧市，高門大院顯得非常氣派，一看就是有錢人家。

離蘇府不遠處，有些小攤販正在賣東西。

秦小寶拉了拉裴子安，指著小攤販問道：「那些人一直在這擺攤嗎？」

「嗯，是的。」裴子安點點頭。

那就好，他倆進不了蘇府，找這些人打探些消息也好。

「大叔，給我來兩個烤紅薯。」秦小寶掏出幾文銅錢，塞給路邊賣烤紅薯的小販，假裝不經意地問道：「這戶房子好大，還挺氣派啊！」

小販熟練地挑了兩個紅薯，包好遞給秦小寶，說：「這是京都蘇府，蘇家世代為官，他家大公子才十八歲，前幾個月剛剛中狀元呢！」

「真的啊？這麼年輕的狀元，真是祖上庇佑啊！」秦小寶裝著十分驚訝。

「什麼祖上庇佑，你們是外地來的吧，這麼大的事情都不知道？」小販看了一下他們的穿著打扮問道。

「是啊！我們從青州城來的。」秦小寶趕緊說。

「這大公子考中狀元後，沒幾天就從樓梯上滾下來，就這麼走了。唉，所以說，人的命運真是說不準，前一刻還高高興興的，下一刻便要辦喪事了。」小販嘆著氣說道。

裴子安雖然心裡早有準備，蘇元振可能已經死了，但是當親耳聽到「自己」的死訊，還是覺得難以接受。

秦小寶繼續問道：「那蘇老爺可不是要傷心死了？這麼優秀的兒子就這麼沒了。」

「可不是，蘇老爺本來在朝為官，經過這次打擊，請休一年，在家中潛心唸佛，說是要超渡枉死的大兒子。」

「可是，大叔，我剛剛聽那邊幾個小販在聊天，說這蘇老爺以前不喜歡自己的大兒子呢！」

「從前是有這麼一說，可是大公子出殯那天，按規矩蘇老爺是不可以出來送殯的，但那天我親眼看見蘇老爺追出來，拉著靈柩不讓走呢！」小販搖搖頭。

「是嗎？為什麼不讓走？」秦小寶看了神色有異的裴子安一眼，問道。

「蘇老爺說，他這些年虧欠大公子太多了，心裡愧疚，好不容易下定決心要好好待他，他卻這麼走了。唉，反正當時蘇老爺傷心欲絕，好不容易才被蘇夫人勸了回去。」

這時，裴子安的眼淚已經嘩嘩地流了下來，把賣紅薯的小販看得一愣。

秦小寶趕緊說：「沒事、沒事，他這人感情豐富，聽不得這種傷心事。大叔謝謝你啊！我們走了。」

賣紅薯的小販嘆了口氣，揮揮手說道：「真是個善良的孩子，早點回去吧！」

秦小寶把裴子安拉到一個沒人的小巷子裡，遞給他一條手帕，說道：「子安哥，擦擦眼淚吧！」

裴子安接過帕子，仰著頭，想把眼淚忍回去。

「你想哭的話，哭出來會好受一些，在我面前，你不用硬撐，我非常能理解你的心情。」秦小寶看裴子安這樣子，也很難受。

裴子安一聽這話，便再也忍不住，哭了出來。

「哭完是不是心情好多了？」秦小寶等裴子安哭聲轉小，安撫他道：「你看，也許一開始由於你母親的緣故，他心有芥蒂，但是畢竟是自己的親生骨肉，他其實是心疼你的，只不過可能他並不善於表達情感，所以你才感覺他對你很冷淡。」

「我後悔，為什麼當初要躲著他，為什麼不去跟他講講話？現在說什麼都沒用了，我如果現在跑去跟他說，『我是你兒子，我沒有死』，會不會嚇著他？」裴子安問秦小寶。

「萬萬不可啊！小心被當成中邪的人抓起來。」秦小寶聽了大驚，生怕裴子安一時衝動，把事實真相說了出去。在這個年代，人們對鬼神的敬畏可是遠遠超過現代的。

「可是，我真的好想再見父親一面，給他磕三個響頭，也算是了了這輩子的父子緣分。」裴子安望著蘇府方向喃喃自語。

「你真的想見他嗎？」

「嗯，就見一面，見完我就回裴家村，老老實實做裴子安。」

「好，我有辦法，只是你得答應我，千萬不能露出任何馬腳，否則我擔心我們走不出蘇府。」秦小寶一咬牙，說道。

「行，我什麼都聽妳的。」裴子安的眼神明亮起來。

咚咚咚，蘇府響起敲門的聲音。

厚重的大門「呀」一聲開了，一個老僕人探出頭，問道：「你們兩位有事嗎？」

「是這樣的，我和夫婿前幾個月從青州城來到京都，本想在京都購置一些物品回家，但沒想到被小偷偷了錢袋子，我們倆連回家的銀子都沒了，正當我們走投無路的時候，是蘇大公子幫了我們，給我們返鄉的路費。」秦小寶對老僕人說道：「所以，這次我們到京都，特意來向蘇大公子致謝，並歸還他上次給我們的路費。」

「這……唉……實不相瞞，兩位，我家大公子前些日子過世了，你們是見不到他了。」老僕人嘆了口氣說道。

「什麼！怎麼會這樣？那該如何是好，我娘交代我們一定要把銀子歸還給公子，還要向他磕頭謝謝他的好心。」秦小寶一副驚訝且著急的樣子。

秦小寶偷偷看了裴子安一眼。還好，他神色平靜，只是緊盯著老僕人，想來是見到了熟悉的人，但又不能相認吧。

「這、這如何是好？」老僕人整個不知所措。

「大叔，能否請您通報一下蘇老爺，既然蘇公子不在了，我們想當面感謝蘇老爺及歸還銀子。」秦小寶趕緊說道。

「哦，對、對，還有老爺。」說著，便想進去通報，但是他想了一想又轉身跟秦小寶說道：「我們家老爺在這件事情過後，平日都在佛堂不出來，如果老爺不見你們，那也沒辦法，我先跟你們說一下。」

秦小寶點點頭。她相信，只要老僕人說有人找大公子謝恩還錢，蘇老爺肯定會出來的。

過了沒多久，老僕人氣喘吁吁地跑出來，說：「老爺同意見你們了，隨我進來吧！」

秦小寶拉著裴子安跟著老僕人走進蘇府。

一切都沒改變，還是老樣子，裴子安環顧四周，有一種物是人非的感覺。

「老爺，這就是門外的客人。」老僕人的聲音把裴子安的思緒拉了回來。

他一眼就看到坐在廳堂中間的父親蘇浩淼。父親瘦了許多，也許是這幾個月潛心修佛的原因，看上去氣色還不錯，並沒有想像中憔悴，裴子安見狀放心不少。

「兩位請坐，怎麼稱呼？」蘇浩淼伸手請裴子安和秦小寶坐下。

「蘇、蘇老爺，晚輩叫裴子安，這是我媳婦秦小寶。」裴子安還不習慣叫蘇浩淼為蘇老爺，結巴了一下。

蘇浩淼一聽到裴子安開口，便驚得站了起來，詫異地看著裴子安，說道：「你、你再說一遍。」

秦小寶莫名其妙地看著這一幕，裴子安又把剛才的話說了一遍。

「楊叔，你聽，他的聲音是不是跟元振一模一樣？」蘇浩淼顫抖著雙手指著裴子安，詢問站在一邊的老僕人。

「是、是啊！老爺，真的是一模一樣！」楊叔方才沒注意，現在仔細聽也相當吃驚。

竟會有這種事，怪不得蘇老爺聽得大吃一驚，秦小寶暗想。

裴子安也呆住了，自己的聲音居然帶進了裴子安身體，這麼久了，自己都沒有意識到。

「老爺，大公子已經走了，人的相貌都有可能長得一樣，更何況是聲音，這位小哥不過恰好與大公子聲音相像，您不要太激動了，注意身體。」楊叔怕蘇浩淼太過激動，勸解道。

蘇浩淼這才回過神來。是啊！元振已經去了，人死不能復生，聲音相似又能如何？

他頹然地坐了下來，好一會兒才問裴子安。「聽說你們是元振救的人？」

「是的，蘇老爺，我娘讓我們這次來京都一定要給蘇大公子還錢致謝。」秦小寶怕裴子安的聲音再讓蘇浩淼激動，便代裴子安開口回答。「只是聽楊叔說，蘇大公子已經去世了，所以我們想親自向蘇老爺致謝還錢。」

秦小寶說罷，便拉著呆立在一旁的裴子安跪了下來，兩人恭恭敬敬地給蘇浩淼磕了三個響頭。

「這位小哥，怎麼哭了？」蘇浩淼看到磕完頭站起來的裴子安，不解地問道。

「晚輩是傷心蘇大公子怎麼說走就走，這麼好的一個人，若不是他，我和小寶就得沿路乞討回家了。」裴子安抹了抹眼淚，回答道。

「世事無常，佛祖說過，空即是色，色即是空，人的死亡並非灰飛煙滅，而是以另外一個形態存在這個世界上，所以我相信元振不是死去，而是生活在另一個地方而已。」蘇浩淼這段時間鑽研佛學，領悟不少。

「是，我也相信大公子定在另一個地方好好地活著，所以蘇老爺，您也要保重身體，別讓大公子擔心。」裴子安望著蘇浩淼的眼睛，輕輕說道。

聲音雖輕，但這幾句話讓蘇浩淼感覺到好像是蘇元振在跟自己說話，恍惚間，他對裴子安說道：「好，我會的。」

「蘇老爺，這是要歸還給蘇大公子的路費，晚輩這就告辭了。」裴子安不捨地看了蘇浩淼一眼，將手中的銀子交給楊叔，拉起秦小寶便要轉身離去。

「請留步。」蘇浩淼回過神來，趕忙喊住裴子安，慈祥地問道：「我能叫你子安嗎？」

裴子安聞言身軀一震，慢慢轉過身來，說道：「當然可以。」

「子安，以後你若是有空，可不可以經常來看看我這老頭子？」蘇浩淼聽著跟蘇元振一模一樣的聲音，頓時有一種兒子還活著的感覺，便盼望以後能多聽到這個聲音。

「蘇老爺，我會經常來看您的，您多保重。」裴子安壓抑著心裡的激動。原來這就是血脈親情，雖然已不復原來的面貌，但還是有所感應。

「楊叔，去取二十兩銀子給子安和他媳婦。」蘇浩淼吩咐楊叔。

「蘇老爺，不用了，我們身上的銀子夠用。」裴子安連忙推辭。他可不希望父親誤會自己是為了銀子而來。

「拿著吧！你們是元振冥冥中帶過來的人，我替元振收下他借給你們的銀子，但我也要謝謝你們讓我了解了元振的善良，而且我覺得跟子安很有緣，所以不用跟我客氣。」蘇浩淼催著裴子安把銀子收好，這才放心，又問道：「你們是青州人氏嗎？是不是馬上就回去了？」

「是，我們是青州城亭林鎮裴家村人，明天我們就啟程回裴家村了，等年後應該還會來京都，到時候再來給您請安。」裴子安恭恭敬敬地回答道。

「好！那我等著你們。」

蘇浩淼親自把他們兩人送出大門，直到他們的背影消失在街道的另一頭，才慢慢轉身進屋。

第十二章 過年

秦小寶邊走邊觀察裴子安的神情，小心地開口。「這樣也好，以後你還可以經常來看蘇老爺，了解他的近況。」

「我已經很滿足了，妳放心，我知道這已是最好的結果，現在的我，已經沒有別的身分，就只是裴子安了。」裴子安說道，停頓一下，又補充一句。「也是秦小寶的相公。」

「這個裴子安，每次都要刻意強調，不捉弄我會死啊？」秦小寶嘟囔著，但這次她並沒有反駁。她知道裴子安已經打開心結，心裡也為他高興不已，就讓他這一回吧！

京都比亭林鎮繁華許多，裴子安帶著秦小寶四處閒逛，邊逛邊介紹城內的事物。

第二天是啟程回裴家村的日子，昨天秦小寶在逛街的時候，已經給文氏和平安、秀安準備好了禮物。

到達亭林鎮已是四天後，這回在路上沒有耽擱太多時間。

還完馬車，秦小寶拉著裴子安到了市集，她想起後院的豬圈和雞、鴨圈還是空空的，現在有了銀子，不如買些小豬、小雞、小鴨回家養。

逛了一圈市集的結果就是，裴子安推了一輛手推車，上面堆滿了用籃子裝著的小雞、小鴨、小豬、小狗、小貓，嗯……還有秦小寶。

「還好我聰明，在集市上買了一輛手推板車，否則這麼多東西怎麼扛回去？」秦小寶坐在板車上，得意洋洋地說道。

裴子安身體健壯，這點體力活對他來說是小意思，聽了秦小寶一番話，無奈地說道：「妳買這麼多動物，養得活嗎？」

「當然能養活，家裡若沒有這些動物，還能叫農家嗎？既然我們來到農家，那就過過正統農家小日子嘍！」秦小寶一臉自負地說。

文氏見裴子安和秦小寶帶了這麼多東西回來，嚇了一跳，不過，她是很喜歡小動物的，便忙著將牠們安置到各自的窩中。

「子安哥，你還記得你以前看過的棉花種植記載，是什麼時候播種、什麼時候採收嗎？」秦小寶問道。既然萬景龍答應幫忙購買棉花種子，那現在就得開始籌劃了。

「三至四月播種，九至十月採摘。」裴子安記憶力驚人，看過的書都能過目不忘。

「那正好跟水稻的播種和收割時間錯開，所以過完年之後，我們就必須把荒廢的旱地整好，四月上旬之前將棉花播種完，四月中旬開始播種早稻，並教鄉親們一起養魚。」秦小寶算道。

「是的，時間剛好可以接上，就是估計要忙碌許多了。」

「這些活兒光靠我們家這幾口人肯定做不完，不如過完年後去跟族長商量一下，聘雇村中的壯丁幫我們整地，並支付報酬，四月上旬前，他們在家也沒有農活可以做，一定會來的。」秦小寶突然想到了個好辦法。

「對，這是個方法，我們銀子應該夠用。」裴子安贊同道。

「那我們先把各自了解的事情寫下來，再進行整合，你看如何？」秦小寶說道

「好。」

兩人說做就做，一人占據一張書桌，奮筆疾書起來。

寫完後，兩人互相比對了一番，秦小寶邊看邊點頭。狀元的字果然很漂亮，加上兩人寫的內容差不多，如此心裡便更有底了。

接下來的大事就是過年，忙碌了大半年的秦小寶終於有時間閒下來，過過農家日子了。她每天細心照顧一群小動物，並幫牠們一一取了名字，然後去菜園澆澆水，暫時不用為掙錢煩惱的日子，過得很是閒適。

裴子安每天都跟著秦小寶。農家日子對他來說是新鮮有趣的，但他覺得秦小寶更有趣。跟著秦小寶，他學會了跳繩、五子棋、爬樹等以前想都沒想過的事情。

「小寶，你們那裡的人做的事情都這麼有趣嗎？」裴子安問道。

秦小寶正在為裴子安畫素描。這裡沒有素描筆，秦小寶就用小刀把木炭削成筆狀，再做了個紙套，套在拿筆的位置，這樣就不怕被炭筆弄髒了手。

「嘴巴動可以，身體不許動啊！不然就畫得不像了。」秦小寶趕忙說道。

裴子安被秦小寶擺成了沈思者的姿勢，一動都不敢動。

作為服裝設計師，素描是基本功，今天秦小寶一時興起，便打算幫裴子安畫張素描，反正閒著也是閒著。

「我們那裡的人天天忙著掙錢，哪裡有趣，一個個都掉到錢坑裡去了，一切向錢看。」秦小寶一邊畫一邊說。

「哈哈，妳在這不也是天天想著怎麼掙錢嗎？但我還是覺得妳挺有趣的。」裴子安想起秦小寶那財迷的樣子，便忍不住想笑。

「我是因為這個家太窮了，沒有辦法，總不能餓肚子吧？我在原來那個世界，可是個視金錢如糞土的人。」秦小寶辯解道。

裴子安一聽這話，強忍著笑，身體已經抖成風中的落葉。

「我發現你笑點好低啊！」秦小寶忍無可忍地說道。

「什麼是笑點好低？」裴子安一聽又有新名詞，趕緊停住笑。

「就是一點都不好笑的事情你還笑。」秦小寶無奈地解釋。

「不會啊！我覺得很好笑。」裴子安說道。

秦小寶不想同他說了，只是奮筆在紙上疾書，過了一會兒，說了句。「好啦！」

裴子安活動活動手腳。小寶說的這模特兒可真不好當，讓他腰痠背痛的，接過秦小寶遞過來的畫紙，裴子安哭笑不得。什麼時候自己長了一對兔耳朵啦？

快樂的日子總是過得特別快，轉眼就要過年了，年二十五的時候，裴子安和秦小寶已經去亭林鎮把年貨都採購回來。今年比較寬裕，雖然訂購棉花種子用去了十兩銀子，但蘇老爺又給了二十兩，扣掉去京都的車費和買小動物的花費，秦小寶手中還有二十多兩銀子，所以兩人把該採買的東西都買了回來。

等到小年夜，秦小寶指揮一家大小徹底進行了一次大掃除，雖然房子破舊了一點，但是起碼要打掃得乾乾淨淨，也住得舒服一點。

果然，大掃除過後，貼上紅色的對聯和窗花，過年的氣氛就出來了。

大年三十，除夕，是過年氣氛最為濃厚、最歡樂的一天。

一早起來，文氏就在廳堂掛起祖宗的畫像，擺上供桌，布置香案，放上雞鴨魚肉和果品來奉祀祖先。

秦小寶在文氏的交代下，在家具、床鋪以及水缸邊貼上紅紙條，這叫做「封歲」，也叫「上紅」。

年三十中午吃得比較簡單，下碗麵條墊墊肚子，就等著晚上那頓年夜飯好好大吃一頓。

吃完麵條，該準備年夜飯，光靠文氏一人肯定是忙不過來，秦小寶便主動加入準備年夜飯的行列。

年夜飯可以說是一年裡最好的一頓飯，所以雞鴨魚肉是少不了，菜名也都有特別的寓意，比如雞代表吉祥如意，魚代表年年有餘。

文氏早就擬好了工作表，今天只要照著工作表做就行。作為裴家唯一壯丁，裴子安被文氏派到後院去負責殺雞、殺鴨、殺魚，所有需要動刀的活兒都交給了他。當然，雞鴨魚都是前幾天買的，秦小寶養的小動物都還沒長大呢！

就在裴子安要動手的時候，秦小寶突然大叫一聲。「刀下留雞！」

裴子安嚇了一大跳，噹啷一聲刀掉到了地上，他撫著心口，看著秦小寶從廚房衝出來，問道：「怎麼了？」

「你別當著我動物寶寶的面動手，我怕影響牠們的心理健康，到時嚇得長不大。」秦小寶說道。

後院是養動物的地方，牠們正往裴子安這裡看呢！

裴子安嘆了一口氣。原來是這樣，他搖搖頭，拎著雞鴨魚走到前院，這下總不會嚇到牠們了吧？

經過一番努力，裴子安終於完成任務，秦小寶早已燒好了開水，等著裴子安把殺好的雞鴨拿進來，燙一下便開始拔毛。

秦小寶將雞鴨翅膀上最長的羽毛小心地拔下收好，裴子安不解地問道：「妳留著這個做什麼？」

「這可好用了！可以做筆套、做毽子，等做好再給你看。」秦小寶一邊拔毛，一邊說道。

裴子安已經習慣秦小寶總會變出些新玩意兒，就等著看看成品會是什麼樣子？

雞就做成土雞湯吧！加一些紅棗、香菇，燉好了以後，雞可以像白斬雞一般蘸著醬油吃，還能喝到土雞湯，一想到這土雞的味道，秦小寶口水都快流出來了。來這裡這麼久，還沒吃過土雞呢！

雞湯做起來簡單方便，先把雞洗乾淨，下到鍋裡用沸水過一下，將血水倒去，重新放入清水燒開，然後將過好水的雞和紅棗、香菇一起放入鍋中，加入料酒、蔥白、生薑，大火燒開後，改小火繼續燉兩個小時，就可以出爐啦！

秦小寶熟練地處理完土雞，接下來就要考慮鴨子的做法。

做個醬全鴨好了，其實也很簡單。秦小寶發現葷菜比素菜好做，輕輕鬆鬆便能做得好吃，所以她包下了雞鴨魚肉四大葷菜，其他便交給文氏處理。

裴子安負責劈柴、燒火、打打雜，火候控制得還不錯。

醬全鴨跟做雞湯一樣，先洗淨鴨、燒水，將鴨子洗一洗瀝乾水分，然後鍋內加少量油，放入薑片、香蔥，鴨子用小火慢慢煎至鴨皮出油，途中蔥炸到呈現金黃色就要撈出來，不然會有焦味。

等鴨皮出油後，鍋內放涼水，倒入所有的調味料及香料、薑塊，大火燒開後轉小火慢慢燉，約一個半小時便可出爐。

至於魚肉，一般過年要燒整尾魚，那就做個紅燒魚吧！但兩個灶臺已經都在用了，所以決定等雞湯和醬鴨做好後再處理魚。

趁著這個空檔，秦小寶幫文氏把菜都洗好、切好，萬事俱備，就差灶頭了。雞湯的香味已經飄出來，因為加了香菇，所以更香了。

醬鴨比雞湯先出爐，秦小寶俐落地洗好鍋。她打算先燉紅燒肉，等雞湯出爐，就可以把紅燒魚做好，接著炒菜，等炒完菜，紅燒肉也好了，一切是那麼天衣無縫。

廳堂的餐桌已擺放好碗筷，為了表示對祖先的尊敬，桌上多放了幾副碗筷，表示邀請祖先一起來過年。飯前，要先給祖先篩酒，將酒灑地，才能開始吃飯。

一道一道菜端上來，本來挺大的一個餐桌，被擺得滿滿的，象徵豐收的好兆頭。菜全部上齊，人也全數落坐，秦小寶拿出一罈花雕酒。這是特別去亭林鎮買的，十年醇，應該算很好的酒了吧！秦小寶不懂酒，但想說過年應該要喝一些，才像是過年。

按照規矩，先敬完祖先，秦小寶給每個人都倒了酒，文氏舉起酒杯對大家說：「今天是年三十，過了今晚，你們又都長大一歲。今年娘真是高興，子安恢復正常，小寶在稻田養魚掙到不少銀子，日子比去年好過多了；平安、秀安又懂事聽話，從來不讓我操心，就是可惜你爹去得太早了。」

文氏說著說著，想起了去世的裴明澤，眼眶不禁紅了起來，秦小寶見狀忙說：「娘，今天是好日子，我們應該高興才是，我們大家一起乾一杯吧！」

「是啊！娘，所有的苦都已經過去了，現在就把這個家交給我吧，我一定會讓你們過好日子的！」裴子安安慰文氏道。

「你們都是好孩子，來，為了更好的未來，乾杯。」文氏擦了擦眼睛，舉著酒杯說道。

「娘辛苦了，謝謝娘。」

孩子們紛紛說著感謝的話，大家的杯子輕輕碰在一起，發出清脆好聽的聲音。

「快！吃菜，多吃點。」文氏讓大家動筷子吃菜。

幾個孩子雖然對桌上的菜垂涎三尺，但還是很有教養地挾菜，慢慢地吃著，看得文氏非常滿意。

「小寶，妳做的這幾道菜真好吃。」裴子安由衷地誇讚道，後面不忘加一句。「我媳婦真能幹。」

秦小寶的臉又莫名其妙地紅了。文氏在場，她不好擰裴子安的耳朵，只能默默吃菜，文氏卻看著他倆笑得很開心。

本來裴子安是個傻子，文氏對秦小寶有太多的內疚，畢竟自己帶大的孩子，這一輩子的幸福就毀了，沒想到裴子安現在不傻了，她心中這塊石頭也就落了地，而且看他倆感情很好，她更是放心，手心、手背都是肉，這是最好的結果。

「子安、小寶，你們明年就又長大一歲了哦！」文氏意味深長地說了這樣一句話。

秦小寶懵懂地看著文氏。長大一歲也只有十一歲，難不成古代十一歲就能成親？

「是啊！娘，我就十三、小寶十一了。」裴子安接話接得很順。

秦小寶瞪了他一眼，卻被他故意忽視。

「再過幾年，就是大人了，我真的很期待啊！」文氏感慨地說道。

「放心吧！娘，我會努力的。」裴子安回答著文氏，卻朝秦小寶眨了眨眼睛。

秦小寶的頭快埋到碗裡去了，旁邊傳來裴子安壓抑的笑聲。

秦小寶一邊往嘴裡扒飯，一邊越想越鬱悶。自己好歹也是二十好幾的人，怎麼被十幾歲的小屁孩給整成這樣？哼！君子報仇，十年不晚，她一定要想辦法扭轉這個局面。

第十三章 棉田

吃完年夜飯，文氏和秦小寶洗好碗筷，把灶具也擦得乾乾淨淨。

裴子安帶著裴平安和裴秀安將每個房間都點上了油燈，包括前院和後院，點上燈後，整個房子燈火通明。

文氏發壓歲錢給孩子們，大家互說著吉祥話。

守歲是待過完子時，放完鞭炮，意味著辭舊，然後就可以去睡了，但有些人會守夜通宵到天亮。

放完鞭炮，秦小寶安心地上床睡覺去了。熬通宵太難，自己實在做不到，忙了一天真的累了，才一沾上枕頭，秦小寶就沈沈睡去。

不過，好像才沒睡幾個時辰，便被鞭炮吵醒。年初一開門也要放鞭炮，叫做迎新。

接下來幾天便是在拜年中度過，不是別人上自己家拜年，就是自己上別人家拜年，因為還是小孩，所以紅包拿了不少，可文氏也給出去不少，算下來，給來給去都是自己的錢。

族長家是一定要去拜年的，何況還有事情要同族長商量。

裴子安和秦小寶拎著大包小包去了族長家。每逢年節，裴家村的人都會給族長送節禮，這是慣例。

往年裴家窮，送的節禮很寒磣，所以自然得不到裴成德的青睞。要在村裡做事情，族長是千萬要打點好的，所以今年秦小寶花了不少銀子為裴成德準備節禮。

果然，裴成德見到裴子安和秦小寶，便眉開眼笑地讓座上茶，態度比首次見秦小寶時不知道親切了多少倍。

作為晚輩的裴子安和秦小寶給裴成德拜完年，便坐了下來。

「子安，你娘的身體近日可好？」裴成德問道。

「托曾叔公的福，我娘最近身體好多了。」裴子安恭敬地回答。

「那就好，現在你能替這個家分擔，你娘輕鬆不少。」裴成德說道。

「是啊，曾叔公，我和子安哥一直在想怎麼替娘分擔，我家那十五畝旱田還荒著，如果能種點什麼就好了。」秦小寶說道。

裴耀澤與裴明澤交換五畝旱田的事，裴成德是知道的，只是當時他看不上裴明澤，就沒有管這事，否則作為族長，是該站出來說句公道話的，現在秦小寶提起這事，裴成德有點尷尬，便喝起茶來。

秦小寶見裴成德表情有異，猜想裴成德八成知道那五畝地的事情，但她也不打算點破，只是露出苦惱狀說道：「我和子安哥年前去鎮上，打聽到一個消息，西域的棉布在中原賣得非常貴，我和子安哥就想在我家旱田種點棉布的原料，棉花，也好過這樣荒廢著，不知道族長您認為適合不適合呢？」

裴成德急於將自己從這件事中撇清，聽到他們並未抱怨交換田地的事，而且對旱田已經有想法，便不管棉花是什麼東西，趕緊說道：「這有啥不適合的，能不能種，得種了才知道，你們儘管種，我支持你們。」

秦小寶要的就是這句話，拍手說道：「那太好了！只是我們家人手不足，可能到時還得麻煩曾叔公，在村中替我們徵召一些空閒的壯丁來墾地，我們支付報酬便是。」

「這有什麼難的，別說你們支付報酬，就是做免錢白工，有我在，誰敢不給個面子？」裴成德一口答應下來。

「是、是，有曾叔公的威望在，我們好辦事多了，今後我家就全靠曾叔公罩著了。曾叔公放心，報酬我們肯定會支付的，否則我們也不好意思是不？」秦小寶趕緊拍馬屁。

「沒問題！但是，小寶，稻田養魚一事可別耽擱了啊！」裴成德還惦記著開春要種稻養魚的事情。

「耽擱不了，等棉花種下去，剛好接著種稻養魚，時間我算好了的。」

「那就好，你們什麼時候要人、要多少人，來跟我講一聲，一天內幫你們找齊。」裴成德說道。

「是，謝謝曾叔公。」

到族長家拜年很順利，就等萬景龍來信通知他們取棉花種子了。

裴衛安也回來過年，他來給文氏拜年，還帶了一些書籍和筆墨紙硯送給裴子安，認真地說道：「子安，你該開始讀書了，不求你能考取功名，至少也要識得一些道理，這些書你先看，筆墨如果不夠用，儘管跟我說，下次我再幫你帶回來。」

秦小寶在一旁憋笑到快內傷，裴子安居然還一本正經地回答裴衛安。「多謝衛安哥提醒，子安一定用心讀書，不負衛安哥的期望。」

待裴衛安走後，秦小寶誇獎裴子安說：「你不去做演員真是可惜了。」

「什麼是演員？」裴子安撓撓頭，表示不解。

「就是跟唱戲的差不多意思。」秦小寶解釋道。

「我不是在唱戲啊！雖然衛安哥他爹不是什麼好東西，但衛安哥卻是個好人，他說的不無道理，我當然要聽他的。」裴子安瞥了秦小寶一眼，說道。

「啊！你不會還想去考取功名吧？」秦小寶表示驚訝。

裴子安認真想了想，嘆了口氣說道：「罷了，以前拚命想考取功名，只是為了讓爹能對我另眼相看，其實我對做官一點興趣都沒有。」

說罷，看了看秦小寶問道：「妳想讓我再去考功名嗎？」

秦小寶搖頭說道：「不想，男人有錢有權就變壞，我可不想看你變成壞人。」

「那我們就一輩子做農民？」

「做農民有什麼不好？生活單純，不用每天勾心鬥角，頂多治治村裡幾個奇葩，況且，等我們掙了很多錢，就可以到處去玩，又不是非得一輩子待在這裡。」秦小寶暢快道。她可不想涉及官場，過著自由自在的日子多好。

「好，我聽妳的。」裴子安一口答應下來。聽起來小寶這個想法相當不錯。

「對了，你在蘇府娶過媳婦沒有？」秦小寶突然想起。這個問題她一直想問，但都給忙忘了。

「沒、沒，當然沒有。」裴子安趕忙擺手，說道：「我才十八歲，父親還沒來得及給我說親。」

「那就好，否則就毀了人家一輩子。」秦小寶放下心來，另外還多了一股說不清楚的輕鬆感覺。

過年時，每天吃吃喝喝又不用工作，秦小寶明顯變得圓潤一些，個頭也往上竄，好多衣服都短了，還好古代衣服本就做得寬大，湊合著還能穿。

等元宵節一過，這年就要過完了。秦小寶記得小時候，爸爸總會在元宵節時做個兔子花燈給自己玩，一到晚上，小孩子們都提著各自的兔子花燈出來遛達，滿街都是兔子花燈，熱鬧非凡，如果誰的兔子花燈做得最好、最有創意，就會成為燈王，十分有面子。

只是長大後，她就沒有再玩過兔子花燈，只有看別的小孩子玩的分。

「子安哥，今天元宵，我們來做點好玩的吧！」秦小寶忍不住想重溫一下童年的快樂時光，便慫恿裴子安。

「好啊！小寶想做的東西肯定好玩。」裴子安很配合，他也好奇秦小寶這次又要做什麼？

按照秦小寶的吩咐，裴子安把鐵絲、白紙、紅紙、漿糊、木頭、繩子都收集齊全。

首先，要做兔子的身子，需要將鐵絲繞成幾個圈，並用繩子固定，這個體力活兒交給裴子安，秦小寶負責在一旁指導。

兔身終於完工，再來就是最難的部分——做底盤和輪子。

將木頭慢慢削成輪子的形狀，並在四個木頭輪子中間鑽孔，套在小木棍上，成為四角車輪；然後裝上底座和蠟燭，並用鐵絲將車輪軸綁在兔身下，就算大功告成。

接下來就是將白紙糊上兔子身體。這很考驗耐心，秦小寶親自上陣，小心翼翼地將兔子身體全部糊好，然後用紅紙貼上兔子的耳朵和眼睛，再用白紙剪一些流蘇貼到兔子身上，一隻完美的兔子花燈就完成了。

裴子安以前在京都過元宵的時候，逛過花燈集市，也看過不少花燈，通常看到的都是掛著的花燈，用來猜燈謎，這兔子花燈倒是第一次見，而且還可以拉著走，他圍著燈看了半天，直呼有趣。

秦小寶感到非常有成就感，心中暗想若是能做個手藝師傅也是很不錯的。

裴平安和裴秀安老早就被吸引過來，見到兔子花燈完工，也高興地拍起手來。

裴子安看大家都喜歡，便用剩下的材料又做了兩個出來，第二個和第三個做起來快很多。

秦小寶、裴平安和裴秀安人手一個，等到天色一暗，三人便拉著兔子花燈出去遛達了。

兔子花燈成功地引來鄉親的圍觀，小孩子們圍著這三個兔子燈跳著鬧著，秦小寶感覺又回到了小時候，心中頓時幸福滿滿。

在元宵節鞭炮聲、孩子看兔子花燈的喧鬧聲中，新的一年便這樣開始了。

前院的桃花樹已開花，秦小寶在後院外開闢的菜園也種好菜，長出了討喜的小嫩苗。

家裡的菜地太遠，不方便每天照料，秦小寶見自家後院外還有塊空地，便在上面闢出一片菜園，不大，夠一家人吃就好。

秦小寶還在想，應該在菜地周圍種幾棵果樹，這樣一來一年四季就有水果吃了。

秦小寶又把小動物的窩重新整理一番，後院變得寬敞許多，她在後院種下兩棵桂花樹，夏天可以遮蔭，秋天又能聞到最愛的桂花香，還能做桂花蜜或桂花茶。

秋天到的時候，擺上桌椅，在桂花樹下喝茶，那小日子該多美！

秦小寶跟小蜜蜂一樣勤快地勞動著，忙忙碌碌中，天氣越來越暖和，萬隆商號終於來信，信上說「棉花種子已帶回，請速取」。

「小寶，這次我一個人騎馬去京都取貨便可，妳留下，請族長召集村人幫我們整地作壟。」裴子安道。

「好，我也是這樣想，這樣效率高一點。對了，你別忘了去看看蘇老爺，並帶點禮物上門。」秦小寶提醒道。

「放心，我會的，妳在家辛苦了，若是遇到困難，就先放著，等我回來再說。」裴子安有些擔心。雖然他倆已將棉花種植技術討論好，也有了大致的計畫，但實際執行的時候還是可能會有問題。

「你就放一百個心去吧！我保證你回來的時候，可以看見整整齊齊的棉田等著你。」秦小寶豪氣地一揮手說道。

裴子安點點頭。他該相信小寶的，當初稻田養魚也是她一個人做成的。

「對了，你把手推板車推到鎮上去，回來時把棉田要用的肥料買回來，順便幫我帶幾株果樹苗。」秦小寶吩咐道。

租馬要在亭林鎮租，從裴家村到亭林鎮還是得走路去。

「要帶什麼果樹苗回來？」

「我喜歡吃葡萄、枇杷、桃子、橘子、柿子等等，你看著辦吧！有什麼就買什麼。」秦小寶說起水果來，一臉神往。

裴子安好笑地看著秦小寶，回道：「儘量滿足妳。」

裴子安本想在小寶面前瀟灑地翻身上馬、揚鞭而去，沒想到最後像個小老頭似地躬身推著板車，挫敗地上路。

秦小寶站在村口目送裴子安離開，一想到那些果樹，她這顆愛吃水果心就要飛起來了。她轉身往族長家走去，跟裴成德說了自己需要的人數，以及如何支付報酬，然後便回家，估計明、後天就可以開工了。

第三天一早，十五個壯漢扛著鋤頭來到秦小寶家報到。

秦小寶趕忙招呼大家進屋喝茶。雖然有付報酬給這些來幹活兒的人，但會來的多少有一些情分在裡頭，村裡人樸實，若是秦小寶人緣不好，就算付錢也未必有人肯來幫忙，所以秦小寶對待他們很是客氣。

秦小寶跟裴成德要了十五個人，正好一人整一畝地，這樣的話報酬好算，而且也很快，估計兩天就能完成。

來幹活的人都很爽快，說不進屋坐了，現在就去田裡吧！

秦小寶點點頭，跟文氏說一聲，便帶著大夥兒來到了自家的旱田。

這兩天需要先開整棉田，整完後，等裴子安的農肥買回來，再進行施肥。棉花是喜溫、喜光作物，因此，棉田應選擇土層深厚、肥力中等以上的平地或向陽坡地。裴家的地符合棉花的生長習性，關鍵便要看如何整地作壟了。

秦小寶仔細地向眾人講解如何整地。因為棉籽種下去後要頂開土層，長出棉苗、帶出葉子，所以棉田的土一定要細緻。

「各位叔伯，這兩天要辛苦大家了，這次要整的地和平時整得不太一樣，我的要求是，第一，先把地整鬆，越鬆越好，土要細碎，不能有土塊；第二，要整平，地表要平坦，表面不能有隆起或凹坑；第三，要乾淨，田裡不能有雜草、石塊；第四，每隔一公尺半作成一壟。大家聽明白了嗎？不明白的話我再跟大家說一遍。」秦小寶儘量用比較簡單的說法，希望大家都能聽得懂。

「我們聽明白了，只是小寶，妳這次又要種什麼呀？上回稻田養魚剛弄好，這回又要種新鮮玩意兒啦？」有人問道。

「是啊！這次要種棉花，不過，從來沒種過，還不知道種不種得成？這第一道關卡就拜託各位了。」秦小寶笑著回答道。

「我們相信妳可以的，上次我們都不相信妳能養活稻花魚，最後妳還不是成啦！」

「是啊！小寶，這次如果能種成的話，別忘了帶上我們這幫鄉親啊！」

大家你一言、我一句地說道。

秦小寶突然有一種被認同的感覺，這感覺真不錯，她笑著大聲說道：「各位叔伯放心，如果這次試驗能成功，我肯定會帶著大家一起種，我們裴家村都是一家人，要一起過上好日子。」

秦小寶的話得到了大家的一致贊同。

第十四章　打臉

「小寶、小寶！」大慶和小慶氣喘吁吁地跑過來。

「大慶哥、小慶哥，你們怎麼來啦？」秦小寶問道。

「我爹這幾天走街串巷地賣貨去了，他走之前特意要我倆來找妳，看看有沒什麼能幫上忙的？」大慶喘著粗氣說道，然後又悄悄在秦小寶耳邊說：「我爹還交代，不許拿妳的報酬。」

秦小寶看著滿頭大汗的大慶，心中暗自讚許。大慶還挺有眼色，知道小聲說報酬的事，如果他大聲在眾人面前嚷嚷，大家肯定會很尷尬，拿了報酬覺得不好意思，不拿又覺得太虧了。

「好，兩位哥哥，那就麻煩你們了。」秦小寶也不跟他們客氣，這時她的確需要人手。

秦小寶和大慶、小慶又說了一遍整地的方法，並且讓他倆負責監督，若是哪塊地沒整好就要指出來，直到合乎標準為止。

大慶今年十六，小慶十四，在農村，已經算是個壯丁了。大慶也到了娶媳婦的年紀，貴叔這段時間到處去賣雜貨，就是為了多攢點錢給大慶辦婚事。

看著大慶和小慶嚴格認真地監督著大家，秦小寶嘴角微微上揚。有這兩名得力助手真是太好了，看來可以稍稍歇會兒。

到了傍晚，棉田已整好一半，明天再做一天，初步整田的工作就完成了。

秦小寶拉著大慶和小慶回到自家吃晚飯，文氏一見他倆來了，趕忙到廚房加道菜——臘肉炒乾豆角。臘肉是過年時買回來的豬肉，文氏用柴火燻了一塊臘肉，平時都捨不得吃。

文氏讓秦小寶招呼大慶、小慶坐下，並幫他們盛了滿滿的米飯。

大慶、小慶立刻大口將米飯往嘴裡送。因為窮，菜做得少，只能靠米飯填飽肚子，這還算是好的，有時候收成不好，連飯都吃不飽。

秦小寶最愛臘肉炒乾豆角這道菜了，她看大慶和小慶光吃飯不挾菜，心裡一陣酸，趕緊替他們挾菜到碗裡，說道：「大慶哥、小慶哥，多吃點菜，我們家有著呢！」

「嗯，在吃呢！」大慶對著秦小寶一笑。

吃完飯，秦小寶收拾碗筷，大慶和小慶也跟著一起收拾。

「大慶哥，平時貴叔不在家，是你做飯嗎？」秦小寶一邊收拾、一邊和他們閒話家常。

「是啊，不過小慶也會做，我倆一起。」

沒娘的孩子真可憐，還好大慶和小慶都是性格開朗的孩子，可能遺傳了貴叔吧！

「你倆讀過書沒？」秦小寶問道。

「我和哥哥識一些字，但是沒讀過什麼書。」小慶回答。

「想讀書嗎？」

大慶和小慶對視一眼，一起點頭說道：「想。」

「那好，以後每天吃完晚飯，你倆來我家，我爹的書屋裡有好多書，你們可以隨便讀，有不懂的可以問我或子安哥。」秦小寶邀請他倆。

「真的嗎？我們可以過來讀書嗎？」大慶和小慶興奮地問道。

「當然，書就是讓人讀的，否則放在那裡生灰塵啊？」秦小寶笑著說。

「今天你們就可以來了，我一個人收拾就好。平安、秀安，帶大慶哥和小慶哥去書屋。」秦小寶吩咐道。

「好的。」平安應了一聲，拉著兩人去書屋。

只用兩天時間，棉田就整好了。

「各位叔伯，第一步已經完成，這兩天辛苦了，請各位回家等我通知，施肥和播種時還需要各位幫忙。」秦小寶對眾人表示感謝之意，並將這兩天的報酬付給大家。

三天後，裴子安回到了裴家村。秦小寶圍著手推板車轉了幾圈。滿滿一車的東西，兩大袋棉花種子、兩大袋農肥，還有幾棵果樹苗。

秦小寶遞過去一條毛巾，說道：「子安哥，你辛苦啦！這次還順利吧？」

「順利，蘇老爺那兒我也去了，他還問起妳來呢！說下次要我帶妳一起去看他。」裴子安接過毛巾抹了抹汗說道。雖然不是夏天，但推著這麼多東西一路走回來，還是出了一身汗。

「這兩株是枇杷樹和橘子樹的樹苗，妳先種起來，其他的我們再慢慢找。」

「好啊，謝謝子安哥！我們先看看棉花種子怎麼樣。」秦小寶看著樹苗彷彿跟看到果實一般。

兩人把棉花種子推車上扛了下來，棉花種子又大又飽滿，不愧是西域的棉種，接下來便要進行曬種。

一般來說，播種前十五天要進行曬種。秦小寶看了看天，這日頭還真好，正好可以曬種，按照書中記載的方法，裴子安和秦小寶將棉種曬好，很快便到四月上旬施肥播種的時間。

秦小寶提前一天將上次十五個壯丁召集好，等到播種這一天，一行人便浩浩蕩蕩去了棉田。

播種的方式關係到是否能順利發出棉苗，裴子安親自示範，並解釋道：「每隔一段距離，挖出一個這樣大小的坑，放三粒棉種下去，然後用土輕輕覆蓋就可以了。」

經過裴子安的示範，大家一下就學會了，只用一天便完成播種。

秦小寶看著整整齊齊的棉田，心中暗暗祈禱能順利出苗，能不能發達就看這次了。

種完棉田，秦小寶感覺一陣輕鬆。離稻田養魚還有幾天時間，一點都沒耽誤，明天該請族長召集鄉親開會了。

還沒邁進院門，秦小寶便聽到一個高亢尖銳的女人聲音，她眉頭一皺，心中暗想這女人怎麼來了？

裴子安看向秦小寶，秦小寶低聲說道：「隔壁文家村的齊氏，娘的嫂子，你的舅母。」

「原來是親戚。」裴子安也低聲說道。

「她算哪門子親戚，這下肯定沒好事，等會兒你不要說話，讓我來解決。」

裴子安何等聰明，憑這幾句話便猜到了大致情況，他對著秦小寶點點頭，表示明白。

秦小寶推門進屋，只見文氏一臉不耐煩，卻又不敢表現得太明顯。

齊氏生得頗有幾分姿色，只是那雙精明的眼睛透露出滿滿的心機。

「喲！是子安和小寶回來啦！」齊氏一見裴子安和秦小寶，誇張地叫起來，她伸手拉裴子安，說道：「來，子安，讓我瞧瞧，真是老天保佑，你居然好了。」

裴子安站著沒動，齊氏拉不動他健壯的身軀，只好在他肩膀上拍了兩下。

哪知，裴子安在齊氏碰觸的地方，以嫌棄的神情拍了拍衣服，齊氏一臉尷尬，趕忙咳了兩聲轉移話題。「小寶啊，聽說妳現在可能幹了啊！」

秦小寶正為剛剛裴子安的舉動暗暗憋笑，聽齊氏喚自己，便趕緊正色道：「沒辦法，被生活所逼，不能幹就得餓死了。」

「子安，這是你舅母。」文氏對裴子安說了一句，裴子安醒來之後並沒見過齊氏。

「哦。」裴子安哦了一聲，看都沒看齊氏一眼。
「我們子安比較怕生。」文氏說。
「沒事、沒事，多見幾回就熟了。」齊氏忙說道。
「那也得見得著才行。」秦小寶諷刺道。
「嗯，是啊，最近這些年，我們兩家不常往來，以後要多走動才行。」齊氏臉皮夠厚，秦小寶明嘲暗諷，她都能忍。
「舅母，豈止是不走動，這些年，您有當我們是親戚嗎？」齊氏可以當沒發生過，她秦小寶不能。
文氏偷偷拉了拉秦小寶的衣角，她膽子小，不會吵架。秦小寶按著文氏的手，安慰地拍了兩下。
「哎喲！小寶妳這話就見外了，妳舅舅還經常提起你們呢！」
提起這個舅舅，秦小寶就一肚子火。舅舅跟文氏一樣，都是軟弱的性子，齊氏進門後，看準文家一家子都好欺負，就把舅舅踩在腳底，仗著自己生了兩個兒子，對公婆非打即罵，舅舅也不敢管。
那時秦小寶還小，只記得文氏每次從娘家回來都會哭，但也沒有辦法，農村的規矩，父母不能跟著出嫁的女兒過日子，否則會被講得很難聽。
生性耿直的裴明澤帶著文氏回去討過公道，指責齊氏的虐待行為，卻被舅舅擋了回來，說文家的事情不用外人操心，把裴明澤氣得半死；後來文氏父母終於忍受不住經年虐待，相繼病死，齊氏就再也不讓文氏回娘家了。

去年過年的時候，文氏實在沒辦法，厚著臉皮帶秦小寶去唯一的舅舅家借錢，卻被齊氏罵了回來，說文家沒這門親戚，叫她們趁早滾蛋。

「哦？是嗎？」秦小寶不想跟齊氏廢話，便開門見山地說：「舅母來我家若是想敘舊，那不好意思，我們沒空招待，請回吧！」

「別別，不是來敘舊的。是這樣的，小寶妳看妳兩個表哥也大了，該娶媳婦了，可是就憑家裡那幾畝地，實在困難，我聽說去年妳家稻田裡養了魚，收成好了不少呢！所以這次來是想看看能不能也教我們在稻田裡養魚？」齊氏邊看著秦小寶的表情，邊小心地說道。

原來是為了稻田養魚而來，秦小寶心中嗤笑一下。這種人在你困難時，落井下石還要踩上一腳，見你有利用價值了，便想來分一杯羹，世上哪有這等好事？

「舅母，您大概忘了去年過年時是怎麼說的吧？您說文家沒有我們這門親戚，我懂禮數才叫您一聲舅母，既然這樣，那兩個表哥娶媳婦的事情跟我們有什麼關係？恕小寶無能為力，您自己想辦法解決吧！」秦小寶想也沒想，直接拒絕。

齊氏的臉色一瞬間變得非常難看，不過她還不死心，仍然裝著笑臉道：「唉……那是我一時糊塗才說出的話，小寶妳怎麼還記在心上，妳就可憐舅母一下吧！否則文家要絕後了。」

「妳虐待外祖父和外祖母的時候，為何不可憐他們一下，年紀這麼大了還要被妳虐待？妳去年叫我們滾蛋的時候，怎麼不可憐我們孤兒寡母一下，現在倒來讓我可憐你們？你們是吃不飽了、還是穿不暖了？文家那幾十畝地足夠你們一家過日子了，少在這裡給我裝可憐！」秦小寶聽她這樣糾纏，怒火上升，毫不留情地把齊氏罵了一頓。

就算臉皮再厚的人，被這樣數落料想也承受不了。

齊氏的臉已經脹成了豬肝色，惱羞成怒地罵道：「秦小寶，妳不過是個童養媳，妳娘都還沒開口，妳就在那裡撒野，我看妳是欠教訓，今天我就代妳娘好好管教管教妳這個野丫頭！」

說罷，齊氏撲上來要打秦小寶，裴子安見狀，扯住齊氏的衣服就往門外一推，齊氏哪抵得住裴子安的力氣，哎喲一聲便摔飛在地。

齊氏坐在地上哭喊起來。「裴家造了什麼孽哦！讓一個童養媳在這胡搞，妹子妳真是有眼無珠，養了這樣一個賤蹄子，文家的親戚都不認了啊！」

文氏性情再懦弱，見到這樣的場景，也不由得怒火中燒，罵道：「齊氏，妳這潑婦，當初妳虐待我爹娘致死，後又不讓我回娘家，在我最難的時候，不認我這門親戚趕我出門，妳現在還有臉到我家來哭鬧！妳若是再這樣，我就算拚了這條命，也要去文家村把妳做的這些見不得人的事情告訴文氏長輩！」

齊氏一聽，嚇了個激靈。若被她把事情鬧大就不好收拾了，立刻麻溜地爬起來，也不哭鬧了，只在嘴上惡狠狠地說道：「好、好！你們既然這麼絕情，我也沒什麼好說的，只是，我勸你們小心一點，我們走著瞧！」

說罷，便灰溜溜地走了出去。

秦小寶望著齊氏離去的背影，啐了一口。

「小寶，怎麼辦，她這種人不會善罷甘休的。」文氏聽到齊氏最後說的一句話，嚇得六神無主，擔心得很。

「別怕，娘，她這種人嘴上叫得狠，卻是不敢怎麼樣的。」秦小寶安慰道。

「唉，我若不是看在兩個姪子的分上，一定會去文氏宗族揭發她的惡行，只是我一想到這事若傳開來，我們文家也算毀了。」文氏難過地說。

「這種人，會有人收拾的，只是時候未到而已，娘犯不著為這種人難受。」秦小寶勸道。

裴子安悄悄拉了拉秦小寶的衣角，想問清楚事情的來龍去脈，秦小寶便一五一十地把整件事情都告訴裴子安。

「別讓我再見到她，見一次，打一次，這種人欠揍！」裴子安氣憤道。百善孝為先，這是為人子女的本分，怎麼會有這樣的人？

「啊……你以前也是這麼嫉惡如仇嗎？」秦小寶看到裴子安義憤填膺的樣子，很難想像他還是蘇府公子時也會這樣。

「當然，我一向如此。」裴子安朝秦小寶一笑，露出雪白整齊的牙齒。

秦小寶一樂。裴子安沒有讀書讀呆了，挺好。

馬上就要春種，是該帶著大家挖魚溝和魚坑了。

秦小寶請裴成德通知裴家村每戶人家派一個代表，一同到祠堂進行商議。

裴氏祠堂坐落在裴家村東南邊，坐北朝南，是供奉裴家先祖的地方，村中大事都會在祠堂裡處理。

大事也分為好幾種，有像這種關係到全村人利益的大事，還有處理違反族規的大事等。

裴家村是裴家先祖兩百年前遷徙至此建成的，家譜上記載裴家先祖是前朝的官員，由於朝廷黨爭受到牽連，便辭官隱退，尋一處山明水秀的地方安家落戶，經過這麼多代的繁衍，村中已有四、五十戶人家。

第十五章　傳授

這是秦小寶第一次進裴氏祠堂，祠堂很大，大門口高高懸著一塊牌匾，展現此處的與眾不同，大家都是懷著敬畏之心進入祠堂，不敢喧譁和吵鬧，因為這裡供奉著歷代祖宗的牌位。

廳堂很大，足以容納上百人，四、五十人坐在長條凳上，裴成德坐在最前面面對著大家，他輕輕地清了一下嗓子，用帶著族長特有的威嚴開口說道：「今天把大夥兒召集過來，是為了商議一件事情，大夥兒知道明澤家的子安和小寶稻田養魚的事情吧？」

關於這件事情，裴成德為了弄清楚每家的想法，老早就已經放出風聲，他收集到的消息顯示大家都很想做這件事情，這對裴成德來說，主動權就掌握在自己手裡，做大事一定要知己知彼才行。

大夥兒既早已知道此事，便都對著裴成德點頭稱是，想讓裴成德快點講下去。

裴成德刻意放慢速度，端起茶杯，吹了吹漂浮在上面的茶葉，然後輕輕喝了一口，放下杯子，這才慢條斯理地繼續說道：「子安家養的稻花魚賣得非常好，我們鎮上就缺新鮮的魚，所以為了提高我們村的收成，我與子安和小寶商量了一下，打算今年春種就讓他倆帶著大家一起在稻田養魚，大家有沒有什麼意見？」

「族長，我們當然沒意見，感謝族長為這事這麼上心，帶著大家一起掙錢過好日子。」一個族叔帶頭大聲說道。在這節骨眼兒，溜鬚拍馬的人當然不會少。

「是啊！族長，您怎麼說我們就怎麼做。」

裴成德滿意地點了點頭。他要的就是這效果，此事若成，村民自然會對他感恩戴德。村民感念誰，秦小寶覺得無所謂，只要裴成德記住她的好就成。

「族長，您的提議當然很好，但若魚養得不好怎麼辦？」裴耀澤這時突然冒了出來。進祠堂的時候，秦小寶就看見裴耀澤縮頭縮腳地跟在大夥兒後面，找了個角落坐下來。秦小寶知道此時不能趕他走，就當給衛安哥一個面子吧！他如果真心想養魚，就帶著他一起，畢竟他還有五畝田要分一半收成給自己。

沒想到裴耀澤還是想找麻煩，秦小寶也不著急，反正大夥兒若因此不養魚了，對她來說也沒損失，反倒是裴成德急於想促成此事，肯定會擺平裴耀澤的。

「耀澤，你這話是什麼意思？」果然，裴成德不耐煩地問道。

「族長，子安和小寶養魚的時候，才那幾畝地，也才養成功一次，但現在全村的地都要養魚，我怕這養魚的本投進去了，萬一有個不小心，全村人都虧本啊！大夥兒說是不是啊？」裴耀澤鼓動著。

話一說完，本來喊著支持的村民，都流露出猶豫不決的神情。

「啪」的一聲，裴成德一掌拍在桌子上，震得茶杯蓋清脆一響，把大夥兒都嚇了一大跳。

「裴耀澤，你若是不想參與稻田養魚，便給我出去。」裴成德怒道。

裴耀澤不敢得罪裴成德，陪著笑臉道：「我當然想參與這件事情，但是我這麼小心謹慎也是為了鄉親們好，畢竟這關係到全村人的利益。」

看來，裴耀澤想分一杯羹，又害怕虧本，就想讓秦小寶承諾些什麼。秦小寶看穿裴耀澤的心思，便低頭垂目，一句話都不說。

真是好笑，帶著大家勤勞致富反而有錯了？不僅辛苦，還要受到質疑，更要承諾保證不賠本，天底下哪有這麼好的事情？這個鍋她才不揹。

「做生意哪有穩賺不賠的道理，稻田養魚也是一樣，誰家的田不是靠天吃飯的？天好收成就好，天不好再努力也沒用。謀事在人、成事在天，不去嘗試怎麼知道輸贏？」裴成德說道。

村民都竊竊私語起來。如果不養魚，就安安穩穩地靠種田吃飯，如果參與養魚，就要承擔風險，可一旦成功，收入便能翻倍。

裴成德見此情景，也不說話，想讓大家自己想清楚，省得到頭來被認為是自己強勢主導。

「小寶，妳作為帶頭人，妳怎麼說？」裴耀澤把矛頭指向了秦小寶。

「二伯父這話說錯了，小寶只是裴家的小媳婦，並不是什麼帶頭人，族長才是全村的帶頭人。」秦小寶見躲不了，便索性藉機把話說清楚。

「族長一心為全村鄉親們著想，想讓大家一起有個好收成，這才想讓小寶教大家一起養魚，沒想到各位叔伯卻辜負族長的一番心意，誰都想掙錢、不想賠錢；族長說得好，做生意哪有穩賺的？所以，如果各位鄉親害怕賠本，那小寶也就不做這個爛好人了，省得回頭賠錢了怪罪小寶。」秦小寶先抬高裴成德，再表明自己的態度。她只負責教大家怎麼養魚，掙不掙錢她不負責。

「是啊！小寶，我們回去吧！看來族長的好意白費了。」裴子安自然看得出秦小寶在演哪一齣，便順著她的話接道。

「族長，我帶小寶先回去了，養魚的事我看就作罷吧！省得做好事還被人質疑。」裴子安拱手對裴成德行了個禮，便想拉著秦小寶離開。

「子安、小寶，且留步。」裴成德一看急了，這事可不能就這麼吹了。

大夥兒聽到秦小寶和裴子安這樣說，也有點急了。再怎麼說這也是個掙錢的好機會，錯過未免可惜，便紛紛開口留他們。

裴成德見狀，雙目威嚴掃視全場，沈聲問道：「關於養魚這事，還有疑問的人請站出來。」

裴耀澤還想發難，卻被羅氏一把拉住。他瞪了羅氏一眼，但也知道如果再鬧事，恐怕會徹底得罪族長，便哼了一聲坐了下來。

現場一片靜默，沒人敢再出聲，裴成德便開口說道：「既然大家都沒有疑問，那這件事便成了，如果有人不願意參與，我也不強求，等會兒願意參與的人到我這登記，不願參與者請自便。」

裴成德為自己留了一條後路，並沒有強制大家都要參與，這種事情還是自願為好。

裴成德讓自己的兒子在旁邊擺了張桌椅負責登記，大夥兒排著隊，一家一家地簽名或按指紋，並且上交買魚苗的銀子。

這是第一次教大家養魚，為了怕大家不知道怎麼買魚苗，秦小寶便請裴成德統一採購魚苗發給大家，等今後大家都學會了，便不再管了。

登記了大半日，終於結束，結果是全村人都參與了，包括裴耀澤，他家三十畝地全都要養魚。

秦小寶搖了搖頭。怕賠錢的心理她能夠理解，但如果為了怕賠錢就想把風險轉嫁他人，這也太差勁了。

第二天，秦小寶和裴子安來到裴成德的水田，按照計畫，她會在裴成德的水田為大家講解如何挖魚坑和魚溝。

眾人早早便來到指定的水田，等著秦小寶和裴子安。

秦小寶詳細地為大家介紹如何挖坑，並且說明了原理和注意事項；她也告訴大家如果有什麼問題或不懂之處，隨時可以找自己幫忙。

講完，秦小寶指揮裴成德家的人進行實際操作，裴成德家裡人多，一個上午便將一畝田搞定。

如同秦小寶一開始跟文氏說的，稻田養魚不難，就算秦小寶不教，估計看幾回也能看懂，所以，得到秦小寶詳細指點的鄉親們，已經初步掌握了稻田養魚的方法，便各自回到自家水田挖起坑來。

一時間，裴家村的水田熱鬧非凡。有了掙錢的希望，大家都有說有笑地幹著活兒，一點也不覺得辛苦。

秦小寶和貴叔家的水田已經養過魚，只須補強一下，所以很快便完成了。

由於貴叔有採購魚苗的經驗，裴成德便將這個任務交給貴叔。這次的魚苗需求量比上一次大很多，貴叔憑著做生意的手段，又把價格壓下來不少，直接降低了魚苗的成本。

等到春種插完秧，貴叔便在村裡召集了一群人，從魚塘把魚苗運回來，順便帶回了所需的魚飼料。

裴成德的兒子根據每戶登記的數量進行魚苗發放，領到魚苗的人家都歡天喜地地將魚苗放到事先挖好的魚坑中。

這段時間，自家水田的事由裴子安負責打理，秦小寶則待在家中解決大家遇到的各式各樣的問題。裴子安現在不同以往，水田交給他打理，秦小寶放一百個心。

等到水田裡的秧苗一長高，秦小寶便指導村民把魚坑的魚放出去，接下來就沒什麼需要操心的，只要每天去水田巡一下即可。

到了這時，棉苗也已經發了出來，綠油油的一大片，看得秦小寶心裡高興得很，先前的擔心一掃而空，這下總算鬆了口氣。

趁著較為空閒的時間，秦小寶趕緊將兩株果樹苗打理好，並打算在菜園旁邊弄個果園，之後還可以多種一些果樹。

秦小寶把裴平安和裴秀安找來，三個人一起弄速度才快。秦小寶規劃了一下，把想種的果樹位置都留出來，然後才把現有的橘子樹和枇杷樹種上。

五月的天氣越來越暖和，皮膚跟泥土接觸，軟軟的，彷彿要融成一片。

由於現在的菜園就在後院，所以可以每天打理，園子裡的蔬菜長得生機勃勃，秦小寶把能吃的菜全種上，把每天的配菜解決了。

秦小寶又看向後院的小動物們，嘆了口氣。唉……古代的雞鴨長得好慢，看來得到過年的時候才會長大吧！

枇杷樹和橘子樹種好了，才半公尺高的小樹苗，看來是有得長了。在現代習慣了豐富的物質生活，到了這裡才了解，萬物的生長需要時間，凡事也都得自己動手才有得吃穿。

「小寶，今天日頭好，妳和平安、秀安把被子拿出來曬曬吧！另外把糧食也翻曬一下。」文氏一邊洗著衣服，一邊吩咐道。

「好的，娘。」秦小寶應道。

一個冬季過去，儲存的糧食必須在好天氣拿出來翻曬，然後再繼續儲存，如此一來才不會受潮發霉。

裴平安今年已十一歲，個頭長得比秦小寶快，他自動自發地把體力活都接了下來。

秦小寶和裴秀安負責把草蓆扛出來，然後架上衣架曬被子；裴平安負責把一麻袋、一麻袋的糧食扛出來，倒在草蓆上用耙子耙均勻，三個人分工合作，很快就把活兒做完了。

秦小寶捏了捏被子。被面是麻布做的，裡面的填充物通常是蘆花、楊柳絮和茅草，這樣的被子蓋在身上非常不舒服，等棉花種成後，一定要做幾床棉被。

「娘，被子和糧食都曬好了，我和弟弟、妹妹去棉田看看。」秦小寶叫上兩人一起去棉田，順便除草。

「好，去吧！早些回來吃飯。」文氏應道。

現在裴家分工明確，文氏主內，主要處理家裡的事情，做飯、洗衣、打理菜園、餵豬和雞、鴨等；裴子安和秦小寶主外，水田和棉田的事都交給他倆；裴平安和裴秀安則是哪邊缺人就去哪幫忙。

這樣一來，大家都很清楚自己要做什麼，自然是做得順順利利，如果遇上大量的體力活，秦小寶就雇請鄉親來幫忙，賺錢重要，身體更重要，沒有好的身體，賺再多錢也是白搭，所以秦小寶在這件事上一點也不小氣，再說，錢是掙出來的，不是省出來的。

十五畝棉田一片綠油油的，看上去很是壯觀，等棉苗再長高一些，就要施肥了，農肥一下，長勢會更好，秦小寶暗想。

棉田除了棉苗，也長出不少雜草，除草不是什麼粗重活兒，秦小寶便找裴平安和裴秀安一起到棉田除草。

沒過一會兒，秦小寶臉上便冒出細密的汗珠。這樣的天氣一活動便會冒汗，不過多運動有益身體健康，秦小寶自我安慰著。

來到這裡已經快一年了，這個身體不斷在長大，秦小寶明顯感覺到自己比一年前力氣大，身體也結實了。

雖然在這裡吃的東西不多，營養並不是很夠，但是由於食物都是純天然的，反而對身體健康十分有幫助。

正當三人揮汗如雨時，大慶氣喘吁吁地跑了過來。

「小寶，妳快回家看看吧！好多人在找妳。」

「怎麼了？發生什麼事情了嗎？」秦小寶奇道。

「我也不太清楚，是文嬸子叫我來找妳回去。」

「好，我們這就回去。」

秦小寶擔心文氏，趕緊帶著裴平安和裴秀安往家中跑。

廳堂裡圍了一群鄉親，正七嘴八舌地說話，神情很是焦急，一看到秦小寶回來了，趕緊圍上來說：「小寶，不好了，我們水田裡的魚好像出問題了。」
「什麼？」秦小寶一驚，問道：「出什麼問題？」
「前兩天我去看的時候，魚兒好像不是那麼活躍，今天早上一看，居然死了幾條，妳說這該怎麼辦？」住在秦小寶家隔壁的榮澤叔著急地說道。
「你們呢？也是這樣的情況嗎？」秦小寶聽後忙問一起來的人。
「是啊、是啊！我們家也是同樣情況。」來的人都這樣說道。
秦小寶眉頭皺了起來。這是怎麼回事？不止一家遇到這個問題，說明問題嚴重，已經危及全村了。
「各位叔伯，你們先不要著急，帶我去看看水田的魚，我們再想辦法解決。」秦小寶決定親自去看看水田，再找出到底是什麼原因。
「小寶，這有辦法解決嗎？這麼多魚，萬一都死了，可怎麼辦啊？」
「大家放心，一定會有辦法的。」秦小寶雖然心裡忐忑，可還是安慰著眾人。說罷，便跟著大家往水田走去。

第十六章 作梗

秦小寶趕到魚田時，裴子安已經在那察看了。

「子安哥，發現什麼沒有？」秦小寶問道。

裴子安搖搖頭。水田沒有被破壞的痕跡，看不出什麼異樣。

「沒道理啊，草魚養在魚塘容易生病，養在稻田反而不容易生病，怎麼會死呢？上一次我們養的時候，一點問題都沒有。」秦小寶百思不得其解。難道還有什麼地方疏忽了？

「小寶，這是怎麼回事？」裴成德也得到消息趕了過來。

「族長，我們正在察看，還沒得出結論。」秦小寶回答道。

「唉……這該如何是好？全村的魚田無一倖免，一定要趕快想辦法，把損失減到最小。」裴成德一聽急道。如果這事辦砸了，銀子損失是小事，自己的威望肯定會受影響。

「族長，您放心，我和子安哥一定會盡快查清楚，並想辦法解決。」秦小寶知道此事非同小可，就算裴成德不盯著他們，他們也會盡全力弄明白。

「秦小寶！妳給我出來！」裴耀澤的聲音冒了出來。他家三十畝水田也死了魚，他急得如熱鍋上的螞蟻，那可是白花花的銀子啊！

秦小寶和裴子安正在水田邊察看，周圍圍了一群鄉親，秦小寶正要推開人群走出去，裴子安一把拉住她，自己走了出去，說道：「二伯父有什麼事情找小寶？」

「你這個傻子給我讓開，把秦小寶那小蹄子給我交出來。」裴耀澤一看是裴子安，不耐煩地說道。

聽到裴耀澤這麼說裴子安，一旁的鄉親都竊竊私語起來。這裴耀澤也太口不擇言了，自己的本家一點面子都不留。

「二伯父慎言。」裴子安臉色沈了下來。現在的裴子安可不是這麼好欺負的，他沈聲說道：「子安蒙先祖庇佑恢復意識，這是諸位鄉親親眼所見的，你現在還以傻子來稱呼我，是否對先祖不敬？」

裴子安一開口就抬出裴氏祖宗，讓裴耀澤頓時語塞。他只是隨口說說而已，怎到了裴子安嘴裡就變成對祖先不敬了？

裴耀澤趕緊撇清。「我哪有對祖先不敬，我只不過一時著急衝口而出罷了，你別轉移話題。秦小寶呢？我們大家都死了魚，她怎就躲起來了？」

「二伯父先給先祖賠不是，再說別的。」裴子安緊咬不放。

「耀澤，你也是子安的長輩，怎可胡亂說話？子安說得沒錯，先對列祖列宗賠不是，再說其他事情。」裴成德開口說道。這個裴耀澤確實過分，在自己和這麼多鄉親面前如此講話，不懲戒一下，他這族長的面子往哪放？

裴耀澤見族長開口，鄉親們也都站在裴子安那邊，只好草草地對著宗祠方向跪拜三下，表示自己知錯了。

裴耀澤拍了拍膝蓋上的灰，說道：「這樣可以了吧？秦小寶呢？快出來！我家魚田出事情，死了那麼多魚，妳怎麼說？」

「小寶正為此事在察看魚田，現在沒空招呼二伯父，如果干擾到她解決魚田問題，我們無法向各位叔伯交代。」裴子安直接拒絕了裴耀澤。

「你……你……」裴耀澤氣得跳腳，他想推開人群把秦小寶抓出來，無奈人群擋得嚴實，都不想讓他進去。

裴耀澤氣急敗壞說：「當初我就說過，萬一養魚有什麼問題可怎麼辦？你們當時沒一個人聽我說話，現在好了，出大事了吧！秦小寶，妳沒本事還想出風頭，也不瞧瞧自己才幾兩重？我不管，反正如果這魚的問題不能解決，妳要負責到底？」

「二伯父，當初可是你自己簽字登記要養魚的，沒人強迫你，現在出一點小問題你就來大吵大鬧，還要我們負責到底，這是不是太超過了？」裴子安怒道。

「你們不負責誰負責？如果這次處理不了，我看你們拿什麼交代？」

裴耀澤一副小人嘴臉，惹得裴子安一肚子火，氣得拿起鋤頭要往裴耀澤臉上砸去。

大夥兒一看這都快要出人命了，趕緊把裴子安拉回來，裴成德對著裴耀澤說：「你還在這裡做什麼？子安他們已經為這事焦頭爛額了，你還來落井下石，還不快走！」

裴耀澤一看裴子安要動手，嚇得趕忙灰溜溜地跑了。

裴子安在裴耀澤身後呸了一聲。對付這種無賴，講道理是沒用的，用拳頭說話比較牢靠。

秦小寶在人群後面彎了彎嘴角，裴子安的態度倒是讓自己省下不少事情。

「族長，您和鄉親們先回去，我和小寶再仔細察看一下，我相信一定會找出原因的。」

裴子安拱手對裴成德說道。

「那好，各位，我們先回去，不要妨礙他們辦正事，如有任何消息我會及時通知大家。」裴成德也知道這群人待在這起不了什麼作用，反而會打擾到秦小寶和裴子安，便大聲對村民們說道。

大夥兒聽到族長這麼說，都趕緊散了，留下裴子安和秦小寶兩人。

秦小寶一早忙到現在，覺得累了，索性坐在田埂上，裴子安見狀也依著秦小寶坐下來。

「子安哥，剛才你真的會打裴耀澤嗎？」秦小寶好奇地問。

「哈哈，我嚇唬他的，不過他若真要跟我打，我也奉陪啊！反正這個身體這麼健壯，怎樣也不會是我吃虧。」裴子安想起剛才裴耀澤嚇得逃跑的畫面，不禁嘴角上揚。

秦小寶放下心來，裴子安可不是那種沒腦子的人。

「子安哥，你對魚田的事怎麼看？」秦小寶把腦袋埋在雙腿間，悶悶地問道。

裴子安搖搖頭，摸了摸秦小寶的腦袋，安慰道：「目前還不清楚到底怎麼回事，不過妳別著急，事情總會解決的。」

「魚是生病死的，還是水田有什麼問題？真是毫無頭緒啊！」秦小寶煩惱地撓著頭。

「目前看來只有兩個原因，其一是內在原因，魚生病了；其二是外在原因，有人動了手腳。」裴子安分析道。

「魚生病的機率不大，難道是有人動了手腳？」秦小寶心頭一震，說道：「可是我們全村人都養了魚，誰會做這種事情啊？」

「我也只是猜測而已，妳別緊張。」裴子安忙安慰道。

「其實我心裡很害怕，我也不是什麼都知道，如果是我們家的田出問題也就罷了，可這關係到全村人的利益，大家都對養魚的事期望很高，如果被我搞砸了，真不知道該拿什麼面對鄉親？」

秦小寶在眾人面前展現的堅強不見了，裴子安看到的是一個需要被保護的小女孩，他不禁心生憐惜。他用手抬起秦小寶的頭，注視著她的眼睛說道：「小寶，這不關妳的事情，養魚是大家的選擇，既然選了，就要承擔風險。」

「不、不是的，如果我沒有說要教他們養魚，他們也沒機會選擇，是我太逞強了，以為自己無所不能，其實我只是一個再普通不過的人。」秦小寶知道裴子安在安慰自己，但她仍然覺得自己害了大家。

裴子安看看逐漸暗下來的天色，心想這樣待在田埂上也不是辦法，便勸說道：「小寶，我們先回去吃飯，然後再好好想想，好嗎？」

秦小寶點點頭，順從地讓裴子安拉著手往家裡走。

文氏早就做好晚飯，在家門口焦急地張望。子安他們從下午去水田，怎麼到現在還不回來，不會出了什麼事吧？

遠遠地，文氏看到一大一小兩個熟悉的身影，便急忙迎上去。

「子安、小寶，你們怎麼現在才回來，急死娘了。」

「娘，我們沒事，先進屋吧！」裴子安說道。

「好、好，我們先進屋吃飯，餓了吧！折騰了這麼大半天的。」文氏心疼地說道。

「娘，對不起，讓您擔心了。」秦小寶看見文氏，心中越發鬱悶，忍不住眼眶紅了。

「快別說什麼對不起，妳哪裡對不起娘了，好孩子，沒事，總會過去的。」文氏忙摟住秦小寶安慰道。

被文氏摟住的秦小寶感到格外安心。對啊，她還有家人呢！他們是自己永遠的支柱。

一家人圍在餐桌吃飯，秦小寶心裡有事，只吃半碗便放下筷子，進了書屋，裴子安放心不下，也跟了進去。

秦小寶在書架上翻找著，希望能找到一些關於養魚的記載，只可惜翻了一遍，並沒有她想要的答案。

「小寶，別找了。」裴子安看著煩躁地翻找書籍的秦小寶，忍不住抓住她的雙手。自從他重生到裴子安身上，還沒見過秦小寶如此焦躁。

秦小寶眼淚汪汪地看著裴子安，讓裴子安一陣心疼。

「乖，聽話，今天不找原因，快去睡覺，休息夠了，明天我們繼續查。」

裴子安強制地帶著秦小寶回房，扶她躺下並幫她蓋好被子，坐在床沿看著她閉上眼睛。

秦小寶無計可施，只能強迫自己入睡，帶著深深的自責和無限的疑問，秦小寶終於睡了過去。

第二天一大早，裴耀澤又來叫門。

「秦小寶，妳給我出來！」

裴耀澤擔心裴子安動手，今天帶了兩個兒子來壯膽。

文氏打開院門，說道：「二哥，這是怎麼了，快進屋說話吧！」

「不進，把秦小寶給我叫出來。」裴耀澤恨恨地說道。

「小寶這兩天累著了，還在休息呢！」文氏生怕秦小寶被裴耀澤責難，忙說道。

「她是不敢出來見我吧！也難怪，把大家的田搞成這樣，她哪好意思出來？」裴耀澤冷哼了一聲，繼續說道：「妳這個做婆婆的，就這樣放任她胡搞，妳以後有啥臉面去見列祖列宗？」

「我把大家的田搞成什麼樣了？你罵我可以，不許欺負我娘！」秦小寶高聲說道，和裴子安一同走了出來。

裴耀澤見秦小寶出來了，「啪」地一聲，把手上的魚簍往她面前一扔。

「這是什麼？」魚簍差點砸到她的腳背，秦小寶忙跳開來。

「妳自己看。」裴耀澤鼻孔朝天。

裴子安蹲下身子，把魚簍的口往下一扣，頓時倒出許多死魚。

「這是我們家水田裡的死魚，今天又死了不少，我把這些天死掉的魚統統帶了過來，看你們打算怎麼賠。」裴耀澤說道。

「什麼怎麼賠，你也太無理了，掙錢跑第一，虧錢就要別人賠。告訴你，一個子兒都沒有，趕緊帶著你這些死魚，滾！」裴子安一聽大怒。又來要錢，就算裴耀澤帶了兩個兒子過來他也不怕。

「等一下，子安哥，你過來看。」秦小寶蹲在地上看死魚，突然間開口說道。

裴子安瞪了裴耀澤一眼，蹲到秦小寶旁邊。

「子安哥，你看，這些死魚有大有小，我們養的魚應該大小一致，這些體形較大的死魚是哪裡來的？」秦小寶說道。

「是啊！按理說，我們的魚苗是一起買的，魚的大小應該差不多，但這些魚大太多了。」裴子安說道。

「除非，這些大的死魚不是我們養的！」秦小寶一說出這話，心中一驚。不是自己養的，難道是有人放進去的？

「如果是這樣的話，那就說得通了，有人嫉妒我們裴家村養稻花魚，便在我們的魚田裡混入生病的魚，導致我們的魚也染病而死。」裴子安說道。

「走，我們去各家察看一下打撈上來的死魚，就知道是不是這樣了。」秦小寶起身對裴子安說。如果全村的死魚都是這情況，那就真相大白了。

「好，我們走。」裴子安說道。

「你們走什麼走！我的事情還沒了結呢，賠錢！」裴耀澤一看這兩人想跑，便叫了起來。

裴子安走到裴耀澤面前，雙目一瞪，說道：「我們現在要去辦正事，如果耽誤了，全村的死魚都要你賠，你考慮清楚再攔我們。」

裴子安今年又長個兒了，已經竄到快一百八十公分高，由於常在勞動，體型也越發結實健壯。裴耀澤個子瘦小，一看裴子安走到面前瞪著自己，腿就忍不住發軟，趕忙把兩個兒子拉到身邊，生怕他像上次那樣動手。

「爹，我們走吧！這件事總會有結果的，現在攔著他們，萬一他們以後把責任賴到我們頭上怎麼辦？」裴耀澤的大兒子裴家安勸道。

「哼！就再給你們一點時間，若是我家魚田的魚再這樣死下去，我跟你們沒完。」裴耀澤也生怕他們賴上自己，便恨恨地說道，帶著兩個兒子揚長而去。

「娘，您快去請族長召集全村代表到祠堂，就說我們查到魚死的原因了，請大家一同商議。」秦小寶對文氏說道。得趕快讓族長和村民知道這事。

「好，娘知道了，這就去，只是你們兩個小心啊！」文氏囑咐道。

「放心吧，娘，我們心裡有數。」秦小寶說道。

昨天只顧察看魚田，沒想到從死魚身上下手，今天裴耀澤這樣一鬧，反而把事情真相鬧了出來，現在去察看各家死魚，如果都是這種情況，說明肯定有人搞鬼。

裴子安和秦小寶察看了一輪，證明了自己的推測，果然每家死魚裡都有大魚混入。

「子安哥，我敢肯定這是人為的破壞，我們村裡人不可能做這事，一定是外面村子的人做的，究竟是誰這麼跟我們過不去？」秦小寶說道。

裴子安和秦小寶陷入沈思，突然同時抬頭說道：「文家村！」

「一定是文家舅母幹的好事。」秦小寶忿忿地說道。

「對，她想對付我們，不針對棉田，而是對魚田下手，真是太陰險了；棉田只是我們一家的事情，而魚田卻關係到全村，這是想讓我們在裴家村沒有立足之地啊！」裴子安沒想到文家親戚居然會這樣對付他們，實在太卑鄙了！

「子安哥，這事沒有證據，我們也只是猜測，所以只能說我們推測這事是其他村子的人做的。」秦小寶心思縝密，她知道若讓大夥兒知道這件事是文氏娘家親戚所為，恐怕會被裴耀澤抓到小辮子，想想還不如不要講出來。

第十七章 防範

裴子安了解地點頭，現在最重要的是如何治好這些生病的魚，他道：「妳說得有理，現在原因查出來了，真是魚自身病了的緣故，妳有什麼辦法解決嗎？」

「如果魚養在魚塘，可以投放一些藥物，但是我們養在水田就不可以這樣做，怕會影響水稻的生長。」秦小寶說道。

「那我們再想想，除了投藥，還有沒有其他辦法？」裴子安鼓勵著秦小寶。

秦小寶皺起眉頭，苦苦地在腦中搜尋現代知識。突然她靈光一閃，抓著裴子安著急問道：「子安哥，在這個年代有沒有生石灰？」

「生石灰？有啊！多得很，價格也很便宜。」

「太好了，我們可以用生石灰來處理魚患！」秦小寶高興地說道。生石灰有消毒殺菌的功效，但又不會像藥物那樣傷害水稻。

裴子安看著秦小寶雀躍的模樣，知道事情已有了解決的辦法，便伸出兩根手指，笑著說道：「噎死。」

秦小寶噗哧一聲笑了出來。想到解決辦法，比什麼都開心。

「子安哥，我們走，去祠堂，族長和鄉親們八成已經在那等著我們，這下可以給大家一個交代了。」秦小寶拉著裴子安向祠堂跑去。

裴氏祠堂內，裴成德已經召集了全村代表，大家臉上都呈現焦急的神色，魚還在減少中，再不想辦法解決就慘了。

「族長，我們已查明原因，也想到了解決辦法。」秦小寶氣喘吁吁，一跑進祠堂就趕緊把結果講出來，先定一定大夥兒的心，剩下的就可以慢慢講了。

「啊！太好了。」眾人聽到這話，頓時鬆一口氣，紛紛說道。

「小寶，來，坐下來歇會兒，喝口水，慢慢講。」裴成德趕緊讓裴子安和秦小寶坐下，給他們倒了杯水。

「謝謝族長。」裴子安客氣道，然後對著秦小寶說：「小寶，妳來講吧！」

秦小寶歇了口氣，看著眾人期盼的臉，便將事情緣由講出來。

「啊？有這等事情？」裴成德聽後大驚。這可是人為的禍患，是誰這麼狠毒想要全村遭殃？

「你們可知是誰做的這事？」裴成德怒道。

「族長先別生氣，聽我把話講完。我們全村的魚田都遭了殃，因此我們推測這事不是我們村裡人所為。」秦小寶趕忙說道。

「哦？那會是誰做的？」

「很有可能是外村人眼紅我們裴家村的稻花魚，所以才做出這等下作卑鄙的事情。」秦小寶說道。

「對了，族長，我前幾天好像有看到幾個不認識的人在我們村裡徘徊。」底下有人說道。

「是啊、是啊！我也看到了。」接著又有人附和道。

「哼！豈有此理，我這就去找其他村子管事的，把這事問個清楚！」裴成德一拍桌子便要往外走。

裴子安一把拉住裴成德，說道：「族長先等等，聽小寶說完。」

裴成德這才又坐了下來。

「族長，您先別急，我們並沒有真憑實據，只是推測而已，所以這時候去找其他村子的人，人家不但不會認帳，說不定還會反咬我們一口。」秦小寶勸著裴成德。

裴成德冷靜下來，想想確實是這樣，便嘆了口氣說道：「話雖如此，難道就由得他們亂來不成？」

「既然我們管不了別人，那我們就把自己管好。」就算這次治好了病魚，也難保以後人家不會來搗亂，所以秦小寶決定建議裴成德做好防範措施。

「小寶妳說，我們應該怎麼管好自己？」裴成德看向秦小寶，問道。

「很簡單，我們不讓外村人進來便是。我們村有兩個出口，請族長派人在這兩個出口值勤，禁止陌生人隨意出入。」秦小寶說道。裴家的老祖宗是避難到這裡開荒的，所以當初在此地四周築了高牆，只留東、西兩個出口。

「可是，平常村裡鄉親的親戚朋友過來，也不給進嗎？」底下有人問道。

「我們可以實施登記制度，如有親戚來訪，先登記是找誰的，然後通知此人把拜訪者帶走，並把拜訪者進來和離開的日期記錄清楚。」秦小寶的建議是仿照現代大樓保全的工作，村裡往來的人不多，並不會有很大的工作量。

「這樣一來，我們就能徹底杜絕想來搗亂的人，而且這個辦法能夠提高全村的安全性，不妨一直推行下去。」秦小寶補充道。

「這個辦法倒是不錯，可以試試。」底下的人紛紛討論著。

「平時外村來我們村子的人並不多，所以並不會太難處理，只是，族長，這每日值勤的人須每家輪流負責。」秦小寶把方法都想好了。

「可以，這是全村共同的事情，當然是全村人一起來做，我們村人家多，一家差不多一個月輪到一次，也不會負擔太大，大家覺得怎麼樣？」裴成德問道。

「族長的提議自然是好的，我們同意。」村民都贊同道。

「好，那就這麼辦，小寶妳負責教大家值勤的方式。」裴成德說道。

「是，族長。」秦小寶應道。

「對了，小寶，我們魚田的魚患可有對策？」裴成德想到剛剛秦小寶說已找到解決的辦法。

「族長，魚田的魚患不能用藥，所以我們需要生石灰，請各位鄉親準備生石灰，準備好了來找我，我會教大家怎麼用。」秦小寶說道。

生石灰在這個年代並不少見，大夥兒聽到可以用這個辦法解決魚患，都鬆了一口氣。

「可是，我們如果各自去鎮上買，太費人力和時間了，不如請阿貴幫我們一起買回來吧！」有人提議道。

「是啊！阿貴經常在外頭做生意，肯定知道哪裡有賣。族長，能不能請阿貴幫我們買呢？」有人附和道。

裴成德想了想，點點頭，開口對大慶說：「大慶，今天晚上你爹回來的時候，幫忙向你爹說一聲，請他明天去鎮上為大夥兒買些生石灰回來吧！」

「是，族長，我一定會告訴我爹，請大家放心。」大慶說道。

秦小寶對著大慶說道：「大慶哥，又要麻煩貴叔了。」

「小寶，妳太見外了，我們都姓裴，有什麼麻煩不麻煩的。」大慶連忙說道。

「小寶，我家有現成的生石灰，不如妳現在就去我家魚田吧！」住在村子西邊的裴興澤說道，他是裴明澤那一輩的，秦小寶叫他興澤伯。

村中有些人家會備一些生石灰，正好裴興澤家裡有。

「好的，興澤伯，我們這就去，這件事處理得越快越好。大家都跟我一起來，我等會兒就教大家怎麼做。」秦小寶道。

越早處理損失越少，秦小寶一刻不敢耽誤，趕緊隨裴興澤去他的魚田。

生石灰治理魚患並不難，秦小寶請裴興澤用布蒙住口鼻和手，把生石灰倒入大缸中，慢慢加水並攪拌。

攪拌均勻後，把生石灰水注入魚田。生石灰主要成分是氧化鈣，氧化鈣溶於水後會生成氫氧化鈣，氫氧化鈣是強鹼，能破壞細菌的生長環境，同時還會大量放熱，有殺菌效果。

這個過程簡單易操作，等明天再來看效果，如果沒有意外的話，明天死魚的數量就會減少，注個幾天石灰水，魚患就會徹底根治了。

秦小寶長舒了一口氣。還好，有驚無險，雖然損失一些魚，但亡羊補牢，為時未晚。

這一晚，秦小寶睡得很安穩。

第二天一早，秦小寶來到昨天用生石灰處理過的魚田察看，裴興澤已經在田邊了，一見到秦小寶便高興地說道：「小寶，今天的死魚果然很少了。」

「太好了，興澤伯，今天您照我昨天教的方法繼續注入石灰水，過兩天就會徹底好了。」秦小寶囑咐道。

「好，謝謝小寶了。」

「興澤伯，您別客氣，我再到別家看看。」秦小寶笑著說道。

「好，小寶，今天中午來我家吃飯啊！」裴興澤高興地邀請道。

在農村，村民都很淳樸，邀請客人到家裡吃飯是件很正常的事情，不像現代人，請客吃飯通常是到餐廳，在家裡請客的已經很少了。

剛開始，秦小寶很不適應，到別人家中吃飯總是拘謹得很，但是過了一段時間，她就習慣了，不但經常去別人家吃飯，也常叫人來自己家吃飯。

秦小寶聽到裴興澤的邀請，笑著應了一聲，便去其他魚田察看。

昨天家中有生石灰的人，都已經依樣處理了魚田，秦小寶走了一遭，發現普遍情況好了很多，這顆懸著的心總算放下一半。

轉了一圈已接近中午，正好碰上要回家吃午飯的裴興澤，便一同到他家中。

裴興澤家離秦小寶家有點距離，走路大約要一刻鐘，秦小寶之前從沒去過裴興澤家。裴興澤雖然跟裴明澤同輩，但比裴明澤大了二十歲，他有四個兒子、兩個女兒，兒子都已經娶媳婦生了孫子、孫女，女兒也已出嫁，可謂是兒孫滿堂。

裴興澤兩夫妻跟四個兒子並沒有分家，一大家子都住在一起，所以房子也比較大。

秦小寶跟著裴興澤進屋，一進院門，她便聽到「唧唧、唧唧」的聲音。

「咦？興澤伯，這是什麼聲音哪？」秦小寶好奇地問道。

「哦，這個啊！是我老大媳婦帶著她幾個弟媳織布的聲音。」裴興澤見秦小寶好奇，樂呵呵地答道。

秦小寶一聽十分興奮。她只在博物館隔著玻璃看過傳統的織布機，沒想到現在能見到實物。

「興澤伯，我能去看看大嫂子織布嗎？」秦小寶忙說道。

「去吧，現在還早，等會兒吃飯再叫妳。」裴興澤說道。

「知道啦！」秦小寶說完便循著聲音找過去。

織房在西廂房中，裡頭擺了一臺織布機，裴興澤的大兒媳邱氏正在埋頭織布，二兒媳鄭氏和三兒媳王氏在一旁幫忙用紡錘捻著麻線。

「三位嫂子妳們好啊！」秦小寶有禮貌地打招呼。

三個女人同時抬起了頭，一看是秦小寶，便笑著站起身，請她進來坐。

秦小寶現在在裴家村小有名氣，而且她年紀小嘴又甜，大家都挺喜歡她。

「小寶，妳今天怎麼有空過來玩啊？」邱氏坐了下來，繼續一邊織布，一邊跟秦小寶聊天。

「今天在田裡正好碰到興澤伯，他請我來家裡吃午飯呢！」秦小寶小心地摸了摸織布機，感覺好厚重。

「真的呀？我家四弟妹做飯可好吃了，妳有口福了。」鄭氏聽了，抬起頭笑著說道。

原來裴興澤四兒媳錢氏是負責做飯的，怪不得不見她來做女紅。

「嘿嘿！那以後我要多來串門子，各位嫂子有好吃的記得叫我啊！」秦小寶笑道。

「那是自然。」三個嫂子異口同聲地說道。

「邱大嫂子，妳還會織布呀？」秦小寶把話題轉到了織布上。

「可不是，我家大嫂還沒嫁過來的時候，在娘家村裡就是織布好手，嫁過來之後，我家衣裳用的布料，幾乎都是大嫂織出來的。」王三嫂子快人快語地說道。

邱大嫂子聽到王三嫂子的話，笑了笑，並沒有否認，看來是真的。

「那原料是妳們自家種嗎？」

「對，我家自己種亞麻，收成以後，我和三弟妹負責將亞麻製成麻線，大嫂就負責將麻線製成麻布，除了自家用的，多出來的我們會賣到鎮上布莊去呢！」鄭氏解釋道。

秦小寶點點頭。這個時代麻是主要的布料，不少農家都有種亞麻、織麻布的習慣，這不奇怪。

「小寶，飯做好了，快來吃飯了。」裴興澤的聲音在屋外響起。

「來啦！幾位嫂子一起出去吃飯吧！」秦小寶對三個嫂子說道。

「嗯，走，我們一起去。」

裴興澤家是個大家庭，吃飯要分兩桌，大人一桌、小孩一桌，否則會坐不下。

按道理秦小寶應該坐到小孩那桌，但是她是裴興澤請回來的客人，所以就跟著大人們同桌吃了起來。

秦小寶埋頭吃著飯，心中直讚嘆，錢四嫂子做的菜味道真不錯，看來以後要常來，能蹭飯，又可以跟邱氏學紡織。秦小寶學的紡織工程學有教過古代紡織技術，但畢竟只是課本上的理論，沒機會實際操作。

雖然秦小寶打算等棉田收成以後，去鎮上找織布坊合作，但若能多懂一些更好。

秦小寶在裴興澤家吃過午飯，答謝幾句便回到自己家中，她見裴子安正在看書，就拉著裴子安一起討論在村口設崗亭的事情。

「我覺得在兩個出口要蓋個小房子，裡面要布置得舒服點，否則風吹日曬，冬天還會冷。」秦小寶說道。

「這想法好，我們可以向族長提議，不過蓋房子時間比較長，不如先搭個棚子、放張床應急。」裴子安提議道。

「有道理，我估計每天要四個人，兩個崗亭各兩人，每人當值六個時辰。」這樣的話，當值的人不會太累。

兩人你一言、我一語地討論，直到確定大致的方案和制度，然後將輪值表也排了一遍。基本上每戶人家將近一個月才輪到一次，這樣的頻率應該可以接受，而且不會影響農活兒。

裴成德的行動力也很強，當秦小寶把這份方案交給他後，他馬上就安排人去執行，第二天崗亭就設置完畢，按照當值表開始輪值。

第十八章 當值

根據秦小寶的建議，第一天當值的是自己家和貴叔家。萬事起頭難，既然是她提出的，就該從自家做起，大慶和小慶也主動要求在第一天當值，他們的理由很簡單，就是為了支持秦小寶。

秦小寶和裴子安負責村子東邊的入口，大慶和小慶負責村子西邊的。

秦小寶值白班，裴子安值夜班，第一天值班，沒發生什麼事情，進出的幾乎都是裴家村的人，所以不需要登記。

裴家村的人都知道村子口搭了兩個大棚子，是為了村中安全設置的，大夥兒看秦小寶在那當值，去鎮上採購的，回來都帶了零食塞給她。

秦小寶嘴甜，看到進出的人都會打招呼問好，所以一天下來她獲得不少好吃的，有水果、瓜子、花生、烤地瓜，還有糖葫蘆。

裴子安中午來幫秦小寶送飯時，看到滿桌子的零食，眼睛都發直了，說道：「小寶，妳這是在當值，還是在享受啊？」

「當然是當值啊！沒辦法，我就是人緣好，擋也擋不住。」秦小寶嗑著瓜子笑嘻嘻地說道。沒想到村民對自己這麼好。

「唉，還是白天當值好啊！看來晚上就只有我孤單一個人了。」裴子安嘆氣道。

「子安哥，晚上我陪你一起啊！」秦小寶說道。

「不行，妳回家睡覺，我一個人就可以了。」裴子安說道

「晚上當值可是不能睡覺的，你白天沒睡，晚上肯定會睡著，我倆你守上半夜，我守下半夜，這樣不是正好嗎？」秦小寶努力地說服。

裴子安想想也有道理。其實他也很想讓秦小寶陪，只是擔心她身體吃不消，但這樣看來應該還可以，便說道：「那好，晚上我們一起。」

「Yes！」秦小寶伸出兩根手指說道。

雖然現在還沒蓋小房子，但還好五月的天氣已經不冷，秦小寶從家裡拿了一條被子過來，這樣就更不用怕。

「對了，子安哥，我想改一下制度，不要規定誰值白班、誰值夜班，反正一個崗亭就交給這兩個人，只要確定崗亭隨時有清醒的人就可以了，你覺得呢？」秦小寶經過第一天的試驗，覺得這不像現代保全是一份工作，不用規定那麼嚴格。

「我剛才也在想這個問題，就像我們這樣值夜班也挺好。」裴子安對著秦小寶眨了眨眼睛。

秦小寶的臉有點熱。他們兩個人坐在臨時搭起的小床上，蓋著被子聊天，這不就是現代流行的那句話——「蓋棉被純聊天」嗎？

秦小寶不著痕跡地往旁邊挪了挪，哪知裴子安也跟著挪了過來，秦小寶對裴子安怒目而視，裴子安委屈地說道：「小寶，我冷啊！妳別再挪過去了，我們這樣可以互相取暖。」

冷你個頭，這天氣居然還喊冷。秦小寶白眼快翻到後腦勺去了，但如果再挪，她真要掉到床下去了，只好作罷，挨得近就近吧！反正不會少塊肉。

裴子安見秦小寶不挪了，心中暗自開心。秦小寶和裴子安在上一世也算是成年男女了，只是重生後變成小孩，裴子安默默地算著還有幾年才能長大。

今天晚上的月亮很亮，夜空中布滿了星星，從大棚裡望出去，好像伸手就能抓住幾顆。

秦小寶在現代從沒見過這樣美麗的夜空，來到此處後整日忙碌沒坐下來好好欣賞過，秦小寶抬頭望天幽幽地說道：「子安哥，你知道嗎，我們那裡有這樣的說法，天上的星星就是地上去世的人變的，所以我們去世的家人都會在天上看著我們呢！」

裴子安許久沒有說話，只是抬著頭看天。

秦小寶半天沒聽到裴子安的聲音，奇怪地問道：「子安哥，你在想什麼，怎麼不說話？」

「我在找屬於我娘的那顆星星。」裴子安低聲說道。

秦小寶心中震了一下。忘記這事了，她只是隨口提起，沒想到說中了裴子安的傷心事。

「子安哥，對不起，我不是有意讓你想起傷心事的。」秦小寶內疚地說道。

「沒關係，我還要謝謝妳告訴我這件事情，我以後想娘的時候，就可以抬頭看她了。」

裴子安對秦小寶安慰地一笑。

「我找到了，就是那顆最亮的星星。」裴子安指著夜空中最亮那顆星星說道。

「真的？太好了！」秦小寶見裴子安這樣，才放下心來。

兩人就這樣靜靜地看著星星，沒過多久，秦小寶的頭就靠到裴子安肩上，睡著了。

裴子安小心翼翼地把秦小寶平放到床上，幫她蓋上被子，然後獨自一人對著夜空發起了呆。

等秦小寶一覺醒來，已是天色大亮，秦小寶慌慌張張地掀開被子叫道：「哎呀！我睡過頭了，你怎麼不叫醒我？」

裴子安一夜未閉眼，他張著兩隻充滿血絲的眼睛，苦笑道：「我怎麼叫得醒一隻睡著的豬？」

「啊！你才是豬！」

「對，我是豬的相公，簡稱豬公。」裴子安說道。

「你你你！」秦小寶簡直不知道該說什麼。

「我我我！」裴子安學著秦小寶的樣子說道。

這時，接班的人來了，裴子安和秦小寶便都閉上嘴。

秦小寶和裴子安仔細交代接班人該注意的事情，便扛著被子回家去了。

一進門，文氏趕緊拉著他們兩個去吃早飯。

「子安、小寶，你們倆吃完早飯就快去睡覺，熬了一晚上，應該睏死了。」文氏說道。

這話把秦小寶說得不好意思起來，小聲說道：「娘，我昨天晚上睡著了，子安哥沒睡，等會兒讓他去休息就行。」

「這樣啊，那子安你快吃早飯，然後去睡覺。」文氏並沒覺得秦小寶做得有何不妥，只是囑咐裴子安道。

「是，娘。」裴子安應道。

「小寶，如果妳不用歇息的話，等會兒跟娘去一趟貴叔家吧！」

「好的，娘，貴叔出了什麼事情嗎？」秦小寶擔心地問道。

「沒出事，妳貴叔想給大慶說親，找娘過去商量。大慶娘早走了，他家沒個主事的人，這種娶媳婦的事情妳貴叔不好出面，想請我們幫著處理。」文氏回答道。

按道理秦小寶是個女孩，不應該介入人家娶媳婦的事情，但秦小寶並不是未出閣的閨女，而是裴家的媳婦，雖未圓房，但也算是裴家人了，所以文氏才可以帶著她一起。

「真的啊？大慶哥要娶媳婦啦？太好了！」秦小寶高興地說道。貴叔已經幫村裡人把生石灰都買回來，大家也都用上了，是該去向貴叔道個謝。

裴子安則在一旁算著年齡。大慶今年十六歲，可以娶媳婦了，自己還有三年就十六歲，還好不算太久。

「是啊！妳貴叔相中文家村的一戶人家，娘正好是文家村嫁過來的，所以貴叔託娘來說這門親事。」文氏說道。別說是文家村的閨女，就算是自己不相識的人家，也肯定會幫貴大哥這個忙的，畢竟貴大哥幫自家太多了。

「貴叔相中文家村哪一戶的女兒啦？說不定跟我們還有點親戚關係呢！」秦小寶問道。

「這我不知道呢！不過，文家村跟裴家村都是一個老祖宗傳下來的，所以大家多多少少都有點親戚關係，等會兒我們去了再說。」文氏說道。

「好的，娘。」秦小寶答道。

秦小寶在現代可喜歡做紅娘了，沒事老想著撮合這對、撮合那對，雖然還沒成功過，但這份熱情從沒變過，現在到了古代，想不到還能做紅娘。

「貴叔，我們來啦！」秦小寶隨意吃了幾口飯，便隨文氏來到貴叔家。

「文妹子、小寶快進來。」貴叔聽到聲音趕緊迎了出來，讓她倆進屋。

「大慶哥和小慶哥昨天當值得如何？」秦小寶見大慶和小慶都不在，便問道。

「他倆好著呢！吃完早飯補眠去了，昨天晚上一人守了一半。」貴叔說道。

秦小寶點點頭。看來自己想得沒錯，原本的規劃實際執行起來會有些問題，不過有問題沒關係，改過來就好。

「貴叔，這次麻煩您幫村裡人買生石灰，小寶真是過意不去。」秦小寶說道。

「小寶，我們兩家人這麼客氣做什麼，不就是應該互相幫忙嗎？妳看，我這不就要麻煩妳娘了嗎？」貴叔忙搖著手說道。

「貴大哥，快別說麻煩不麻煩的，大慶是我看著長大，可憐從小沒了娘，這回一定要給他娶個得人疼的媳婦回來。」文氏說道。

「是啊！我也是看家裡沒個女人，很多事情沒人張羅，想著大慶也到年齡了，趕緊幫他娶個媳婦，這家就有人打理了。」貴叔嘆口氣說道。

「是啊！貴大哥，你這些年真不容易，是該找個兒媳婦來幫你一起打理家事了。」文氏是個善良的女人，她很同情貴叔。

「貴叔，您給大慶哥相中的是哪家的閨女啊？」秦小寶很想知道女方是誰。

「唉，妳看我，光顧著說這些沒用的，把正事給忘了。」貴叔一拍腦袋說道。

「不要緊，你慢慢說，我們今天也沒別的事情。」文氏趕緊說道。

貴叔給文氏和秦小寶倒了杯茶，然後坐下來說道：「我們村旁邊有個文家村，就是文妹子娘家那個村，之前我經常去賣雜貨，在村東口那邊，有戶人家的閨女時常來買針線，我見她長得文文靜靜，對人也客氣，但若是有人找麻煩，她也能應對得十分得體。」

「哦，是嗎？貴大哥倒是說說看那戶人家叫什麼？」文氏心中似乎有底了。

「我也是旁敲側擊地問到這閨女的名字，叫蘭秋，知道她今年十五歲，還沒說婆家。」貴叔說道。

「原來是蘭秋啊！貴大哥你眼光真不錯，這孩子我知道，我娘家跟她家是本家，論輩分她要叫我姑姑呢！」文氏聽到蘭秋這個名字，不禁笑著說道。

秦小寶聽到這個名字，感覺很熟悉，便問文氏。「娘，這個蘭秋姊姊，我是不是見過？」

「當然見過，你們小時候，我和妳爹帶你們去外祖家拜年，你們還在一起玩過呢！」文氏說道。

秦小寶想起來了，在文家村，有一個高高瘦瘦的姊姊經常帶著他們玩，那時候最開心的就是過年，可惜沒幾年外祖父母就過世了，之後就再也沒回過文家村，也再沒見到這位帶他們玩的蘭秋姊姊了。

「貴大哥，這孩子從小就懂事，不喜與人爭執，但若有人不講道理，她也不會任人欺負，蘭秋這個性嫁給大慶，再適合不過。」文氏說道。

「對！我也是看中蘭秋的性子，只是這是我一廂情願，還不知道閨女家是什麼想法？」貴叔說道。

「貴大哥只要看中人家姑娘，剩下的事情就交給我吧！怎麼說我也是她姑姑，這兩天我回去文家村一趟，幫你打聽打聽，看看她家意下如何？」文氏說道。

「好，那真是太麻煩文妹子了。」貴叔感激地說道。

「不麻煩，我先去透個消息，如果順利，貴大哥你就等著請媒婆吧！」文氏笑道。

村裡對娶媳婦很講究，必定要有媒婆出面作媒，一般男方會直接請媒婆去相中的女方家，但如果女方不同意，男方就比較沒面子。現在貴叔相中的女方跟文氏有親戚關係，正好請文氏先去探探口風，若女方也有這個意思，再請媒婆出面，事情便好辦許多，女方會覺得被尊重，男方也不用因為被拒絕而感到沒面子。

等媒婆去女方家說媒成功後，接下來便要批八字、推生肖、下聘、送禮、迎親、拜堂、鬧洞房，秦小寶聽文氏說這些時，頭都大了。還好自己是童養媳，不用弄得這麼複雜。

「文妹子，大慶娶媳婦的事可就全靠妳啦！有妳幫我張羅，我就放心了。」貴叔說道。

「貴大哥，你放心，這是積德的事情，就交給我處理吧！」文氏拍著胸脯答應下來。

突然，「砰」的一聲，秦小寶順著聲音望過去，原來是大慶和小慶躲在門後偷聽，不小心撞到了門板。

「爹，太好了，我要有嫂子了嗎？」小慶見被發現，索性跑出來，大慶一把沒拉住他，便也紅著臉走出來。

「別這麼開心，還不知道人家閨女家答不答應呢？這不就請你文嬸子先去探探底。」貴叔笑呵呵地對小慶說道。

「大慶哥，貴叔給你相中的嫂子是我姊姊哦！嫁過來後可不許欺負人家。」大慶平時很穩重，秦小寶難得見他這副臉紅模樣，便想逗他一下。

大慶聽秦小寶這樣說，趕緊給文氏和秦小寶作揖行禮道：「多謝文嬸子和小寶，妳們放心，我一定會好好對待文家妹子的。」

「大慶，你是我從小看著長大的，蘭秋也是，你倆都是好孩子，模樣、性子很是般配，你倆一定能好好過日子，把這個家撐起來的。」文氏忙扶起大慶說道。

「是，大慶知道了，一定不會辜負文嬸子的期望。」大慶說道。

「文妹子、小寶，在家吃飯再走吧！」貴叔邀請道。

「不了，家裡還有幾個孩子等我回家做飯呢！等這門親事定了，我們再來。」文氏搖搖手說道。

「也好，等這事成了，我們再好好謝謝文妹子和小寶。」貴叔呵呵笑道。

文氏和秦小寶離開貴叔家，在路上，秦小寶問文氏道：「娘，您真的要回文家村嗎？上回要不是為了借銀子才回舅母家，我們都多少年沒回去了。」

「這件事情很重要，我必須要回去，更何況這次我又不去妳舅母家，而是直接到蘭秋家，妳舅母也管不著。」文氏說道。

那倒是，舅母憑什麼不讓我們回文家村，魚田的事情還沒找她算帳呢！她最好不要吭聲，要是她再敢說三道四，就幫她把這些醜事拿出來張揚。秦小寶在心裡打定主意。

第十九章 娘家

「娘、小寶，妳們回來啦！」裴子安已經醒了，正在穿衣服，聽到開門的聲音，便開口問道。

「是啊！子安哥，你怎麼只睡這點時間，夠嗎？」秦小寶問道。

「足夠了，妳們去貴叔家商量得怎麼樣？」裴子安問道。

「你們倆聊，我去做飯。」文氏說道。

「娘，我去幫您。」秦小寶趕忙說道。

「不用，娘一個人可以，妳跟子安聊吧！」文氏說道。

「哦……好吧！」秦小寶答應道，她知道文氏是想讓她和裴子安多點時間相處。

「貴叔相中了蘭秋姊。」秦小寶回答裴子安剛剛的問題，然後想起裴子安應該不記得蘭秋，便解釋道：「蘭秋姊是文家村文大山的女兒，文大山和娘是本家，小時候蘭秋姊經常帶我們一起玩呢！」

「哦……是這樣啊，我不記得了。」裴子安笑笑。

秦小寶也笑了，說道：「沒事，不記得就不記得了，你記得我和娘和弟弟、妹妹就好。」

「我怎麼忘得了。」裴子安認真注視著秦小寶的眼睛。

秦小寶的心臟差點漏跳一拍，趕緊轉移話題。「這兩天我會跟娘去一趟文家村，到蘭秋姊家探探口風。」

裴子安聽了眉頭一皺，擔心地說道：「要去文家村？我陪妳們一起去吧！」

「不用、不用，我和娘去就行了，你一個男的，去了多尷尬。」秦小寶知道裴子安是擔心她們，但去說親哪有帶男人一起去的，這種事情還是女人出面比較好。

「那妳們直接去蘭秋姊家，別去其他地方。」裴子安囑咐道。

「我們明白，你放心好了。」秦小寶忙說道。

「妳跟娘去處理大慶哥的事情，我看棉田又要施肥了，明天我去一趟鎮上，把農肥買回來，這幾天就照上次的方式雇人幹活去。」裴子安想起棉田的農活，對秦小寶說道。

「就辛苦子安哥了。對了，還有魚田，有空的話也幫忙問問狀況，這幾天下來，魚患應該都解決了。」

最近幾天都沒有人來找秦小寶講魚田的事情，表示魚田的問題應該解決得差不多了。

第二天，裴子安拿著秦小寶給的銀子去了鎮上。

秦小寶抱著錢袋子算著。去年從京都回來的時候，錢袋子裡還剩二十五兩銀子，過年花了四兩銀子，裴子安去京都取種子、買農肥花了二兩銀子，開春整田雇工花了一兩銀子，剛剛又給裴子安二兩銀子，交代他除了買農肥，還要再買些禮物回來，好帶去拜訪文家村蘭秋姊家。

秦小寶哀號著。真是花錢容易賺錢難啊！銀子就這樣嘩啦啦地流出去，錢袋子也扁了，手頭只剩十六兩，棉田還要施兩次肥，採收時須聘雇勞力；不過還好，七月分可以收早稻和魚田，早稻留著自己吃，魚可以賣個十餘兩銀子，應該不會發生青黃不接的情況。

等到棉田採收完，只要能織出棉布，就又有一筆銀子進帳，加上十一月分的晚稻和魚田收成，過年肯定不成問題，而且今年的收入還會比去年多。

等到下午，裴子安帶著農肥和禮物回來了。

裴子安買了一大塊肉和兩瓶酒，不論是分量還是外觀，看起來都很有面子。

秦小寶直誇裴子安。「子安哥，你怎麼每次禮物都買得這麼適合！」

這次要去的是文家村，蘭秋姊家和自家情況差不多，那些高級禮品不適合農家送禮，反而是這些實惠的禮物很受歡迎。

「真的嗎？我只是覺得他們會喜歡這些東西而已，沒多想。」裴子安被誇得不好意思起來。他不知道秦小寶在現代最不擅長的就是送禮，每次到了朋友過生日或者要去親戚家的時候，買禮物都讓秦小寶想破頭，所以秦小寶非常崇拜那些送禮能送到人家心裡的人。

「上次去族長家買的禮物很得體，這次買的也很適合，以後送禮就交給你了。」秦小寶說道。

「遵命。」裴子安笑著說道。這有什麼難的，包在他身上。
文氏聽到廳堂有動靜，走了出來，她看見裴子安，說道：「子安，你回來啦？」
「是的，娘，我把要送蘭秋姊的禮物也買回來了。」裴子安說道。
「太好了，小寶，今天天色不早了，我們明天一早就去文家村，妳準備一下。」文氏看了看天色，對秦小寶說道。
「好的，娘。」
文家村雖然離裴家村不遠，但來回也須一個多時辰，天一黑夜路不好走，所以文氏決定明天再去。
秦小寶一想到要去外村拜訪親戚，還是滿興奮的，翻來覆去好久才睡著。
「小寶，起床啦！今天要出門，快起來吃早飯。」秦小寶在迷糊中被文氏叫醒。昨晚睡晚了，今天差點起不來。
秦小寶趕緊穿衣服洗漱，匆匆吃了幾口飯，對文氏說道：「娘，我好了，我們走吧！」
文氏幫秦小寶整理了一下衣服和頭髮，滿意地點點頭，便和秦小寶提著禮物出發了。
一路上路過裴家村的魚田，正在田裡忙碌的村民都跟秦小寶打招呼。秦小寶笑著問大家魚沒事了嗎？大夥兒都給予肯定的答覆，秦小寶終於放下心，這事總算解決了。
文家村在裴家村的西邊，所以要從西邊的出口進出，今天負責西邊崗亭的是秦小寶家隔壁的裴榮澤家。

「榮澤叔，今天辛苦你們了。」秦小寶跟裴榮澤打著招呼。

「這是哪兒的話，不要說辛苦不辛苦，大家都是為了裴家村，而且每戶都一樣，都會輪到的。」裴榮澤是個大嗓門，性子又直爽，秦小寶還挺喜歡和這樣的人打交道，平時住在隔壁，兩家人也經常互相照應。

不患寡而患不均是人性的弱點，所以這次秦小寶讓全村人都參與值勤，大家反而相安無事。

文氏和秦小寶走了將近半個時辰，已能遠遠看到文家村，文氏看起來情緒有些激動，腳步也加快不少。

剛走到村口，秦小寶發現一個小孩子看見她和文氏拔腿就跑，秦小寶疑惑地拉了拉文氏的手，問道：「娘，那個人為啥看到我們就跑啊？」

文氏抬眼望去，那小孩子邊跑邊回頭看了一眼，文氏認出那是齊氏的小兒子、她的姪子文海石。

「石頭、石頭，你別跑啊！快過來。」文氏趕忙高聲叫道。

誰知文海石一聽到文氏叫喚，跑得更快了，一轉眼就消失在一間房子後頭。

文海石邊跑邊回頭看，見她們沒追來，便加快步伐跑回自家院子。

「娘、娘！姑姑帶著那個小媳婦來文家村了。」文海石一進院門便大聲喊道。

娘囑咐他最近沒事就在村裡晃晃，若看見姑姑來了，啥也別說趕緊回來通報，雖然覺得很奇怪，但他從小就很聽齊氏的話，便照辦了，這也是為何他剛剛一見文氏拔腿就跑。

「啊！什麼？她倆真的來了？」齊氏正在屋裡做針線活，聽到文海石的話，立刻大驚失色。

「你說你姑姑帶著小寶來文家村了？」文氏的哥哥文長福疑惑地問道：「奇怪，她不是說再也不回這個家了嗎？今天怎麼來了？」

齊氏急到不行，趕緊對文海石揮了揮手說道：「快進屋，今天不許出去了。」

「哦。」文海石丈二金剛摸不著頭腦，應了一聲趕快進屋。

「怎麼回事？妳這是怎麼了？」文長福莫名其妙地問道。

「快！快去把門關緊了，今天誰敲門都不要開。」齊氏指著大門說道。

文長福懼內，齊氏說一他不敢說二，便去把門關了起來。

「妳到底怎麼了？就算阿紅帶小寶來了，也不用這麼緊張吧？」文長福關好門，埋怨齊氏太小題大做，畢竟把自己唯一的妹妹關在外頭，若讓旁人看見了，又得笑話一番。

「你懂什麼！」齊氏沒好氣地瞪了文長福一眼。這個男人太沒用，這些年全靠自己撐著這個家，夠她累得。

「我叫人把病魚扔到裴家村的魚田了。」齊氏思來想去，這事還是得跟丈夫說一聲，反正他這懦弱性子，就算知道了也不會怎麼樣。

「啊！什麼？妳怎麼做這種事情呢？」文長福膽子小，一聽這事馬上嚇得六神無主。

「我為什麼不能做？」齊氏雙眼一瞪，文長福便縮著脖子不敢說話。

「我低聲下氣地去求你妹子和那個小媳婦，請她們看在親戚一場的分上，教我們養魚，你知她們怎麼說嗎？她們說根本沒有我們這樣的親戚，還把我趕了出來。」齊氏恨恨地說道。她這一輩子都好強，從沒人敢這樣對她。

文長福唯唯諾諾不敢吭聲，齊氏繼續說道：「我這還不是為了文家，為了文家的兩個兒子，才想要多掙點錢，她們既然不讓我好過，我也不是好欺負的。我找來鎮上幾個小混混，叫他們把病魚扔到裴家村的每塊田裡，就是為了教訓她們，看她們還敢不敢這麼囂張。」

「可、可是，如果被發現了，可怎麼辦啊？」文長福小心地開口。

「怕什麼，無憑無據的，她們能怎麼樣？那幾個亭林鎮上的小混混，是我哥幫我找的，他說人肯定可靠，不會出去亂說，他們事情也辦得好好的沒被當場抓住，我怕什麼！」齊氏越說越激動，完全忘記了剛才的緊張。

「妳哥也知道這事？」文長福問道。

「我沒跟他多講，他不知道我要做什麼，只知道有人欺負我，我要找人幫我出口氣而已，好歹他在亭林鎮還滿吃得開的。」齊氏提起她哥哥齊華武，一臉的驕傲。她這個哥哥在亭林鎮開了間鏢局，這些年來混得還不錯，黑、白兩道都吃得開，亭林鎮上的人很給他幾分面子，對於一個農村出身的人來說，是很不容易的。

齊華武從小愛持刀弄棒，十歲的時候家鄉鬧饑荒，大家都快要餓死了，他給爹娘磕過頭就一個人出去闖蕩，機緣巧合遇上一個走鏢的總鏢頭，收他為徒，帶他到遠在西北的鏢局，從此就在師父的鏢局裡做事，等師父過世後，他便回到亭林鎮開了間鏢局，這一開也開了好幾年。

文長福一聽到齊華武的名字就頭疼。齊氏每回罵他沒用的時候，都要他多向哥哥學學，問題是自己又不會拳腳，怎麼學？去年大兒子文海柱已經被她送到鏢局去做學徒，小兒子無論如何都不能再讓她送去了。

「先別說這些，阿紅和小寶今天過來，該不會是為了這件事情吧？」文長福趕緊轉移話題，否則齊氏又要說她哥哥的事蹟說個三天三夜了。

「管她們是不是為了這件事情，反正我今天絕不開門，看她們能怎麼辦！」齊氏說罷，拿出長凳抵在了院門後頭。

文氏看到文海石跑走以後，搖著頭說道：「這孩子，真是被齊氏養壞了，我們文家到底造了什麼孽，居然娶了這樣一個女人回來，唉……」

「娘，別難過了，每個人都有自己的命運，我們過好自己的日子就好，別管他們了。」秦小寶勸道。

「只能如此了，我們想管也管不了，只是我不知道大哥以後有什麼臉面去見爹娘？」文氏嘆氣道。

「娘，我記得蘭秋姊家在村東吧？」秦小寶趕緊轉移話題。

「對，是在那頭，那裡還有一棵大樟樹，小時候你們經常在那兒玩，離這還有段路，我們趕緊走吧！」文氏回答道。

文家村沒裴家村那麼大，從村口走到村東也就一刻鐘的時間，經過大樟樹時，由於現在正好是樟樹開花的季節，空氣中都飄散著樟樹的香味，真好聞。

過了大樟樹，文氏和秦小寶在一戶人家門口停下了腳步。

「咚咚咚。」文氏一邊敲著門，一邊喊道：「大山哥，是我，阿紅。」

「來了、來了。」院內傳來一個女人的聲音。

門「呀」一聲開了，一個中年農婦見到文氏，先是一愣，隨後趕忙把文氏和秦小寶請了進去。

「阿紅，妳今天怎麼過來了？妳都多少日子沒回來過了！」中年農婦拉著文氏說道。

「唉……妳也知道我家的情況，我嫂子不認我這個親戚，爹娘死後就不讓我回娘家了，所以我有娘家也歸不得。」文氏叫的中年婦女，是文大山的媳婦李氏，嫁過來的時候文氏還小，也算是看著文氏長大的，關係一直都不錯。

「妳那個嫂子，唉……真是……妳哥哥也不是什麼好東西，哼！」李氏也不知道該怎麼說，只是搖了搖頭。

李氏請文氏和秦小寶坐下，倒了兩杯茶端過來。文氏把手上的肉和酒遞給李氏，說道：

「來得匆忙，來不及準備什麼，給大山哥帶了兩瓶酒，給孩子們帶了些肉。」

「哎呀！妳來就來，還帶東西幹麼，這怎麼好意思？」李氏推辭道。

「嫂子快收下，就是一點心意而已，我好久沒來看大山哥和妳了，真是想念得緊。」文氏說道。

「那好，我就收下了，等會兒一起吃午飯。」李氏見推辭不了便收下了，順便邀文氏和秦小寶一起吃飯。

「好。」文氏笑著答應，隨即問道：「大山哥呢？」

「他跟大兒子、二兒子今天正好出門了，真是不湊巧，妳好不容易來一趟。」李氏可惜道。

「沒事，我下回再來看大山哥。」文氏趕緊說道。大山哥不在反而比較好說話，這一般都是女人間隨意聊起來的話題，有男人在場的話，反而顯得太正式。

李氏點了點頭，把大兒媳和二兒媳叫出來，讓她們喊文氏，然後把東西交給她們，囑咐她們中午多準備飯菜。

第二十章 說親

「蘭秋呢？怎麼沒見到她？」文氏問道。

「她去五堂妹家了，說是要教五堂妹做針線活，一會兒吃午飯時會回來。」李氏說道。

多年不見，李氏拉著文氏的手話起了家常。「聽說妳丈夫前年過世了？唉……我也是後來才知道的，真是苦了妳了，孤兒寡母的。」

傷心事被提起，文氏擦了擦眼淚，說道：「這都是命，所幸子安去年醒過來，這輩子我就知足了。」

「是啊！老天有眼、祖先保佑，今後妳有好日子過了。」李氏拍了拍文氏的手說道。

李氏目光轉到秦小寶的身上，秦小寶機靈地給李氏行了個大禮，嘴上說著吉利的話，喜得李氏趕緊扶她起來，說道：「小寶長這麼大了，從小我就覺得妳懂事能幹，現在看果真如此。」

秦小寶在稻田養魚的事情，周圍幾個村子都知道了，文氏知道李氏指的是這件事，便謙虛地說道：「哪有，小寶還小，做事也不知輕重，還好運氣不錯，至少沒闖禍。」

「怎麼會，小寶在我們這附近幾個村子可是小有名氣，聽說最近裴家村魚田出了點問題，現在不知怎麼樣？」李氏關心地問道。

「舅母放心，魚田的問題已經解決了。」秦小寶回答道。

「那就好、那就好。」李氏說道。

女人在一起就是東家長、西家短，何時才能說正事啊？秦小寶在旁邊偷偷打著哈欠想道。昨天晚上沒睡好，睏死了。

「嫂子，蘭秋今年是不是十五了？」文氏好似漫不經心地將話題轉到文蘭秋身上。

秦小寶一聽，立即不打瞌睡了，豎起耳朵聽著。

「是啊，今年十五了。」李氏接話道。

「年紀不小了呢！該找婆家了吧？」文氏問道。

「是沒錯啊！最近這段時間妳大山哥忙得很，還沒空跟他商量這事呢！」李氏抱怨道。

「嫂子有沒有相中哪戶人家？」文氏乘機打探道。

李氏想了想，說道：「我也捨不得把蘭秋嫁得太遠，要給蘭秋說親的話，想在周圍幾個村子裡找找。」

文氏一聽有戲。裴家村離文家村算是最近的了，距離這點符合李氏的期望，忙問道：「那還有什麼要求嗎？」

「男方家簡單一點好，不要妯娌一大堆；人多事雜，男方要忠厚，不要油頭粉面的，其他就沒什麼要求了。反正都是農家，條件差不了太多，就指望今後他們兩口子自個兒努力，過好日子。」

文氏聽了暗自點頭。都是心疼自己的女兒，這些條件一點都不過分，大慶也都符合，她便大膽提出。「嫂子，我倒是有個人選，我給妳說說，妳看行不行？」

「哦？妹子妳說來聽聽。」李氏不是傻子，見文氏今天突然來，而且拐彎抹角地說到蘭秋的親事上，就知道肯定是受人所託來說親的，便順水推舟地說道。

「裴家村有個小夥子，長得魁梧健壯，性格忠厚沈穩，和老爹、弟弟同住，娘早就過世了，家裡有五畝水田，爹平時走街串巷賣雜貨，家境雖不富裕，但日子過得還是不錯的，而且現在水田養魚還能多筆收入，便更勝以前了。」

「只有爹和一個弟弟，這家裡關係算是簡單。」李氏聽了文氏一番話，眼睛一亮。

「是啊！家中沒有婆婆，蘭秋如果嫁過去，家裡的事就是蘭秋做主了。」文氏繼續說道。

沒有婆婆這個條件非常吸引李氏，她太了解有婆婆在的滋味了，碰上個好的婆婆還行，碰上個不好的，那日子可真難熬，自己也是熬了好多年才熬成婆。

「至於男方家的人品我可以擔保，絕對沒問題，當初小寶在稻田養魚，就是靠著大慶爹的幫忙，才一起做起來的。」文氏看李氏有些心動，便繼續遊說道。

「妹子，有妳做擔保我很放心，只是不知道大山怎麼想？我覺得這門親事不錯，要不等大山回來我跟他說說，然後再答覆妳？」李氏心中對這門親事很滿意。裴家村離文家村近，以後要見閨女很方便。

文氏見李氏說出這話，心知這事成了一半，便不再提了，跟李氏聊起別的家常，像是文家村哪家辦了喜事、哪家有了喪事、哪家婆媳吵得厲害，聽得秦小寶又睏了。

「娘，我回來了。」屋外一個清脆的女聲傳來。

「是蘭秋回來了。」李氏對文氏說道。

文氏趕忙往屋外看去。雖然文氏在蘭秋小時候看過她，但還不知道長大是什麼模樣，她得幫大慶看看這閨女。

秦小寶也站起身來看向屋外。

一個身材高䠷的女孩子走了進來，由於剛走路的關係，臉蛋紅撲撲的，一雙靈動的丹鳳眼更可以看出她的機靈。

真是不錯，跟大慶正相配，身高配，長相也配，文氏心中暗道。

「快來見過妳紅姑。」李氏笑咪咪地對蘭秋說。她閨女可是個好孩子，從小就機靈懂事。

「紅姑好。」蘭秋對文氏行禮，文氏對她微微一笑，讓她不要多禮。

「蘭秋都長這麼大了，真的是大閨女了。」文氏感慨道。幾年的光景而已，孩子都長大了。

「妳看誰也來了？」李氏指了指秦小寶說道。

蘭秋轉頭，看見小時候的玩伴秦小寶，不禁嘴角上揚，拉著秦小寶的雙手說道：「小寶，妳也來啦！好久不見你們了。」

秦小寶見蘭秋滿心歡喜，便笑嘻嘻地說道：「蘭秋姊，我也想死妳了。」

李氏笑著對蘭秋說：「妳先帶小寶去玩吧！我和妳紅姑再聊會兒，中午妳紅姑和小寶在家吃飯。」

「好的，娘。」蘭秋笑著答道，拉著秦小寶離開廳堂。

蘭秋和秦小寶跑出了院門，來到門前的大樟樹下，在一處乾淨的樹根坐了下來。

「小寶，還記得小時候我們經常在這裡玩嗎？」蘭秋抬頭望著枝繁葉茂的大樟樹說道。

「當然記得，那時候樟樹好像比現在小一些。」秦小寶回憶道。

「這麼多年了，樹當然會長大，就像妳、我一樣，也長大了。」蘭秋摸了摸秦小寶的頭說道。

「蘭秋姊，如果我們還能像小時候那樣一起玩就好了。」秦小寶眨著眼睛說道。有個姊姊是秦小寶多年的願望，她是個愛熱鬧的人，最好自己喜歡的人都在身邊，但她得先探探蘭秋的想法，否則蘭秋要是不肯嫁給大慶怎麼辦？李氏這麼疼蘭秋，肯定會聽她的。

「小寶，妳已經是裴家的人了，這輩子都不能離開裴家村，我現在還不知道會嫁去哪裡，我們怎麼可能再像小時候一起玩呢？」蘭秋只當秦小寶隨口說說。

「蘭秋姊不如嫁到裴家村來吧！」秦小寶聽蘭秋話裡的意思，應該還沒有喜歡的人，便藉機說了出來。

蘭秋一聽秦小寶這話，笑了，說道：「又不是我說要嫁到哪裡就嫁到哪裡，這得要父母之命，媒妁之言才行。」

提到婚事，蘭秋並沒有忸怩作態，也許是因為蘭秋跟秦小寶關係好，也許是因為蘭秋性子豪爽，但不管怎麼說，秦小寶就喜歡她這點，如果碰上那些一提到自己親事就害羞回避的女孩，那還怎麼聊？

「蘭秋姊，其實今天我跟娘過來，就是為了妳的親事來的。」秦小寶決定向蘭秋直說。

「真的嗎？是裴家村的？」蘭秋問道。

「是的，是跟我家關係很好的貴叔家兒子大慶。」秦小寶說道。

這麼直接地說到自己的親事，蘭秋還是有些臉紅，她不好意思多問，秦小寶可機靈了，便自顧自地說起來。「他家只有爹和弟弟，家裡成員可簡單了，沒有婆婆哦！雖然婆婆也有好的，但像我婆婆那麼好的能有幾個？況且我從小是婆婆養大的，就像親娘似的。」

秦小寶頓了頓，見蘭秋仔細聽著並且若有所思，便繼續說道：「大慶哥為人忠厚沈穩、待人和善，不像尋常農家子弟那麼糙，家裡條件也不差，最重要的是，妳嫁過去的話，我們又可以在一起了，有我娘和我在，總比嫁到人生地不熟的地方好吧？」

蘭秋被秦小寶那句「我們又可以在一起」給逗笑了。小寶還真是個孩子，心心念念地就想在一起玩。

「小寶，妳太可愛了，不過婚姻大事還是得由父母做主，要看我爹娘的想法。」蘭秋心裡是挺滿意這人家的，裴家村離文家村又近，今後回娘家也方便。

「我娘剛才跟妳娘說了，妳娘說等妳爹回來商量，再給我們答覆。」秦小寶點點頭說道。

「嗯，小寶，我們回家去吧！」蘭秋看看近中午了，對秦小寶說道。

「好啊，走。」

兩人手牽手回到文家，李氏見她倆回來了，便笑著說道：「妳們再玩會兒，妳兩個嫂子還沒做好飯呢，等會兒吃飯叫妳們。」

「小寶，來，到我屋裡去玩會兒。」蘭秋答應了一聲，轉頭對秦小寶說道。

秦小寶隨著蘭秋一起進房間。蘭秋自己一間房，收拾得乾淨整齊，一排大櫃子把秦小寶吸引過去，櫃子上擺滿針線、剪刀、麻布等做衣服的工具和材料。

秦小寶摸著這些東西問道：「蘭秋姊，妳會做衣裳？」

「是呀，我喜歡做針線活，家裡的衣裳幾乎都是我做的。」蘭秋笑著說道。

秦小寶看著蘭秋身上的衣裳，做工很好，針腳整齊細密，一點都不比外頭成衣店做出來得差。古代沒有縫紉機，只能一針一線把衣裳縫出來，真是不容易。

「沒想到蘭秋姊的手這麼巧，做一件衣裳要好久吧？」秦小寶問道。

「還好，這種不用繡花的，一天就能完成一件。」蘭秋說道。

一天就能手工完成一件衣裳？這速度也太快了吧！秦小寶誇道：「蘭秋姊妳可真厲害，

聽妳的意思好像還會繡花？」

「會一些，是自己喜歡琢磨出來的，但是我們農家衣裳不適合繡花，所以很少繡。」蘭秋回答道。

「怪不得妳經常在貴叔那買針線呢！」秦小寶說道。

「貴叔就是那個來文家村賣雜貨的貨郎嗎？」蘭秋問道。

「對啊！我娘就是來為貴叔的兒子說親的。」

蘭秋見過貴叔，心中更有底。貴叔為人熱情爽直，見她買的東西多，便經常免費贈送一些針線，所以蘭秋對貴叔很有印象。

「蘭秋、小寶，快出來吃飯了！」李氏在屋外叫道。

「來了。」蘭秋和秦小寶同時說道。

一桌子全是女人，吃飯的時候大家很有默契，沒再提起蘭秋的親事。

吃完飯，文氏和秦小寶又坐了一會兒，便起身告辭，李氏和蘭秋送她們到門口，看著她們離開。

走在文家村的路上，秦小寶拉著文氏的手說道：「娘，帶我去舅舅家。」

「妳要去舅舅家做什麼？」文氏嚇一跳。今天她沒打算去哥哥家，只想說完蘭秋的親事就回家。

「有些事情，我要跟他們講清楚。」

「他們不會開門讓妳進去的。」文氏嘆了口氣。她還不知道齊氏的作風嗎？爹娘去世後她也想回去，卻被她硬生生擋在門外，進都不給進，如今又因為養魚的事情得罪她，想也知道更是不會開門了。

「不開門沒關係，我說完要說的話就走，我也不想進那個門。」秦小寶說道。

文氏見秦小寶心意已決，便帶著她往自己娘家走去。

果然，文氏娘家大門緊閉，文氏拍著門叫了幾聲，裡面沒有一點回應。

「小寶，走吧，看樣子他們都不在家。」

「娘，沒關係，就算不在家，我也要把話說完再走。」

文氏點點頭，不多說什麼。

「舅舅、舅母，我知道你們在裡面，雖然你們不肯開門讓我們進去，但有些話我還是要說。」秦小寶大聲地說。

只聽見門後「咚」的一聲輕響，秦小寶心中有數，裡面肯定有人。

門後的齊氏狠狠瞪了文長福一眼。文長福聽到秦小寶的話，忍不住想靠門近一點，沒想到碰到門後的長凳，發出一聲輕響。

「有些事情，我不來找你們，不代表我不清楚到底是怎麼回事，裴家村的魚田現在已經恢復正常，這次來只是想告訴你們，不要自以為神不知、鬼不覺，老天有眼，夜路走多了總會遇到鬼，所以奉勸舅舅、舅母好自為之，如再有下次，我們裴家村也不是好欺負的。」秦小寶對著門後的人說道。

齊氏在門後聽到裴家村魚田已經恢復正常，頓時氣惱地直搖頭。這小蹄子居然逃過一劫，至於秦小寶後面的話，她倒是一句也沒聽進去。

文長福聽到秦小寶這些話，嚇得直哆嗦，口中喃喃自語：「完了、完了，小寶都知道了，怎麼辦、怎麼辦？」

齊氏往文長福後腦勺一巴掌拍了下去，低聲罵：「怕什麼？她還不是不敢跟我們撕破臉，說到底她無憑無據的，這事與我們有何關係？哼！」

文長福摸著自己的後腦勺，想著齊氏這番話，確實有點道理。

屋外的秦小寶聽到門內有聲音，但聽得並不清楚。無所謂，反正她是來警告他們的，至於他們怎麼想，她並不想知道。

秦小寶對文氏說道：「娘，我們回家吧！」

文氏點點頭，跟著秦小寶轉身，疑惑地問道：「小寶，這是怎麼回事？魚田的事情跟他們有關係？」

「娘，您不用擔心，問題都解決了，至於是不是跟他們有關係，我們也沒有真憑實據，不過我相信總有一天，他們會有報應的。」

話說到這分上，文氏也明白是怎麼回事，她無語地搖頭。哥哥、嫂子真是太過分了。

「娘，別想這些不開心的事情了，我看今天貴叔託我們的事情，進展挺順利的啊！」秦小寶拉著文氏的手撒嬌。

「是啊！感覺李嫂子挺滿意的，就看大山哥怎麼說了。」文氏對於自己即將撮合一對佳偶感到很滿意，笑咪咪地說。

「貴叔和大慶哥這麼好，在我們這幾個村子也是人人誇的，大山舅舅稍微一打聽就會明白，這件親事穩成，您就放一百個心吧！」秦小寶心中也高興。

「但願吧！這幾天等他們的消息。走，我們回家。」文氏說完帶著秦小寶往裴家村走去。

第二十一章 下聘

文氏和秦小寶回到家時已近傍晚，貴叔出去賣雜貨還沒回來。最近貴叔也是拚得很，沒辦法，兩個兒子娶媳婦都需要錢。

文氏和秦小寶請大慶向貴叔說明天一早來找他，然後兩人便回了家。

「怎麼樣？說得如何？」裴子安問秦小寶。

「八九不離十了，等消息。你今天棉田施肥還順利吧？」秦小寶也問道。

「當然，人多就是快，一天就全搞定了。」

「所以該花錢的地方絕對不能省。」秦小寶笑著說。

秦小寶的想法裴子安挺贊同的，棉田長勢很好，看來第一次種植就會大豐收。

第二天一早，貴叔敲門進來了。

「貴叔，這麼早啊？我和娘等會兒要去您家找您呢！」秦小寶揉著惺忪的眼睛說道。她剛起床，正準備洗漱吃早飯呢！

「妳們還沒吃早飯啊？是我來得太早了，不好意思啊！」貴叔摸著頭說。

「沒事，貴大哥一起吃點吧！」文氏笑著招呼著貴叔。

「我吃過了，只是想來問問昨天妳們去文家村的情況。昨天晚上大慶說今天妳們要來找我，我就猜想妳們應該去過文家村了。」

「是啊！貴大哥，你先坐，我慢慢跟你說。」

文氏把昨天去蘭秋家的事說了一遍。

貴叔一聽，滿臉喜色。「辛苦文妹子了，回頭女方回信記得通知我，我先去賣雜貨，有事跟大慶留個話就成。」

「好，你放心去吧！」

「娘，娶媳婦是不是挺花錢的？」秦小寶見貴叔又忙著去掙錢，便問文氏。

「可不是，你貴叔這麼日夜奔波，就是為了讓兒子娶媳婦時有面子。」文氏回答道。

秦小寶點點頭。真是天下父母心。

吃完早飯，秦小寶跟著裴子安去棉田。經過近兩個月的細心呵護，棉苗已經長到三十公分左右，再過一個月，就可以打頭了。打頭是指當棉花長到一定高度時，為了防止它只長高不結桃，要將它的頂端掐去。

昨天裴子安已經請人除了雜草、澆水、施肥，棉田的工作暫可休息一段時間。

文家村內，齊氏在文大山家附近轉了半天，才敲了他家的門。

「大山家的，在做什麼呢？」齊氏一雙眼睛往人家家裡瞧著，齊氏昨天已經知道文氏和秦小寶來過文大山家，卻沒人知道是來做什麼的，她心裡老覺得不踏實，今天終於忍不住來探個究竟。

李氏不喜齊氏的為人，對於她虐待公婆、罵走小姑的行為也有所耳聞，她提醒過齊氏做人要厚道些，但文長福不想家醜外揚，老裝著太平無事的樣子，她也不好多管什麼。

「在做些針線活呢！」李氏淡淡地應了一句，也不請齊氏坐。

李氏和蘭秋正在廳堂縫製衣裳，蘭秋見母親沒給齊氏好臉色，但自己是小輩，還是規規矩矩地站起來對齊氏行了個禮，叫了聲。「嬸子，您坐。」

齊氏見李氏這般態度，顯得有點尷尬，她拉著蘭秋的手，滿臉笑容地說：「蘭秋真是手巧啊，這衣裳跟外面店裡做的一樣呢！」

「嬸子您太過獎了，只不過湊合能穿罷了。」蘭秋不著痕跡地抽回雙手，搬了張椅子放在李氏旁邊，請齊氏坐下，然後倒了杯茶給她。

齊氏在李氏旁邊坐下，摸了摸李氏正在縫補的衣裳，乾笑兩聲說道：「我聽說昨天阿紅來過了？」

「是啊，她和小寶不是還去妳家嗎？只不過妳沒開門而已。」李氏繼續縫著衣裳，頭也不抬地說道。

「哪有不開門，昨天我們都不在家，所以沒見到面。」齊氏連忙解釋。

李氏停下了手中的活兒，抬起頭看了齊氏半晌，齊氏被李氏盯著有點發毛，不禁低頭看了看自己身上。沒啥問題呀，便抬頭問：「怎麼了？妳看什麼呢？」

「弟妹，妳昨天在不在家我不知道，我只知道妳家門關得緊緊的，我也知道妳今天所為何來，妳不就是想打聽阿紅昨天來我這做什麼嗎？」李氏不客氣地說道。她受夠齊氏這樣的人，算計刻薄、睚眥必報。

「瞧妳說的，我是想阿紅和小寶是不是出什麼事情，這才回文家村找人幫忙呢！」齊氏知道李氏不好惹，她是那種人不犯我我不犯人，人若犯我我必犯人的性格，所以齊氏不敢輕易得罪她。

「她們只是來看看我，哪有出什麼事情。妳也真是的，上次把阿紅趕走，還說再也不讓她回家這種話，有妳這樣當嫂子的嗎？」她並不想將阿紅來為蘭秋說親的事告訴齊氏，這事要是被齊氏知道，說不定會出什麼亂子。

「她們真的沒事啊？我還一直擔心呢！」齊氏聽李氏這樣說，心放下一半。看來她們沒把魚田的事說出去。

「妳看妳！說的什麼渾話，是不是盼著她們出事啊？」李氏拉下臉說道。

「不、不！我哪有盼著她們出事啊！沒事就好，我就放心了。」齊氏舒口氣。只要不是來找麻煩就好，管她來做什麼。

李氏沒好氣地白了她一眼。鬼才相信齊氏會擔心阿紅，她是一個唯恐天下不亂的人，一旦她在這打聽到什麼，外頭馬上流言滿天飛。

「妳要沒事就回去吧！我還忙著呢！」李氏繼續拿起手中的針線。

「那、那我先走了啊，如果阿紅那邊有什麼事，妳也記得通知我一聲，她哥可惦記著她呢！」齊氏輕鬆地說道。

李氏用鼻子哼了一聲，算是回話。

蘭秋站起來把齊氏送出院門，回到廳堂中，李氏開口說道：「以後看見這位嬸子，離遠點，省得沒事搞出事來。」

「知道了，娘。」蘭秋順從地回答。

蘭秋也知道齊氏是什麼樣的人，她慶幸母親沒把說親的事告訴她，否則她不知會做出什麼文章來？

文氏殷殷地盼著回音，可過了幾日都沒有消息，她擔心萬一這親事沒說成，豈不太可惜了？雖然秦小寶一直安慰她，但沒用，她還是擔心、擔心又擔心，這就叫「擔心體質」。秦小寶暗忖，不但對事情毫無幫助，還勞心又傷神。

終於，文氏等到了李氏的回信，請她再去家中做客。

既然請文氏再到家中，表示這事有指望，否則隨便找個理由回絕掉就行。

文氏激動地對秦小寶說：「快、快！我們今天就去蘭秋家，看她爹娘怎麼說？」

秦小寶見事情終於有著落，便也配合道：「好，娘，我們這就走。」

兩人收拾打扮一番，總覺得不帶點禮物去有些不好意思，但家裡沒什麼適合送禮的東西，去鎮上買又太慢了，文氏等不及。
文氏和秦小寶兩人抱頭苦思。對於送禮這件事，文氏和秦小寶一樣不擅長。
裴子安見她倆這麼頭大，便幫她們一起想，他對文氏說：「娘，我們魚田的魚雖然還有一個月才收成，但現在個頭也夠大了，要不我們拎幾條魚過去吧？這在鎮上可是搶手貨呢！」
文氏一拍手。太好了，這個主意真不錯，她忙說道：「這是個好主意，我們就帶魚過去！走，現在就去抓。」
「等等啊，娘，這麼遠的路，我們怎麼把魚帶過去啊？」秦小寶突然想到這個問題。
文氏一聽，也愣住了。對啊！魚是不能缺水的。
「這還不簡單，拿個水桶裝水，提著去嘍！」裴子安在一旁出主意。
「這麼重，怎麼拿啊？」秦小寶反對。古代的水桶是木頭做的，本身就很重，別說還裝了水和魚。
「那怎麼辦，總不能向貴叔借他的魚車吧？」裴子安無語。
「娘，我們帶著子安哥一起去吧，他可以幫忙提水桶。」秦小寶眼珠子一轉，盯著裴子安。有裴子安這個壯丁在，提個水桶有什麼難的？
裴子安一臉生無可戀的表情。老天，他為什麼要自己挖洞往下跳啊！
文氏想了想，點頭。「子安就跟我們一起去吧！」

裴子安心中一陣哀號。他不想去幫人說親，這是女人家的長項啊！但是他內心在吶喊，嘴上卻還是逆來順受地應道：「好的，娘。」

秦小寶看著裴子安的表情，心裡覺得好笑，她踮起腳尖，摸了摸他的頭，安慰著：「乖，跟著娘走，有肉吃。」

其實裴子安只是不想參與女人聊天的場合，但讓秦小寶和文氏提這麼重的桶子，他也於心不忍，所以就算秦小寶沒叫上他，他也會去的。

裴子安輕輕拍掉秦小寶的手，笑著說道：「知道啦！走，抓魚去。」

水田裡的魚游得很歡快，看起來十分健康，魚的個頭也不算小，每條約有一斤重，裴子安下水田，用水桶撈了十條魚，魚放進水桶裡還是活蹦亂跳的。

這水桶確實很重，文氏和秦小寶想必是提不動的，不過對於裴子安來說，這點重量倒是小意思。

秦小寶看著走在後方的裴子安，覺得好逗趣。哪有人提個水桶去拜訪親戚的？不過這個禮物雖然賣相不怎麼好，但裡頭的東西相信會讓蘭秋家裡人滿意。

李氏見到裴子安的時候，眼眶紅了一紅，她摸摸裴子安的頭說：「子安都長這麼高了，我記得前幾年他還跟我一般高。」

裴子安規規矩矩地向李氏行禮，李氏趕緊拉他起來，嘴裡連連說著。「好孩子、好孩子。」

李氏要跟文氏談正事，便吩咐蘭秋帶著裴子安和秦小寶到村裡轉轉。

文氏上門說親後，李氏就讓文大山去打聽貴叔家的情況。貴叔父子在附近幾個村子的口碑很好，文大山回來便交代李氏，這門親事可以成，要她張羅張羅。

文大山夫婦疼女兒，只希望女兒在婆家過得好，所以也沒什麼太苛刻的要求，倒是文氏擔心蘭秋受委屈，對李氏許諾，該有的禮節一樣也不會少，會在能力範圍內儘量辦得體面。

有了文氏這番話，李氏心定不少，越發滿意這門親事了。

午飯照例在文大山家裡用，用完文氏就帶著裴子安和秦小寶回到裴家村，她要趕緊把這好消息告訴貴大哥。

貴叔今天正巧沒有出門，一進門，文氏就告訴他這個好消息。

接下來要請媒婆正式去提親，並把女方的生辰八字帶回來。男方請算命先生批八字、推生肖，如果八字和生肖都相合的話，就可以進行下一步，也就是下聘了。

貴叔得知這個消息，非常高興。村裡有媒婆，但是貴叔為了表示重視，專程去亭林鎮請了一個小有名氣的媒婆來幫忙。

文大山見貴叔這麼重視這門親事，心中很是滿意，所以整個提親的過程十分順利。媒婆將蘭秋的生辰八字帶回來，貴叔拿著大慶和蘭秋的八字，到亭林鎮請算命先生算八字，算下來結果非常合，貴叔心中一塊石頭終於落地。

接下來的下聘，相當於現在的訂婚，男方會將事先準備好的聘禮清單和婚書送到女方家，女方送「回帖」認可，並回贈一張回禮清單給男方，然後兩家商定迎娶的吉日。

經過下聘，這門親事就算是定下來了，接下來在迎親吉日前的一個月，男方將聘禮送至女方家，叫做送禮。

文氏等貴叔批完八字、生肖，便幫著張羅起下聘的事。聘禮一定要符合禮數，如果有能力的話可以準備得更多，畢竟這是文氏幫忙說的親，她也想讓自家姪女嫁得風風光光。

貴叔列了一張聘禮清單請文氏過目，文氏看後很滿意。貴叔很重視這門親事，不但該有的都有，還在禮單上加了很多代表吉祥如意的東西。

到了下聘這天，按規矩要由媒婆陪著男方親自上女方家，貴叔為了表示尊重女方，除了帶著大慶和小慶前往，還另外請了文氏、裴子安、秦小寶三人作陪。

一行人浩浩蕩蕩地去文家村，引得文家村的男女老少都出來湊熱鬧。先前為避免節外生枝，文大山家並沒有張揚蘭秋說親的事，所以一直到了這會兒，文家村的人才知道今天是蘭秋下聘的日子。

齊氏得知文氏和秦小寶又來了文家村，只得又將大門緊閉。她不想去文大山家湊熱鬧，以免看到秦小寶那個小蹄子，不知道她會不會又胡言亂語些什麼，她不怕文氏，倒是有點怕和那個小童養媳打交道。

她在家中，聽到外頭熱鬧的聲音，心中暗自恨道：「這個李氏，居然連我也瞞，文氏介紹的男人會有什麼好貨？哼，等著後悔吧！」

今天文大山帶著兩個兒子特意留在家中，看見貴叔和大慶、小慶三人拎著大包、小包的禮品，文大山心中甚是滿意。看來這親家很重視蘭秋啊！

媒婆幫忙介紹雙方，李氏一眼就瞧見大慶。俗話說「丈母娘看女婿，越看越滿意」，這句話用在李氏身上再適合不過。

秦小寶見廳堂人太多了，向文大山和李氏行過禮之後，便鑽到蘭秋房間裡去。裴子安其實也想跟著秦小寶去，但他畢竟不好進女孩子房間，所以忍住了，只能一臉羨慕地看著秦小寶遁逃。

第二十二章 分配

「蘭秋姊，來，這裡可以看見廳堂呢！」秦小寶一進蘭秋的房間，便找到個最佳位置觀察廳堂的狀況。

蘭秋也很好奇，自己那位被文氏和秦小寶讚不絕口的未來夫婿，到底是什麼樣子？她順著秦小寶手指的方向望出去，看到一個高大健壯、樣貌忠厚、頗為沈穩的男子，心中不禁暗自歡喜。

「怎麼樣，蘭秋姊，我娘介紹的對象不錯吧？」秦小寶見蘭秋的神態，便知她是滿意的。

「紅姑相中的人，肯定不會錯的。」蘭秋畢竟是女孩子，臉上浮現兩朵害羞的紅暈。

在一片平和的氣氛中，文大山和貴叔挑選好黃道吉日迎娶，定在九月初八，秦小寶算了算，還有三個月，足夠準備成親的事情，而且這日子不冷不熱，與秋種和棉田採收的時間錯開，日子挑得確實不錯。

貴叔家的大事一定，文氏整個人輕鬆下來。接下來的娶親大禮雖然很繁瑣，但畢竟婚事已經定了下來，其他要做什麼都好說。

六月一過，很快就到了七月收早稻和魚田的季節，秦小寶想到這次裴家村的稻花魚比第一次多了很多，如果都拿去亭林鎮販售，恐怕供過於求，價格馬上會降下來，只能想辦法讓大家分散賣，才能都有錢賺。

秦小寶將這個想法告訴裴子安，裴子安想了想，建議道：「全部拿到亭林鎮的確不妥，不妨考慮分散到附近幾個村子或鎮上販售，甚至我們可以去青州城賣。」

「我也是這樣想的。青州城雖然比亭林鎮遠上一個時辰，但是那裡的草魚價格更好，每斤能賣到二十五文，而亭林鎮和相鄰的一些小鎮，雖然比青州城近，但價格賣得便宜一些，每斤二十文。」秦小寶分析道。

「這些地方的需求量足夠消化我們裴家村的稻花魚了，只是這事還得跟族長說，並且安排好哪家去哪裡賣。」裴子安說道。

「走，我們現在就去找族長商議吧！」秦小寶說道。

兩人說走就走。這事關係到全村人的進項，馬虎不得，必須好好計畫。

裴成德聽完裴子安和秦小寶的想法後，抽著菸斗考慮了一下，抬頭說道：「你們倆提的想法很好，明天我就召集村中鄉親一起來商議這事，只是你們對於如何分配賣魚地點有什麼建議嗎？」

裴子安跟秦小寶對視一眼，裴子安開口說道：「曾叔公，我們是這樣想的，不知可不可行？我們把可賣魚的地點，以及各個地點的利弊都列出來，請鄉親們自己選擇，鄉親們選好後，我們再做統計，如果某些地方選的人特別多，就由抓鬮來決定。」

「哦？為何不一開始就抓鬮決定呢？」裴成德問道。

「因為這些地點各有利弊，所以不用擔心全部人會集中在一處，讓大家先選擇較適合自己狀況的地點，我想大家會較滿意，若到最後真有某些地點特別多人選，我們再抓鬮也不遲。」裴子安回答道。

「行，就依你的方法辦，你們倆今天回去把那些賣魚的地點寫出來，我讓人去通知鄉親明天在祠堂集合。」裴成德拍板道。

「是，曾叔公。」裴子安和秦小寶應道。

回到家，秦小寶便找出紙筆畫個大表格，把地點、離裴家村的路程、優缺點都列了出來；鑑於裴子安的字跡太過好看，怕引起不必要的麻煩，秦小寶決定親自執筆，裴子安在一旁指導。

兩人通力合作，很快就完成了，還做好了抓鬮的道具，這才放心地吃飯睡覺去。

第二天一早，裴氏祠堂就聚滿了人。

裴成德照例先開口說話。「今天請大家到祠堂來，主要是為了賣魚這件事，咱們裴家村的稻花魚再過幾日便可以收成，雖然前期有些小挫折，但在大家齊心協力之下，並未造成太大影響，接下來怎麼賣魚，關係到裴家村稻花魚能否給各位帶來好的進項。昨天我和子安、小寶商議過了，現在請他們講一下賣魚的計畫。」
秦小寶昨天晚上已將說明賣魚選址的事交給裴子安，她在旁候著。
「各位叔伯，族長昨天吩咐子安做了個表，請各位看一下。」裴子安請兩個壯漢把紙打開拉起，方便鄉親看得清楚。
大家紛紛湊過來，裴子安說道：「我向各位叔伯解釋一下，這一排寫的是賣魚的地點，第二排是離裴家村的路程，第三排是賣魚地點的優點，第四排是賣魚地點的缺點。」
「子安，我們不識字啊，我看你唸一下吧！」村裡有些不識字的人在下面喊。不是每戶人家都像裴明澤家的孩子一樣，可以讀書認字。
裴子安點點頭，把紙上的內容唸了一遍給大家聽。
「大家都聽明白了嗎？」裴子安問道。
「明白了，接下來該怎麼做呢？」大家都聽懂了。
「接下來，請大家到小寶那裡排隊登記，選擇自己想去賣魚的地方。」裴子安接著說道。
秦小寶已在一旁準備好紙和筆。她又做了另一個表格，上面列的第一排是賣魚地點，第二排是登記人家，第三排是魚田數量，這樣一來便可清楚地知道分配狀況。
輪到大慶時，他和秦小寶說：「小寶，你們去哪裡，我們就去哪裡。」
「好。」秦小寶應道。

等大家全部登記完，裴子安和秦小寶開始統計數量，大慶也在旁幫忙。

「子安哥、大慶哥，你們看青州城報名的人比較少，可能是嫌太遠了，我們兩家魚田少，頂多跑個兩、三趟就可以賣完，要不我們去青州城如何？」秦小寶說道。

「行，沒問題，聽妳的。」裴子安和大慶同時說道。

報名亭林鎮的人最多，因為秦小寶去年已在亭林鎮打響了裴家村稻花魚的名號，所以大家都想去那兒賣魚；但也有想多賺點錢、不怕辛苦的，就選擇青州城；還有一些人不想跑遠，就選擇比亭林鎮還要近一些的小鎮。

「去亭林鎮的人比較多，但若讓他們時間錯開，還是可以的，畢竟那裡的人知道稻花魚的美味，肯定比較好賣。」秦小寶咬著筆頭說道。

「對，把他們的時間錯開，應該可以。」裴子安說道。

秦小寶把登記在亭林鎮的二十幾戶人家，標記上各自賣魚的日期，算算如果要在割稻前把魚全部收完，從明天起，在亭林鎮賣魚的人家就得開始收魚、賣魚了，雖然提前了幾日，倒也沒有關係，魚已經長成了。

「子安哥，安排好了，你拿去跟大家說吧！」秦小寶將紙遞給裴子安。這次抓鬮的道具白準備了，沒用上。

裴子安仔細看了一遍，覺得沒什麼問題，便與登記者一一確認。去亭林鎮賣魚的人家對提早收魚和時間被限制等做法有些不滿，裴子安便回說不滿意的人可以選擇其他地點，尤其是青州城人多需求大，多去一些人家也沒問題。

說完這些人便不吭聲了，裴子安在心中暗自腹誹。想要地方好又不想退讓一步，哪有這麼好的事情。

裴成德掃了一眼不滿意的人，果然裴耀澤也在裡面，便清了清嗓子威嚴地開口。「子安說的方法已是最顧全大局的，你們不能只顧自己的私利，要為大家著想，如果大夥兒一窩蜂地到同一個地方賣魚，你們想這價格還不掉下來嗎？還有錢可以賺嗎？」

裴成德這一番話讓那些鬧情緒的人低下了頭，不敢再抱怨什麼。裴耀澤似乎還想開口，被裴成德眼睛一瞪，便又把話吞了回去。

「好了，如果大家沒什麼問題，就這樣定下來了，請各位按照分配各自收魚、賣魚吧！如果有什麼問題，要及時告訴我，不得擅自做決定。」裴成德說道。

「族長，稍等一下，小寶還想說兩句。」秦小寶對裴成德說道。

「好，小寶，妳說。」

「各位叔伯，收魚的方式大家去年都見過了，如果還有不清楚的，可以隨時來找我。」秦小寶停頓了一下，繼續說道：「另外，這次各位叔伯出去賣魚，請分散到各個集市，千萬不要集中在一處，且吆喝的時候一定要說這是裴家村的稻花魚，這樣一來，我們裴家村稻花魚的名氣會更響亮，這對以後的販售有好處，請大家切記。」

「好，知道了，小寶。」

「沒問題。」

底下人都表示聽明白了。

裴成德解散了祠堂的鄉親，讓大夥兒各自回家，有些人已開始準備隔天收魚、賣魚的工作。

「子安哥、大慶哥，這次要辛苦你們了，得多走一個時辰的路。」秦小寶有些抱歉地對兩人說。

「沒問題，我們有的是力氣，這點路算什麼，再說我也想去青州城見見世面呢！」大慶爽快地說道。

「大慶哥是不是想去青州城，為蘭秋姊買成親的禮物啊？」秦小寶打趣道。

大慶撓撓頭，嘿嘿一笑。「這都被妳看出來了。」

大慶憨直的樣子逗樂了裴子安和秦小寶，兩人哈哈大笑起來。

「蘭秋姊真幸福呀，人還沒嫁過來，大慶哥就準備好禮物啦！」秦小寶由衷地說道。她為蘭秋姊感到開心。

成親的聘禮貴叔已準備好了，所以大慶哥去買的應該是定情信物吧！秦小寶心中暗想著。蘭秋姊真幸福，有人惦記著的感覺應該很好吧！

裴子安看著秦小寶一臉羨慕的表情，心中若有所思。

很快就到了要去青州城賣魚的日子。

秦小寶打算先收兩畝魚田拿到青州城賣，看看青州城的市場反應怎麼樣，她同樣囑咐一起去青州城賣魚的鄉親，第一次先少收一些。

青州城和亭林鎮不一樣，雖然不比京都繁華，但好歹算是城市，各種貨物都不缺，包括不容易保存的魚類，所以雖然價格可以賣得高一些，但肯定更競爭。

不過，這青州城還真是遠，走路需要一個半時辰，途中休息的時候，秦小寶捏捏自己痠疼的小腿，感覺都快抽筋了。

為了趕早市賣魚，他們五點就起床抓魚，還好現在是夏天，天亮得早。

雖然起得早，但趕到青州城也巳時了，買菜的人已經少一半，還好魚不算多，賣完不成問題。

秦小寶一行人和同樣要去青州城賣魚的四戶人家一起出發，等到了青州城門口，秦小寶囑咐大家分散開，各自去不同的市集。

青州城繁華的程度不輸京都，因是靠商業發展起來的，經商的人特別多，青州人腦子又靈活，所以生意做得特別成功。

京都是政治中心，在那兒的都是達官貴人，可以說京都做官的人多，青州城有錢的人多。

這次賣魚，貴叔讓大慶、小慶跟著裴子安和秦小寶來了，他想讓大慶出去鍛鍊鍛鍊，畢竟是即將成親的人，將來要撐起整個家。

他們四人都沒來過青州城，所以一路上看得眼花撩亂，還是裴子安定力好，說道：「我們先把魚賣完再來逛吧，辦正事要緊。」

「就這裡吧！」秦小寶看著一處賣魚產的地方說道。

「這裡都是賣魚產的，我們為何不找一個沒有賣魚的地方呢？」小慶不解地問道。

「正是因為這裡聚集了賣魚蝦的攤販，大家肯定知道這裡可以買到魚，有需求的人自然會過來，而且我們的魚這麼好，還怕跟他們競爭嗎？」秦小寶解釋道。

小慶恍然大悟。果然還是小寶聰明。

「裴家村稻花魚，快來買哦！新鮮的草魚，一斤只要二十五文，限量供應，售完為止。」秦小寶見裴子安和大慶放置好魚車，便開始叫賣起來。

青州城的草魚都是一大早就賣光了，所以這個魚市除了秦小寶的魚攤，沒有其他賣草魚的魚攤。

由於青州城不缺草魚，秦小寶的草魚在這並不像在亭林鎮那樣受歡迎，而且這個時間來買菜的人不多，雖然有陸續售出，卻不像上次在亭林鎮出現搶購一空的情景。

「沒問題的，真不行，我們就多待幾個時辰，今天肯定能把這些魚賣完。」秦小寶並不擔心魚賣不完。看這客源還是可以的，只是可能要多花上一些時間，看來接下來得多跑幾趟，不能一次帶太多魚過來。

正當秦小寶這樣想著，一個飯館廚子打扮的矮胖中年人匆匆忙忙地跑過來，一邊看魚攤一邊問：「還有賣草魚嗎？」

可是攤主都搖頭，草魚早賣完了。

秦小寶耳力好，聽到他這樣問，便高聲吆喝起來。「裴家村稻花魚，新鮮又活蹦亂跳的草魚，快來買哦！」

那中年人聽到秦小寶的吆喝，眼睛一亮，三步併成兩步跑了過來，撈起魚車裡的一條草魚，看了兩眼，急促地說道：「這車草魚我全要了。」

秦小寶一聽眼睛都直了。這一車魚，除去剛剛賣掉的，大約還剩下一百多斤，他全都要，瘋了吧？

秦小寶來不及多想，趕緊說道：「這位大叔，我這裡可是有一百多斤草魚呢，您全要？」

「對！我全要，唉，就這些還不夠呢！」那中年人急著說道。

秦小寶四人相互對視。還不夠？那還不好辦，把其他四戶的魚拉過來就行。

「大叔，跟我們一起來賣魚的同鄉也有草魚，不知道您要多少量，送到哪裡，我們可以請他們直接送過去。」裴子安開口道。

「真的嗎？你們同鄉的魚是否也跟這些一樣？」中年人問道。

「那是當然，我們都是一起養的，您放心，品質有保證。」秦小寶趕緊說道。

「這真是太好了！我是醉香樓負責採購的廚子，我們醉香樓在青州城一共有五間，每間都需要這麼多的量，如果有多的更好，我把地址寫給你們，你們趕緊請同鄉送去，就說是總店祥叔訂的，那裡會有人為你們結帳。速度一定要快，中午要用的。」叫祥叔的廚子匆匆忙忙地說道。

「他們三個去通知送貨，我隨您去總店吧！不過要麻煩大叔幫忙一起推魚車了。」秦小寶說道。

「這沒問題，重點是要快，誤了事我就完了。」祥叔急道。

祥叔說完推著車子就走，秦小寶趕緊跟上去。

第二十三章　買家

路上，秦小寶一邊小跑步跟著祥叔，一邊打聽道：「祥叔，醉香樓是不是很有規模啊？」

「那是當然，醉香樓是全青州城最好、最大的飯館，一共開了五間，來吃飯的人天天爆滿！」

「哦，怪不得需要這麼多草魚。」

「可不是，糖醋草魚是我們醉香樓的招牌菜之一，每間每天都會用掉上百斤的新鮮草魚。」祥叔一面推車一面跟秦小寶解釋道。

醉香樓離剛才的魚市不遠，不到一盞茶時間就到了，秦小寶打算等結完帳後再打探一下為何祥叔這麼急著出來找魚，一般這種大飯館都有固定供應商，不太可能臨時來市場買魚。

一進醉香樓大門，秦小寶就看呆了。這飯館也太大，一共三層樓的建築，一樓是寬廣的大堂，外頭還有個大院子，院子裡擺滿了桌椅，二樓和三樓則全是包廂。

祥叔帶著小寶把魚推到廚房，一看不得了，這廚房也是超級大，怪不得需要那麼多魚，相較之下這車魚看起來小得可憐。

「祥叔，我想請問一下，這些魚……是不是還不夠？」秦小寶糾結地開口。

「肯定不夠，但是沒辦法，今天只能有限供應了。」祥叔搖了搖頭。

「小姑娘，妳這魚賣多少錢一斤？我給妳結帳去。」祥叔問道。

「祥叔，這草魚賣二十五文一斤。」秦小寶說道。

「喲！妳這小姑娘還挺實在的，看我這麼急著要，也沒乘機開個高價。」祥叔哪會不知道草魚的市價，只是沒辦法，今天這魚就算翻倍賣，他也必須買下來，否則醉香樓響叮噹的招牌就要砸了。

「祥叔，做人要問心無愧，要我乘機敲詐，我良心過不去，咱們該賺多少就賺多少。」秦小寶如實說道。

「好！好個問心無愧，妳這孩子不錯。」祥叔把草魚買回來交給廚房，鬆了一口氣，便跟秦小寶話起了家常。「我剛剛聽妳說這是裴家村的稻花魚？我怎麼從來沒聽說過這種魚啊？」

「祥叔，這是我們裴家村的水田養出來的魚，這草魚吃田裡的雜蟲和稻花長大，味道可鮮美呢！對了，稻花魚若拿來清蒸，味道比糖醋草魚更好哦！您可以試試。」秦小寶乘機推薦道。

祥叔聽了非常驚訝，第一次聽說這種魚，有些超乎想像，不過看這孩子不像說假話，等會兒倒是可以嘗試一下清蒸草魚。

「對了，祥叔，您今天怎麼會去魚市買魚？醉香樓這種大館子不都是有固定的商家供應嗎？」秦小寶問道。

「沒想到妳小小年紀，懂得倒不少。我們醉香樓所有原料都有固定的商家供應，我就是負責選擇這些商家的廚子。」祥叔頓了一下接著說道：「本來我們有一家供應魚的商家，魚蝦類等水產品都是跟他們採購，但是今天早上送貨的人空手而來，說是昨天一夜之間，水塘的草魚得病死了一半，另外一半恐怕也病了，所以不敢送來。」

「原來是這樣，那這個商家還算有良心，沒把生了病的魚送來。」秦小寶說道。

「他們不敢送生病的魚，怕到時候影響跟我們的合作關係。」祥叔嘆了口氣。

「那您要重新找供應草魚的商家了？」秦小寶問。

「是啊！今天還好碰到了你們，可以先應付過去，等會兒我得去找別的魚老闆商量供貨的事情了。」

「祥叔，我們村裡的魚田剛收，估計還可以供應幾天，要不這幾天我們來為您供貨，您也好有足夠的時間跟魚老闆談？」

祥叔並沒有立刻接話。他在猶豫，今天是別無選擇才用了這魚，還不知道魚的品質如何，畢竟他以前只跟大商家做生意，可以保證品質無虞。

「祥叔，走，我為您做一道清蒸草魚試試。」秦小寶知道祥叔考量的點是什麼，最好的方式就是讓祥叔嚐一嚐稻花魚的味道。

秦小寶徵得醉香樓廚師的同意，親自動手做了一道清蒸草魚。

魚出爐的香味把在廚房做事的人都吸引過來。

「哎呀！這是什麼魚啊？怎麼這麼香？」

「這是草魚。」祥叔說道。

「不可能，清蒸草魚沒有這麼香的。」

「各位師傅，這是裴家村的稻花魚，的確是草魚。」秦小寶將筷子遞給大家。「來，請各位師傅品嚐一下。」

廚子們拿著筷子嚐了起來，魚一入口，便發出讚嘆聲。「的確是草魚，魚肉鮮嫩肥美，比一般的草魚好吃很多。」

祥叔也忍不住挾了一口，他雙眼圓睜，轉向秦小寶說：「這魚味道確實鮮美，一般草魚會採糖醋的做法，是藉調料彌補口感上的不足，沒想到妳這稻花魚可以清蒸，真是不錯。」

「祥子，你去跟掌櫃說一聲，今天推出一道新菜──『清蒸稻花魚』。」被香味吸引過來的醉香樓總廚冷師傅，嚐了一口清蒸魚後開口說道。

「是，冷師傅，另外四間分店今天也是用這種魚，是不是一起通知他們？」祥叔問道。

「是，一起。」冷師傅果然是姓冷的，簡短說完這幾個字就轉身走了。

祥叔叫來幾個夥計，請他們到各間分店去通知這件事。

「小姑娘，妳叫什麼名字？」祥叔問秦小寶。

「祥叔，我叫秦小寶，您叫我小寶就可以了。」

「好，小寶，這是妳這車魚的貨款。」祥叔遞銀子給秦小寶。

秦小寶接過銀子，數了一下，抬頭說道：「祥叔，您給多啦！我這車魚剛剛秤過是一百八十斤，每斤二十五文，一共應該是四兩五錢銀子，您給了我五兩，多了五百文。」說完，秦小寶把一兩銀子退還給祥叔，說道：「祥叔，我沒有五百文找您，您幫我換個錢吧！」

祥叔把秦小寶的手推了回去，說道：「小寶，這五百文是額外給妳的，謝謝妳解了我的燃眉之急，還賣給我品質這麼好的魚，妳一定得收下。」

秦小寶看祥叔一臉真誠的樣子，恐怕再推辭他也不會拿回去，便收了下來，說道：「那就謝謝祥叔啦！」

「小寶，剛剛妳說裴家村還有好多這種稻花魚對嗎？」祥叔問道。

「是的，祥叔，稻花魚是跟著水稻一起養的，所以每年七月和十一月才有收成，現在正好是收成的時候。」秦小寶解釋道。

「哦……只有這兩個時間才有啊，所以不能長期供貨嘍？」祥叔沈思著。

「其實，祥叔，我覺得這樣反而好，讓客人有一種奇貨可居的感覺，人的心態是越得不到就越想得到，越吃不到就越想吃。」秦小寶說道。

「妳說得有道理，那這樣吧，接下來我就訂你們裴家村的稻花魚，等你們的魚賣完了，我再訂別家的。」祥叔說道。

秦小寶一聽祥叔答應訂貨，高興地笑道：「謝謝祥叔，我這就去跟鄉親們說這事，保證每天準時為您送到五間店裡。」

祥叔也笑著點頭。接下來他可以慢慢尋找可靠的魚商，不用這麼著急了。

剛剛被祥叔叫去分店的夥計回來了，並把裴子安和大慶、小慶也帶回來。

「怎麼樣，你們的事情辦好了嗎？」秦小寶見到他們三個人問道。

「都送到了，叔伯們也收好魚款回家了。」裴子安說。

「祥叔說，接下來也要每天訂我們的魚。」秦小寶道。

三人聽了都很高興，直向祥叔道謝。這樣的話不用辛苦守在市集賣魚，並且有了保障，不怕賣不掉。

他們問了祥叔，青州城哪裡有好吃、好玩的集市，祥叔為他們詳細地指路，四個人便出發去集市逛逛。

青州城最繁華的集市在城中心，各種商家都集中在此。

四人找了一間小吃店用午飯，然後便分頭逛，他們約定一個時辰後在醉香樓碰頭，取回寄放在祥叔那裡的魚車，然後一起回家。

秦小寶照例看到布莊和成衣店就往裡面鑽，裴子安很有耐心地陪在秦小寶旁邊，除了去茅房花了比較久的時間。

一個時辰很快就過去，秦小寶估計要把這個市集逛完大概要一天，但他們得趁天黑前趕回去，所以就按照約定時間回到醉香樓。

大慶和小慶兩個小夥子對於逛街沒什麼興趣，買好想買的東西後，早早便在醉香樓等著了。

秦小寶和裴子安一踏進醉香樓就被祥叔拉住，他興奮地道：「今天的清蒸稻花魚全數賣完，客人反應非常好，說比糖醋草魚還好吃，後面來的客人沒有吃到，都預約明天要來吃呢！」

「真的？太好了！」自家的魚大受歡迎，秦小寶也很開心。

「明天記得準時送魚過來。」祥叔再三叮囑道。

「知道啦，祥叔，您就放一百個心吧！」秦小寶笑著答道。

跟祥叔道別，四人拉著魚車返回裴家村。

進村時，在入口崗亭當值的裴榮澤問秦小寶。「小寶，聽說你們今天在青州城找到一間大飯館買魚啦？」

村口的崗亭已經變成了小房子，裡面布置得挺舒服的，今天當值的是秦小寶家隔壁的裴榮澤。

「是呀，榮澤叔，今天運氣不錯，接下來幾天他們還要買我們的魚呢！」一定是先回來的鄉親告訴他的。

「還是小寶能幹啊！」裴榮澤誇讚道。

「榮澤叔過獎了，全是運氣好。對了，我等會兒還想去找族長，既然醉香樓想買我們的魚，那看看除了原本就在青州城賣魚的鄉親，還有多少人願意供貨給青州城？雖然路程較遠，但每畝可以多掙六錢銀子呢！而且不用擔心賣不出去。」有錢大家賺是秦小寶的宗旨。

「小寶，我第一個報名，妳安排我什麼時候送，講一聲就行。」裴榮澤舉著手說道。

「好的，榮澤叔，等我通知哦！」

「小寶，那我們現在就去族長家吧！把這事商量一下。」裴子安說道。

「好，走。」

裴子安託大慶、小慶將魚車帶回家，自己便和秦小寶一起去裴成德家。

裴成德聽聞此事，也覺得非常好，既能多掙銀子又已有買主，至於路程遠，莊稼人有的是力氣，倒是沒什麼問題，所以當即拍板，請人挨家挨戶告知這個消息，如果願意供貨給醉香樓，就報個名，再讓秦小寶統一安排送貨時間。

「子安哥，真沒想到這次運氣這麼好。」秦小寶在回家的路上，喜孜孜地和裴子安說著。

「是啊，估計下一季的稻花魚醉香樓還是會收，我們以後就不用擔心這麼多魚賣不出去了。」裴子安點頭說道。

一開始，他們有點擔心這麼大量的稻花魚會賣不完，所以才想出分散賣魚的辦法，但照目前情況來看，這問題是不用擔心了，以後稻花魚可以成為裴家村的固定收入。

秦小寶越想越開心，不禁哼起歌來。

裴子安的手好幾次在懷中摸了摸，最後終於下定決心，拿出了一樣東西。

「小寶，妳等等，慢點走。」裴子安叫住在前面邊跳邊唱的秦小寶。

秦小寶回過身來，倒著走說道：「子安哥，你倒是走快點啊！怎麼這麼慢？」

裴子安快步上前，抓起秦小寶的左手，套了一個東西上去。

「咦？這是什麼？」秦小寶抬起自己的左手，上面戴了一只精巧細緻的銀鐲子。

「這、這是送妳的禮物。」裴子安有點緊張，平時的好口才這時都不管用了。

秦小寶抬起頭，看著裴子安手腳無處放的模樣，心中一陣感動。從小到大她還沒收過異性送的禮物，在現代也是，桃花運總離她遠遠的，從來不曾發生在她身上，沒想到在這裡會有一個男人送自己禮物，雖然名義上他倆是夫妻，但畢竟才相處半年時間。

「真好看，謝謝子安哥。」秦小寶低頭端詳手上的銀鐲子。她的手腕很細，所以裴子安挑了一只小巧的鐲子，戴起來一點都不會嫌大，幹活兒也不礙事。

「妳喜歡就好。」裴子安見秦小寶感動的樣子，舒了一口氣。她開心就好。

「子安哥，你怎麼想到要給我買禮物？你沒錢啊！」秦小寶突然想起來，錢袋子在自己身上，裴子安哪來的錢？

「過年時收的壓歲錢啊！還有上次我一個人去京都沒花完的一點錢，加起來不多，所以只能給妳買個銀鐲子。」裴子安有些不好意思。他本來想送支玉簪，剛才在珠寶店看中一支蝴蝶玉簪，跟小寶身上的蝴蝶玉墜很相配，但是太貴了，所以他只能買一只小銀鐲送給小寶。

「子安哥，我很喜歡這個銀鐲子，真的，只要是你送給我的，我都喜歡，不管價錢多少。」秦小寶看出裴子安的困窘，但他能為了她花光自己身上所有的錢，就已經是最好的禮物了。

「走，我們回家。」送完禮物，裴子安感到一陣輕鬆。真不懂只是送個禮，自己怎會緊張到手心冒汗？但總之小寶喜歡，真是太好了。

第二十四章 親事

稻花魚的收穫季節過去，這一季每戶水田的進項都翻倍，村民都樂呵呵的，看見秦小寶更是熱絡不少，就連裴耀澤也按時送來他家五畝水田進項的一半。雖然裴耀澤對秦小寶依然沒有好臉色，不過只要銀子送過來就行，其他的都無所謂。

秦小寶又抱著錢袋子在數銀子。這季早稻留作口糧沒有賣，魚田賣了十五兩銀子，加上裴耀澤送來的十兩銀子，自己的錢袋子裡便有四十一兩，好一筆鉅款，秦小寶高興地眉開眼笑。

她拿出二兩銀子，把文氏和裴子安找進來，一人塞給他們一兩銀子，說道：「娘、子安哥，現在我們有錢了，這銀子給你們，放在身上好應急，如果不夠再來向我拿，我這裡還有三十九兩銀子，這些錢都是我們一家人的，只不過放在我這裡保管，銀子進出我都有記帳。」

「好，小寶，妳管銀子我們放心。魚田基本上不用妳操心了，大夥兒都有了經驗，下一季的稻田和魚田都已經在張羅，不過接下來要操持棉田收成的事，又得花一筆錢。」文氏說道。

「沒問題的，娘，我都算好了，棉田的花費不會太多，而且棉田一旦採收，做成棉布又是一筆進帳，放心吧！我們的錢會越來越多的。」秦小寶說道。
「等插完晚稻、放好魚苗，就該忙大慶和蘭秋的親事了，你們也一起來幫忙。」現在已經八月初，再過一個月蘭秋就要嫁到裴家村來了。
「沒問題，娘，需要做什麼儘管吩咐。」裴子安和秦小寶答道。
「後天，子安和小寶要陪大慶送大禮到蘭秋家。」文氏算算日子，迎親的一個月前要把聘禮送到女方家，後天是吉日，正適合送大禮。
兩日過後，一大早，文氏便帶著裴子安和秦小寶來到貴叔家。
大慶和小慶早已穿戴整齊，照規矩貴叔作為男方長輩，不能去送大禮，只能由準新郎以及準新郎的兄弟姊妹一起送過去。
貴叔請了村中本家的幾個小夥子一起幫忙抬大禮。
「貴大哥，準備得怎麼樣？」文氏一進門便問貴叔。
「文妹子放心，全都準備妥當，等本家幾個小夥子一來，就可以去了。」貴叔笑呵呵地把文氏幾人迎進院子。
院子中央擺放著今天要送去文家村的聘禮，大慶正對著清單清點著。
「大慶，點仔細一些，可別落下什麼東西了。」文氏交代大慶。
「放心吧！文嬸子，我心裡有數。」大慶笑著答道。

秦小寶第一次見到古代的聘禮，當初文氏跟貴叔商量聘禮的時候，秦小寶是在場的，一般古代聘禮為雙數，以六樣起跳，看男方家的財力，越有錢就會準備越多，一般農村的聘禮是六或八樣，但也有少數人家準備十二樣，所以當貴叔提出要準備十二樣時，文氏心中很是高興。

十二這個數字代表吉祥如意，包括了聘金、金簪、金戒指、金耳環、聘餅、三牲、魚、米、酒、布疋、禮燭、禮香禮炮。

都是非常實用的物品，在古代物資缺乏的年代，這些東西可謂是很受人歡迎。

文氏也幫著大慶檢查聘禮，院外一陣小夥子們的笑聲傳了進來。

貴叔趕忙走出去一瞧，果然是自己請來幫忙送聘禮的本家。

「來，快進來！」貴叔把小夥子們迎了進來。

「哇，貴叔，有十二樣聘禮啊！」來人看見院子中間的聘禮，紛紛叫道。

「大慶，你這媳婦娶的矜貴啊！」

「這是哪裡的話，婚姻大事當然要重視了，你們娶媳婦時不也是聘禮不少嗎？」貴叔笑唸道。

「大慶，等娶媳婦那天我們要好好鬧洞房，你可別攔著啊！」小夥子們還在開大慶玩笑。

「好啦！快來抬聘禮，還在這說笑，等會兒吉時都過了。」文氏幫大慶解圍。

大慶捧著四個盒子，分別裝著聘金、金簪、金戒指、金耳環，其他的聘禮由一起去的小夥子幫忙抬。還好有幾個男丁，秦小寶不用幫忙拿東西，只管走路就行。

人多真好，大家一路說說笑笑來到了文家村。

這個時候正好農家忙完了秋種，村裡人都閒在家中，一聽說蘭秋婆家來送聘禮，都出來看熱鬧。

文大山早就派了兩個兒子在村口等著，一見送聘禮的隊伍，噼哩啪啦放起了炮竹，村民都圍了過來。

「哎喲，真不錯啊，那男方給大山家十二樣聘禮呢！」看到大慶他們抬的聘禮，人群中有人驚呼起來。

「文家村嫁女兒、娶媳婦還沒有幾家聘禮是十二樣的，看來蘭秋嫁得不錯啊！」

「就是，聽說男方家裡人口也簡單，蘭秋一嫁過去就可以當家啦！」

「你們看，那位就是新郎官吧？樣貌不錯啊。」

「這婆家找得真是好，唉，我家閨女要是也能找個這樣的婆家就好了。」

「妳家閨女就算了吧，哪有蘭秋這麼好命呢？」

「聽說是阿紅介紹的呢！」

「也對哦，阿紅和大山是本家，好婆家當然想著自己本家了。」

「喏，那個就是阿紅的兒子，旁邊是他的小媳婦。」

「我聽說阿紅兒子是個傻子，怎麼看上去不傻啊？」
「以前是傻的，後來被雷劈好了，妳說奇不奇怪？」
「八成他家燒高香了吧，這都能劈好？」
「嘖嘖。」
秦小寶邊走邊聽到一旁的三姑六婆在議論，一開始她們的話題還在蘭秋身上，一轉眼怎麼就講到自己和子安哥身上了？秦小寶嘆了一口氣。真是人言可畏，她們怎麼這麼多事？
秦小寶看了裴子安一眼，他注視著前方，看都不看旁邊議論的人群。裴子安感覺到秦小寶在看他，便拉了拉她的手，悄聲說了一句。「不要理她們，嘴巴長在別人臉上，耳朵長在自己腦袋上。」
秦小寶被裴子安一本正經的樣子逗笑了，也悄聲回了一句。「我什麼都沒聽見。」
蘭秋的兩個哥哥一邊引著送聘禮的隊伍往自己家走，一邊不間斷地放著炮竹，村民也跟著隊伍一起走，從遠處看就是一群人在緩步移動著。
終於到了蘭秋家，李氏已把院門打開，送聘禮的小夥子們一進院門就說著吉祥的話，然後依李氏的意思將聘禮放在指定的位置。
放聘禮的位置在院子的正中間，這也是規矩，是為了讓村裡鄉親來觀禮，收到聘禮多的人家會很有面子。
李氏將手上紅包送給放好聘禮的小夥子們，並請大家進屋歇息喝茶。

文大山和蘭秋的兩個哥哥一起招待大家，按規矩，女方的嫁妝等迎親那天跟著新娘一同過去，但今天女方也要準備一些回禮給男方。

由於停留的時間短，秦小寶便沒去蘭秋的房間找她，等喝完一盞茶，李氏的回禮也準備好了，大慶恭恭敬敬地給文大山和李氏行禮，代貴叔問好，便帶著回禮和一幫小夥子返回裴家村。

大慶本家的兄弟都各自回家，裴子安和秦小寶也與大慶作別，回到自己家。

「怎麼樣，一切可還順利？」文氏見他倆回來，趕緊上前問道。

「很順利，娘，大家都羨慕蘭秋姊找了個好婆家呢！還說娘保的媒真是不錯。」秦小寶專揀讓人開心的話說給文氏聽。

「在農家，十二樣聘禮已經算是多的，那些人看了當然會羨慕。」文氏笑著說道。

秦小寶繼續把好話都說給文氏聽，文氏樂得笑逐顏開。

「時間過得真快，還有一個月蘭秋就要進門，她這一個月應該會很忙。」文氏輕舒了一口氣。

「娘，蘭秋姊是不是要自己做嫁衣？」秦小寶問道。

「是啊！一般要出嫁的姑娘都要自己做嫁衣和新被、新枕，作為陪嫁帶過來。」

「蘭秋姊精通針線活，做出來的東西肯定比外頭買的還要好。」秦小寶由衷地說。

「可不是，等妳蘭秋姊嫁過來以後，妳可要跟她學學針線活，以後妳的嫁衣也要自己做。」

「娘，我也要穿嫁衣嗎？」秦小寶疑惑。童養媳還需要穿嫁衣嗎？

「要啊！等妳和子安圓房那天，得穿嫁衣辦酒席，這才算成親了，只是少了迎親的過程，因為妳沒有娘家。唉，可憐的孩子。」文氏嘆了口氣。

秦小寶聽後心中也一陣低落。文氏拍拍秦小寶的手，給她一個安慰的眼神，秦小寶心裡便安定了些。

接下來的日子裡，文氏幫貴叔張羅著成親酒席的事。一般農村成親是要喝三天喜酒的，就在村子裡擺酒席，因為裴家村村民都是同一個大家族的人，所以只要有人辦喜事，各家各戶都會派人過來幫忙。

但是，大夥兒幫忙歸幫忙，家裡還是得有個主事的，包括採買酒席用的食材、各類討口彩的食品、迎親用的炮竹花燭、新房的布置、租花轎、迎親隊伍的選定、拜堂儀式等，都需要有人負責定奪和付錢。

文氏幫忙貴叔一項一項敲定這些細節。貴叔對文氏很是信任，他把錢袋子交給文氏，道：「妹子，這件大事就麻煩妳了，這錢放在妳這裡，需要花錢的時候，妳就直接用，我怕到時我忙不過來。」

「貴大哥，這怎麼可以，哪裡要用錢我向你要就是，錢放在我這不妥啊！」文氏趕緊推辭。

「文妹子，我是真心把你們當自家人，如果連妳都不信任，我還能找誰去？只是要辛苦妳了。」貴叔真誠地說道。

「辛苦一些倒無所謂，就盼著大慶娶媳婦這件事情辦得體體面面的，我就安心了。」文氏感慨地說。大慶沒有母親，說起來也是可憐，所以自己能幫就儘量多幫一點。

「所以啊，有妳幫襯著，我就放心了，這錢放妳這兒，要用的時候儘管用，不要替我省錢，關鍵是婚事辦得體面。」貴叔乘機將錢袋子塞到文氏手中。

文氏見貴大哥話說到這分上，便不再推辭，收下錢袋子，心中暗想貴大哥掙得都是辛苦錢，一定要把錢花在刀口上，並且把帳記好，也算不枉貴大哥的信任。

蘭秋家中，也在張羅著出嫁的事宜。女方要準備酒席，待男方來迎娶後，女方要在家中宴請親戚朋友。

蘭秋這段時間就專心地做嫁衣和新被、新枕，李氏則忙得團團轉。

終於到了九月初八，這天真是個適合成親的好日子，秋高氣爽，陽光暖暖地照在人身上，讓人心都喜悅起來。

站在貴叔家中，秦小寶感覺四周一片大紅。

新房布置得喜氣，門和窗戶上都貼了大紅雙喜字，喜床上堆滿了紅棗、花生、桂圓、蓮子，寓意是「早生貴子」，香案上則放了一對碩大的紅燭。

「貴大哥，花轎和轎伕已經到了。」文氏在屋外等著，迎親的隊伍依約定的時辰過來了。

「大夥兒都準備好了嗎？」貴叔在院子裡高聲喊道。迎親隊伍比送大禮的人多了數倍，正鬧烘烘地在院子集合。

「準備好了，叔。」

裴家村有自己的小樂班，白事、喜事不用去外面請，回頭再包個紅包給他們，比外頭請的便宜許多。

大慶由裴子安、小慶和村裡一幫小夥子陪著去迎親，秦小寶留在貴叔家，幫忙文氏張羅一些雜事。

「大夥兒今天辛苦了，子安，帶著大家出發接新娘子去吧！」貴叔對著裴子安點點頭，叮囑道。

「好的，貴叔。大慶哥，咱們走吧！」裴子安說道。

前一天晚上，貴叔就找了裴子安，請他在迎親時幫忙大慶張羅，因為大慶是新郎官，很多事情不好出面。

文氏用請樂班省下的錢為大慶租了一匹馬，一身喜服的新郎官騎在馬上，顯得格外精神和氣派。裴子安和小慶一左一右地護在大慶身旁，後頭跟著大紅色的八抬大轎，最後是裴家村的樂班和一同迎親的小夥子們。

一路吹吹打打放鞭炮，到了文家村，照例村子裡圍了好多村民看熱鬧。

「哎呀，新郎官騎的是高頭大馬啊！」

「是啊，這高頭大馬看起來真有面子。」

一般農村迎親的新郎官都是騎驢比較多，所以騎馬的新郎官可算是十分神氣。

迎親的隊伍到了蘭秋家門口時，鞭炮、鼓樂齊鳴，女方家緊閉大門表示不捨女兒出嫁，新郎官須往門縫裡塞紅包，女方家才會開門。

裴子安幫大慶保管這些紅包，他拿出紅包遞給大慶，大慶一拿到就往門縫裡塞，還好蘭秋家對這個女婿很滿意，所以沒塞幾個，大門就開了。

迎親隊伍吹吹打打進入女家廳堂，花轎落地，大慶叩拜岳父文大山和岳母李氏，並呈上以貴叔名義寫好的大紅迎親簡帖。

蘭秋早在房間準備好了，她一大早就起來，裡裡外外都換上新衣裳，喜娘幫著盤上頭髮梳妝打扮，就等著大慶來迎親。

她被喜娘攙扶著給爹娘磕頭，雖然心中早有準備，但臨到此時，還是不禁心生悲傷。要離開熟悉的家和疼愛自己的爹娘，到一個陌生環境去生活，蘭秋忍不住抱著李氏痛哭起來。

「孩兒啊！從今以後妳就是裴家的人，要孝順公公、侍奉丈夫、善待兄弟。」李氏抱著蘭秋，哭著囑咐。

「爹、娘，女兒走了，您兩老要保重身體，我會常回來看你們的。」蘭秋擦了擦眼淚，又跪下向文大山和李氏磕了三個響頭。

文大山和李氏含著眼淚點頭，心中很是慶幸當初尋的是裴家村的親事，往來並不困難。

喜娘將蘭秋攙起，旁邊福壽雙全的婦人替她將喜帕蓋在頭上，嘴裡說著吉祥的話。

大紅喜轎已在廳堂等著，蘭秋上轎前由大嫂子幫著換上新鞋，這一換就意味著離開自己熟悉的家，要前往陌生的夫家了。

第二十五章 洞房

「起轎。」轎伕頭子喊著，不同於來的時候是空轎，現在轎子裡有了新娘子，喊一聲好讓新娘子注意坐穩。

蘭秋的大哥趕忙上前塞紅包給轎伕頭子，這樣的話，轎伕會抬得穩一些，不會顛著新娘子。

大慶再次向岳父、岳母拜別，說些寬慰的話。「請兩老放心，蘭秋到了我們家，一定不會虧待她，從今以後您兩老也是我的雙親，我和蘭秋會經常回來探望。」

文大山和李氏聽了此番話，心中的悲傷減少許多，囑咐兩口子要和睦相處、互相包容。

蘭秋的兩個親哥哥和幾個堂兄弟一起送親，須將陪嫁抬到男家。

陪嫁走在最前頭，以便群眾觀賞。由於只有蘭秋一個女兒，文大山和李氏非常疼愛她，陪嫁也是按照高規格來準備，一般來說，陪嫁越多，女兒在夫家的地位就會越高。

所以文家村的一眾圍觀鄉親又嘖嘖稱奇了一番。雖然貴叔和文大山都不是村裡富裕的人家，但是為了這一雙兒女也是盡了最大的努力，真是天下父母心。

中午時分，迎親的隊伍回到裴家村，來幫忙的鄉親早就等在大門口，遠遠見到隊伍，便噼哩啪啦放起鞭炮，樂班也吹打起來，好不熱鬧。

女方家的親戚是不進男方家門的，所以被請到了旁邊的鄰居家中歇息，陪嫁就由男方家的人抬著放到院子裡。

八抬大轎穩穩地落在院門外，從院門外到廳堂早已鋪好紅布，為得就是不讓新娘子的新鞋在進洞房前沾上土。

蘭秋由喜娘攙扶著下轎，大慶接過喜娘手中的紅繡球，牽著蘭秋緩緩地走在紅布上，一直走進廳堂拜堂的地方。

新郎高大、新娘高䠷，兩人非常相配，看上去也十分賞心悅目。

文氏幫貴叔請來了大慶祖父輩的一位叔祖，為大慶主持拜堂的儀式。兩人先拜堂，拜完三拜之後，蘭秋向貴叔敬茶，就算完成了拜堂儀式，新郎須將新娘送入洞房。

從拜堂的地方到洞房也鋪好紅布，大慶只須牽著紅繡球將蘭秋送到洞房就可以了，但新婚頭三天是不分大小的，大家可以與新郎、新娘開玩笑，有時辦喜事的人家也喜歡別人來鬧騰、鬧騰，這樣感覺特別喜氣。

所以，當大慶正要牽著蘭秋進洞房時，地上的紅布不知道被誰抽走了，然後就聽見好幾個人起鬨道：「新郎抱進去！新郎抱進去！」

大慶被鬧得脹紅了臉。抱呢，怕對蘭秋不好意思，不抱呢，又過不了關，正猶豫不決時，蘭秋貼在大慶耳邊輕聲說道：「抱我進去吧！」

大慶一聽這話，頓時精神一振。沒想到他媳婦不是個扭捏人，便攔腰抱起蘭秋，在眾人哄笑聲中，抬頭挺胸地走進洞房。

秦小寶先一步進了洞房，幫大慶將蘭秋扶到喜床上坐好。按規矩蘭秋是不用再出新房了，大慶還得出去向喝喜酒的人敬酒，喜娘也被請出去吃酒席了，因此只剩蘭秋和秦小寶兩人，所以大慶請秦小寶替他照顧好蘭秋，便出了新房。

「蘭秋姊，妳累不累啊？要不要喝點水、吃點東西？」秦小寶見大慶出去了，便陪蘭秋說著話。

折騰了大半天，確實很累，方才秦小寶趁迎親隊伍還沒來的時候已經吃了些東西，但蘭秋可是從早上到現在滴水未進。

「小寶，幫我拿點水喝。」飯一、兩頓不吃沒事，沒喝水可不行。

秦小寶倒了杯茶，試了試溫度剛好，端到蘭秋面前，蘭秋的紅蓋頭還沒掀開，要等大慶敬完酒回來才能拿下，秦小寶只能將水杯從紅蓋頭底下遞進去，蘭秋伸手接過，在紅蓋頭裡小口小口地喝著。

等蘭秋喝完，秦小寶將杯子接過來問道：「還要再來點嗎？」

「不要了，可以了。」蘭秋潤了潤嗓子，舒服多了，她不敢喝太多水，怕想上茅房。

秦小寶掃了新房一眼。雖然桌子上有點心，但吃起來都不方便，她隨手在床上抓了一把花生，打算剝給蘭秋吃。

花生粒小又不用吐殼，吃起來很是方便，蘭秋吃了一些花生，頓時覺得恢復了一些體力。

「小寶，現在外面是什麼時辰了？屋子裡什麼情況？」蘭秋問道。

「已經過了晌午，親戚朋友都在吃酒席，這裡就我們兩個人，等會兒大慶哥敬完酒就會來揭妳的紅蓋頭。」秦小寶看了看外頭回答道。

蘭秋突然伸手把紅蓋頭掀了起來，秦小寶也不阻止她，只是笑嘻嘻地看著，蘭秋深深吸了一口氣，說道：「哎呀，外面的空氣真好啊，這紅蓋頭快把我悶死了！」

「妳也不怕被人看見，自己就動手揭紅蓋頭。」秦小寶繼續剝著花生往嘴裡扔，也沒打算勸蘭秋把紅蓋頭蓋回去。

「妳也不阻止我揭紅蓋頭呀！夠義氣。」蘭秋豎起大拇指讚道。

「反正這屋子裡就我們兩人，幹麼不讓自己舒服點呢？不過等會兒人來了，妳還是得把蓋頭蓋回去哦！」

「放心吧，我知道的。」

新房裡自己揭紅蓋頭的新娘子還真不多，看來蘭秋姊膽子挺大的，不是死守規矩的人，秦小寶心中暗暗歡喜，這樣的性子真對自己的胃口。

外頭酒席進行得如火如荼，裴子安和小慶陪大慶向每桌敬酒，除了村中小夥子那幾桌鬧得大了點，其他桌都沒怎麼為難大慶。

裴子安和小慶自是拚命為大慶擋酒，等全部敬完的時候，兩人已經爛醉如泥，被人送回屋子睡覺去；大慶也喝了不少，但還能認得回新房的路。

大慶身後跟著一群來鬧洞房的人，把新房差不多站滿了，蘭秋已經在他們進來前把蓋頭蓋回頭上，喜娘也進來了，遞給大慶一支挑蓋頭的桿子。

「要看新娘子嘍！大慶快揭蓋頭。」旁邊的人都等不及，起著鬨。

大慶定了定神，深吸一口氣，慢慢將蘭秋頭上的紅蓋頭挑了開來。

「哇！好俊的媳婦兒，大慶你小子真有福氣。」圍觀群眾一見到蘭秋，便發出羨慕的聲音。

盛妝打扮的蘭秋顯得格外俊俏，特別是那雙水靈的丹鳳眼吸引了大家的目光，蘭秋並沒有害羞地低下頭，反而坦然地面對眾人打量。

「好了，大家都看過新娘子了，可以散了，散了吧！」喜娘在旁忙說道。鬧洞房也就是鬧新娘，喜娘是女方家帶來的人，自然要幫著女方。

「怎麼可以散了，我們還沒鬧洞房呢！」有人叫道。

「對，鬧洞房！鬧洞房！」

「來，先喝了這杯交杯酒。」村裡最無賴的小夥子裴永根當仁不讓地做起了鬧洞房總指揮。

大慶一聽，二話不說，端了兩個酒杯便要跟蘭秋喝交杯酒。

「交杯酒可不能這樣喝，來，新郎和新娘坐到桌上去。」裴永根拿起兩個矮凳放在桌上。

大慶看向蘭秋。坐到桌上不雅，自己一個大男人無所謂，就怕蘭秋不肯。大慶打定主意，若是蘭秋不願意，他就算拚了小命也要攔住這些鬧洞房的人。

蘭秋對著大慶微微一笑，站起來，朝桌子走過去，接過大慶手中的酒，大大方方地說道：「大慶，扶我一把。」

大慶趕緊攙扶蘭秋的手。他還是第一次碰女孩子的手，蘭秋雖非富貴人家嬌生慣養的小姐，但手仍是比男人細滑得多，大慶不禁臉紅了紅。

蘭秋踩著地上的凳子，輕巧地上了桌面，坐到桌面那只矮凳上，圍觀群眾不由得拍掌叫好。這麼落落大方的新娘還真不多見，通常新娘子都要扭捏半晌，讓新郎急得抓耳撓腮。

大慶一抬腿也跨上了桌面，只是桌子小，兩人坐在上面必須緊靠在一起，否則就會掉下去，大慶一隻手拿酒杯，另一隻手攬住蘭秋的腰，這樣就不會掉下去了。

兩人順利喝完交杯酒，下了桌子。

「來來來，夫妻恩愛，一起吃了這顆甜蜜果。」裴永根手中拿著一顆蘋果。

大慶伸手想接過來，卻被裴永根躲了過去，裴永根跳上桌子，把蘋果上的繩子拉出來。原來蘋果上繫了根繩子，他站在桌上，拿著繩子的一端，要新郎、新娘用嘴咬蘋果，還不能用手抓。

為了捉弄新郎、新娘，拿蘋果的人會想盡辦法讓兩人咬不到蘋果，還好蘭秋個兒高，比矮小的新娘多了點優勢，但裴永根存心想戲弄他們，結果兩人一口都沒咬到蘋果，反而親到對方的臉好幾下，蘭秋到底是姑娘家，在這麼多人的面前，臉已經紅得跟那顆蘋果一樣了。

秦小寶看不過去。以前看過人家鬧洞房，咬蘋果也就戲弄個幾下，然後便讓新郎、新娘吃掉這顆象徵生活甜蜜的蘋果了。

她慢慢走到兩人中間，小聲地說了一句。「你們兩人互相抓住對方，一同使力，數一、二、三緊緊咬住那蘋果把它拽下來。」

大慶和蘭秋聽到秦小寶的話，對視一眼，兩人緊握對方的雙手，大慶用唇語數著一、二、三，便猛然一起使力，果然咬住了那顆蘋果，然後一起往下一蹲，繫著蘋果的繩子就從裴永根手上被拽了下來。

沒料到他們還有這一招，裴永根站在桌子上面傻眼了，圍觀群眾哄堂大笑起來，都說大慶做得好、好樣的。

秦小寶在心中暗暗偷笑，看來大慶和蘭秋很有默契呢！

「好了、好了，洞房也鬧過了，大家散了吧、散了吧！」喜娘又喊了起來。她經驗多，這家鬧洞房還算規矩的，就怕越鬧到後頭越管不住。

「不行，不夠熱鬧，不能散。」裴永根方才成了大家的笑柄，一時惱羞成怒，怎麼可能輕易讓大夥兒散了？

「兄弟們，祝新人熱熱鬧鬧、歡歡喜喜，來砸枕頭啦！」裴永根拿起床上的枕頭便往蘭秋身上砸了過去。

其他小夥子見鬧起了砸枕頭，便都圍了過來，拿枕頭、被子往新娘身上砸。

喜娘見狀不好，趕緊護住蘭秋，自己身上結結實實地挨了裴永根一下狠砸。

砸枕頭在鬧洞房中是最熱鬧有趣的一項，大家將枕頭、被子等柔軟物品象徵性地砸在新娘身上，新娘身邊的喜娘或姊妹會護著新娘，好讓新娘不被砸到。

秦小寶聽到喜娘哎喲一聲慘叫，知道事情不對，肯定是裴永根這無賴因為蘋果的事情發狠了，這是玩真的。

她趕忙擠進人群，對著那些嘻笑起鬨的小夥子喊道：「各位大哥，別鬧了，已經夠熱鬧了，小心砸傷人。」

鬧開了的小夥子哪裡知道裴永根在乘機報復，只是圍著新娘子起鬨扔枕頭，並不散開。眼看裴永根抓準時機，拿起枕頭又要往蘭秋身上砸去，秦小寶一急，伸手一擋，一股鑽心疼痛傳來。

「啊！好痛！」秦小寶忍不住叫出聲來。

大慶起初沒在意，砸枕頭也是傳統鬧洞房的項目，大夥兒只是圖個熱鬧而已，多會注意分寸不傷到人，但他聽到喜娘和秦小寶接連慘叫，意識到事態嚴重，趕緊推開人群衝進來，喊道：「住手！都給我住手！」

見新郎官衝進來，小夥子們都嚇得趕緊停手。

蘭秋見喜娘捂著腰、秦小寶捂著手臂，一臉痛苦，趕緊拉起秦小寶的袖子，只見秦小寶手臂上有好大一塊青紫的印痕。

「是誰下這麼重的手？」蘭秋眼睛一瞇，壓抑著怒氣問道。

眾人感覺到一股凌厲的氣勢，不禁打了個寒顫。

「不是我、不是我。」剛剛砸枕頭的小夥子都嚇得扔了手中的枕頭。

裴永根也想乘機扔掉手中的東西，卻被大慶一把抓住，他將枕頭翻面，枕頭背面赫然露出一支挑紅蓋頭的桿子。

秦小寶心中暗自詛咒。天殺的，怪不得這麼痛，原來枕頭下面藏了根木棍。

裴永根被抓個正著，忙撒手鬆開枕頭，辯解道：「哎喲，怎麼這枕頭下面還有根木棍，我都不知道。」

蘭秋氣到不行，正想站起來罵人，卻被秦小寶一把拉住，搶先開口道：「算了，今天是大喜的日子，既然都是誤會，而且洞房也鬧得差不多了，就散了吧！今天多謝各位幫忙了。」

新郎、新娘在新婚頭三天是不能動怒的，如果秦小寶不開口阻攔，按照大慶和蘭秋的性子，今天肯定要鬧得雞飛狗跳，秦小寶不想兩人的好日子變成這樣。

大夥兒見此情形，自然都明白是怎麼回事，好幾個小夥子瞪著裴永根。都怪這無賴，把好好的洞房鬧成這樣，不過新婚大喜不能鬧得不愉快，大家也都踩著這臺階下了，並說道：

「恭祝新郎、新娘恩恩愛愛、早生貴子、白頭偕老，我們先走啦！」

裴永根知道自己犯了眾怒，也趕緊跟著人群走出去，不一會兒，房中便只剩大慶、蘭秋、秦小寶和喜娘四個人了。

第二十六章 採棉

「這個無賴，簡直不知輕重，等過完這三天，我肯定向他討回這兩棍子。」大慶怒氣衝衝地說道。

「就是，若不是喜娘和小寶，這兩棍子就是砸在我身上，這筆帳存著找他慢慢算。」蘭秋也咬牙說著。

「我去拿藥膏，蘭秋，妳等會兒幫小寶和喜娘抹一抹。」大慶對蘭秋說道。

蘭秋點點頭，想要扶著喜娘躺下，喜娘死活不肯，說這是喜床，不能讓別人躺，蘭秋沒辦法，只好扶她坐到凳子上。

大慶拿來藥膏，出去時帶上門，好讓蘭秋為兩人上藥。

蘭秋先為秦小寶抹藥，然後幫喜娘把衣服解開，喜娘背上一道跟秦小寶一樣的青紫印痕赫然入目，看得蘭秋又是一陣憤怒。

小心地幫喜娘抹好藥，穿上衣服，秦小寶對喜娘說：「要不晚上去我家歇著吧！就不必今天趕回去了。」

「唉，算了，皮外傷不礙事，這親事順利辦成，我就安心了。」喜娘說道。

蘭秋見喜娘執意要走，便拿出一兩銀子，交給喜娘，愧疚地說：「今天多謝您了，還讓您受傷，這點銀子不要嫌少，您就拿著，當作我對您的補償。」

喜娘是女方家請來的，李氏已經給過紅包了，蘭秋這算是額外的補償，喜娘見蘭秋如此多禮，非常開心，便收下銀子，福了一福說道：「多謝新娘子，祝新郎官和新娘子百年好合、早生貴子。」

送走了喜娘，秦小寶對著蘭秋眨眨眼睛說道：「蘭秋姊，我也回家去了，不打擾妳和大慶哥洞房花燭夜嘍！」

蘭秋點了點秦小寶的腦袋說道：「就妳頑皮，回家小心點，別碰到傷口了。」

「好。」秦小寶應了句，開門走出去，順便大叫一聲。「大慶哥，可以入洞房啦！」等在門外的大慶聞言脹紅了臉，秦小寶這才笑嘻嘻地回家去。

第二天中午，裴子安才悠悠地醒轉過來。昨天酒擋得太猛了，居然睡了這麼久。他起床走出房間，正好看見文氏在幫秦小寶上藥，他看見秦小寶的傷口，心立刻抽疼一下，問道：「小寶，這是怎麼回事，怎麼受傷了？」

秦小寶把昨天的事情說了一遍，裴子安忿忿說道：「敢傷我小寶，我讓他三天下不了床！」

秦小寶心中暗想，子安哥比大慶哥還要狠啊，還好昨天他不在場，否則事情肯定要鬧大；不過這無賴是要教訓，否則還以為別人好欺負，便對裴子安說道：「子安哥，教訓教訓他就可以了，下手別太重。」

「放心，我心裡有數。」裴子安恨恨地說。

三天後，村裡有傳言說，裴永根不知道被誰套麻袋揍了一頓，好像揍的人還不止一個，果然讓他三天下不了床。

秦小寶看看裴子安，再看看大慶，兩人好像沒事一般，問起這事，他倆都搖頭說不知道。秦小寶知道他們不會對這事多說一個字。算了，反正仇也報了，沒人知道最好。

蘭秋在鬧洞房時的表現也在村裡傳開來了，村中的婦人都說這新媳婦是個厲害角色，不簡單。

秦小寶聽到這些話時，心中暗想，村裡人這樣想最好，當家主婦厲害一些，就不容易被欺負了。

待回完門，新媳婦就該熟悉並接手婆家的事情了。蘭秋是位能幹的女子，沒幾天工夫，便將原本亂糟糟的家收拾得乾乾淨淨，再將幾個大老爺的衣裳，該補的補、該縫的縫，將家中打理得妥妥當當。

秦小寶這幾天往貴叔家跑得勤快，生怕蘭秋不習慣，沒想到蘭秋適應得挺好，秦小寶也就放下心來。

「蘭秋姊，過幾天我就不能經常來找妳了，不過看妳已經很熟悉這裡，應該沒什麼問題。」秦小寶說道。

「這些日子多虧妳天天來跟我講裴家村的事情，我已經大致熟悉了，不過，妳是有什麼事情要忙嗎，為什麼不能來找我呢？」蘭秋問。

「馬上就到採收棉花的季節，到時就要開始忙了。」秦小寶回答。

「我可以幫妳啊！反正我現在家裡的事情都上手了，正好可以幫妳，順便學習學習。」

秦小寶想了想，蘭秋姊這麼能幹，又跟自己那麼親近，能幫忙是最好的，下一季要讓貴叔家的旱地一起種棉花，正好讓蘭秋先熟悉一下。

經過魚田的事件，秦小寶再也不敢逞能帶著村民一起種棉花了，畢竟要全村人付出成本和勞力，她肩負的責任十分重大，如果又出什麼狀況，難保不會再次成為眾矢之的。

貴叔家不同，他們兩家關係不是普通得好，所以帶著貴叔一起掙錢，本就是應該的。

「好，蘭秋姊，妳如果有空就來幫我，不過話說在前頭，我要付妳工錢。」不講清楚，蘭秋肯定不會收她錢的。

「不要妳工錢，我是來學習的，還沒付妳學費呢！」蘭秋一口拒絕。

「那妳不要來幫我了，親兄弟明算帳，這點妳都做不到，哼！我生氣了。」秦小寶佯裝賭氣地噘著嘴。年紀小有好處，還能耍耍任性。

蘭秋見秦小寶生氣了，趕緊說道：「好、好，我收妳工錢，不過我也把話說在前頭，如果妳沒賺錢就不用給我工錢了，能做到嗎？」

秦小寶忙點點頭，笑逐顏開地說：「放心吧，我這回肯定賺錢，我們一起賺！」

忙碌的日子過得飛快，終於到了採收棉花的時節。

這是件大事，秦小寶和裴子安在好幾天前便開始安排棉花收成事宜。首先要雇請勞力，這倒好辦，現在是農閒季節，田裡沒什麼農活可做，找上回整地那批人幫忙就可以了。

剛採收下來的棉花叫做籽棉，將籽棉按照品質分類，曬乾後，要分軋棉花、留棉種，外面剝下來的棉花叫做皮棉，可以做棉被、紡成棉線、織成棉布，裡面的種子留下來，用於下一季的播種。

分曬棉花和分軋棉花也需要有人來做，最好是女人，比較細心和有耐心，這件事蘭秋接下了，她自告奮勇去找村裡的婦人，請她們來幫忙，並付給她們工錢。

貴叔聽說蘭秋要幫秦小寶收棉花，便囑咐大慶和小慶也一起去幫忙。

人多了，秦小寶便進行分工。採收棉花交給裴子安，大慶和小慶負責協助裴子安；分曬和分軋棉花交給蘭秋；秦小寶負責去亭林鎮找織布坊商談合作的事情。

亭林鎮地方小，而且各村裡很多婦人自己會織布，像裴興澤家的大兒媳邱氏就是織布好手，所以亭林鎮只有一家織布坊。

秦小寶畢竟是個女孩子，如果隻身一人前去談合作，人家恐怕理都不會理，只是眼下能陪自己去鎮上的人都走不開，心念一轉，秦小寶便拉著文氏一起。有個大人在旁邊，就算是由秦小寶來談，也能多一分自信。

第一天棉花採收，秦小寶不放心，便和裴子安一起帶著眾人去棉田。

棉花採收需要特別小心，不能讓棉花掉到地上，吐絮飽滿的棉花才能採收，還未飽滿的就先留著，過幾日再採，還要小心別讓手被棉枝劃傷。

裴子安負責解說採收的注意事項，再和大慶、小慶一同督導大夥兒工作。

秦小寶見棉田一切順利，便和文氏去了亭林鎮。

進了亭林鎮，跟人一打聽，知道亭林鎮織布坊的位置在鎮上西北方，鎮子不大又方正，只要知道方位，便很容易找到。

織布坊並不販售商品，只向固定的布莊供貨，所以並不需要開在鬧市，只要地方夠大就行，所以坐落在比較偏僻的位置。

走到織布坊門口，織布坊的大門敞開著，一進門就能聽見「唧唧、唧唧」的織布聲。

秦小寶在院子裡喊了一聲。「請問有沒有人？」

「誰來了？請進。」廳堂有人回應道。

秦小寶和文氏循著聲音走了進去。

廳堂是織布坊接待客人的地方，一般要談生意都是在這兒談。

織布坊的主要是收集農民種的亞麻，然後紡成麻線、織成麻布，供應給布莊；當然，如果布莊需要經過染色的布，織布坊裡也有染坊，可以染成布莊指定的顏色。

一個掌櫃打扮的中年男子迎了出來，他一見是個婦人帶著個小姑娘走進來，心中覺得奇怪，但還是笑著拱手客氣道：「不知道兩位到這裡有何貴幹？」

「掌櫃的，我們兩人是想跟您談樁生意。」文氏對著掌櫃福了一福，說道。

「哦？那快請進。」掌櫃雖然覺得女人拋頭露面來談生意有些奇怪，但是打開門做生意的，總不能將客人拒於門外。

掌櫃引著文氏和秦小寶進了廳堂，請她們坐下，吩咐人上茶。

「這位大嫂，在下姓何，是這家亭林織布坊的掌櫃，不知道這位大嫂想談什麼生意呢？」何掌櫃問道。

「何掌櫃，小婦人姓文，這是我大兒媳婦秦小寶。」文氏介紹道。

「何掌櫃好。」秦小寶恭敬地給何掌櫃行了一禮。

「小寶，妳同何掌櫃說說我們的來意吧！」文氏見何掌櫃拱手對秦小寶還了一禮，便開口對秦小寶說道。

何掌櫃聽了這話，臉色一沈。女人來談生意已經十分少見，現在還讓個小媳婦開口，明擺著不把他放在眼裡，但是他畢竟是生意場上的人，倒沒有立即拒絕，只是朝向秦小寶看過去。

秦小寶見何掌櫃這副模樣，便知道他心裡有話，但她像沒發覺似的，仍然恭恭敬敬地開口說道：「何掌櫃，今天我們來，主要是想請貴織布坊幫忙織一批棉布。」

何掌櫃一聽到棉布兩字，臉上露出詫異的神色，他開口確認。「妳說的是棉布？」

「是的，我們從裴家村來，今年種植了十五畝棉田，現在已是採收的時候，等過段時間就可以全數採收和分軋完畢，所以想請貴織布坊幫我們將皮棉紡成紗、織成布。」秦小寶說道。

「這棉布向來只有西域有，妳們怎麼會有種子？」何掌櫃驚奇地問道。他當然知道棉布，但現今中原地區沒有種子，所以鮮少有人種植棉花，織布坊當然也不會織棉布。這個年代交通和訊息都很閉塞，對於新奇的事物通常不敢輕易嘗試。

「我們自有辦法，不知道何掌櫃想不想嘗試織棉布呢？」秦小寶沒打算把種子的來歷告訴何掌櫃。雖然等自己成功種出棉花、做出棉布後，自然會有人想辦法有樣學樣，但她今天來只是為了跟織布坊談合作，多說無益。

「這……我們織布坊一向只織麻布和絲綢，對於這棉布，不知該怎麼做啊！」何掌櫃臉上已無惱色，他老老實實地告訴秦小寶。

「怎麼做倒是不用擔心，織布坊能織成麻布和絲綢，棉布也是同樣的原理，我們可以一起來嘗試。」秦小寶並沒誇下海口說自己懂得如何織棉布，雖然她確實在現代書本中學過。

「可是，這件事情從來沒有做過，如果試不成功，那怎麼辦？」何掌櫃問道，想從秦小寶嘴裡要個承諾。

又是一個怕擔風險的人。秦小寶也只學過理論，沒有實際操作過，所以無法對何掌櫃承諾一定能成功。她說道：「何掌櫃，嘗試新的東西，有可能成功，也可能失敗，就像做生意一樣，有賺就有賠，這生意上的事情您懂得可比我多多了，您說是不是？」

何掌櫃沈吟了半晌，對秦小寶說道：「這件事情事關重大，我得跟當家的商量後才能答覆妳，我們當家的明天回來，妳們後天再跑一趟，行不行？」

秦小寶和文氏對視一眼，文氏點點頭，秦小寶想了想，再等兩天也沒關係，反正皮棉還沒那麼快弄好，便答道：「可以的，後天我們再過來打擾，先告辭了。」

何掌櫃客氣地將文氏和秦小寶送出織布坊，兩人便說說笑笑地回到裴家村。

第二十七章　作坊

回到家中，見蘭秋已在分曬收回來的籽棉，並將收下的籽棉按照上、中、下三等分類，平鋪在墊了草薦的地上曬乾。

第一天採收的籽棉不多，所以蘭秋並沒有請人幫忙，只帶了平安和秀安忙活。

分到上等的籽棉最多，中等次之，下等的最少，分完等級，秦小寶這才安心了些。一般用上等籽棉織出來的棉布最好，中等的也可以用，就是稍微差一些，而下等籽棉只能拿來做棉被了。

說是下等，其實也只是棉絮不夠膨脹和潔白而已，不過沒關係，秦小寶想要棉被好久了，現在正好可以做幾條。

「小寶，今天去鎮上談得怎麼樣？」蘭秋邊忙邊問道。

「還行，那個何掌櫃說做不了主，得請示他們當家的，要我們後天再去一趟，應該是沒什麼問題，我看何掌櫃滿有興趣的，畢竟這麼好的機會，他們生意人不會錯過的。」秦小寶說道。

「那就好，等明天採收的籽棉分量多了，我再多請幾個人一起來幫忙。」

「好，妳該請人就請，別累壞了身子。」秦小寶擔心地說道。

「放心吧！我們這身體好著呢！每天都要幹活的，習慣了。」蘭秋笑著回應。

秦小寶點點頭，心中卻泛起一絲擔心，但也說不清是為什麼。現在最關鍵的一步就是等織布坊的答覆了，如果他們不肯合作，那該怎麼辦呢？秦小寶心中一陣慌亂，她搖搖腦袋，心想，船到橋頭自然直，幹麼要擔心，還不如去看看子安哥那邊怎麼樣了。

「娘、蘭秋姊，我到棉田看看。」秦小寶理了理思路，對文氏和蘭秋說完這句話，便轉身去了棉田。

到了跟何掌櫃約好碰面的日子，秦小寶一大早就起來，和文氏往亭林鎮趕過去。

依舊是何掌櫃接待她們，秦小寶心中有一絲不祥的預感。如果織布坊對這件事情感興趣，那當家的應該會親自出面跟她們談才是。

「何掌櫃，不知我們前天來談的事情，你們當家的是什麼想法呢？」秦小寶也不繞彎子，開門見山地問道。

「嗯……這個，來，先喝口茶，趕這麼遠的路辛苦妳們了。」何掌櫃岔開話題，似乎在斟酌怎麼開口。

文氏和秦小寶順著何掌櫃的意思，喝了口茶。

「是這樣的，昨天我向我們當家的稟告了這件事情，亭林鎮就咱們這一家織布坊，接下來快過年了，各家布莊的訂貨都多了起來，我們當家的意思是，老主顧的單子千萬不能耽誤了，但這樣一來我們織布坊就沒有多餘的能力來接妳們這些棉布的訂單，還望兩位見諒。」

何掌櫃滿臉笑容地說道。

秦小寶心中哀號一聲。自己擔心的事情果然發生了，沒想到這個織布坊居然不接她們的生意，這麼好的機會，沒道理不做啊！

「何掌櫃，做生意本就是你情我願，見諒兩字不敢當，只是恕我冒昧地問一句，貴坊真是因為老主顧的單子太多，無暇再接我們的生意嗎，還是另有什麼原因？如果另有原因，不妨說出來，我們一起想辦法解決。」秦小寶明白何掌櫃的說法只是推辭之言。單子多可以請工人辛苦一些，加班趕工，這不是沒辦法解決的。

「當然是因為時間問題，我們當家的最重視信譽，妳也知道做生意若是沒了信譽，就沒辦法混了。」何掌櫃趕緊說道。

秦小寶見狀，只能嘆了一口氣說道：「何掌櫃，買賣不成人情在，我們也不會強人所難，有機會我們下次再合作吧！」

「好、好，等下次空閒下來，一定可以合作的。」何掌櫃直說好。

「那我們就先告辭了。」秦小寶站起來說道。

「好走，我送送妳們。」何掌櫃也站起身拱手說道。

秦小寶默默走在回裴家村的路上，文氏看了她幾次，欲言又止。

「娘，您想說什麼？」秦小寶問道。

「小寶，那何掌櫃是不是擔心若織不成棉布，會浪費他們的時間和銀子？」文氏問道。

「也許吧！可是這種事誰能保證一定成功呢？一點風險都不肯擔。」秦小寶此時的情緒很低落，她低頭踢了踢地上的一顆小石子，鬱悶地說道。

「唉，這種事情強求不得，既然他們不肯做，我們再想別的辦法，別太擔心了。」文氏安慰著秦小寶。

「娘，您放心，我沒事的，肯定有別的辦法。」秦小寶回答道。

回到家中，蘭秋帶著幾個婦人正在分曬新採收的籽棉，並將前幾天曬好的籽棉小心地留種剎棉。

「紅姑、小寶，妳們回來啦！我在廚房留了飯菜，妳們先去吃吧！」今天文氏不在，蘭秋一起做了飯，剛剛已經給在棉田裡工作的裴子安和大慶他們送過飯了。

「謝謝蘭秋姊。」秦小寶悶悶不樂地應了一聲。

蘭秋見秦小寶這個樣子，便知道織布坊的事情談得不順利，等秦小寶吃完午飯，便拉著她到屋裡問起來。

「怎麼回事，是不是織布坊不肯做？」蘭秋問道。

秦小寶點點頭。「是啊，他們說老主顧的單子太多，時間太緊，忙不過來。」

「妳可還有別的辦法？」

「要麼就去別鎮的織布坊問問，要麼就去青州城，那裡織布坊多，不會每一家都忙不過來吧？」秦小寶想了想說道。

「可是，青州城離我們太遠，別的鎮也都只有一家織布坊，按照亭林織布坊的說法，其他間八成也沒時間。」蘭秋分析道。

秦小寶抱頭嘆氣，蘭秋也苦苦思索。

「小寶，我們自己織布吧！」蘭秋突然抬起頭說道。

「什麼？自己織布？怎麼織啊？」秦小寶也抬起頭，茫然地問。她雖然有理論基礎，但從來沒實際操作過啊！

「咱們村子裡不是也有織布機嗎？還有些會織麻布的好手，棉布雖然材料不同，但是想來跟織麻布也是大同小異吧！」蘭秋提醒道。

秦小寶瞪大眼睛看著蘭秋，蘭秋摸了摸自己的臉，又在秦小寶眼前揮了揮手，小心翼翼地問道：「小寶、小寶，妳怎麼了？」

「好主意！」秦小寶猛地拉起蘭秋的手，咧嘴笑了起來。這是個解決辦法，讓織布坊做是嘗試，找村裡會織布的女人做也是一種嘗試，自己一直想著找織布坊，差點鑽到死胡同出不來，還好有蘭秋姊拉她一把！

蘭秋嚇得撫了撫胸口。小寶沒事了就好。

「咱們裴家村有兩臺織布機，族長家的趙嬸子和興澤伯家的邱嫂子各有一臺。」蘭秋雖然剛來裴家村不久，但是按規矩新媳婦要到每家送回禮，這也是讓新媳婦能盡快熟悉婆家的方法，所以蘭秋已把裴家村的事情都摸了個透。

秦小寶點點頭，示意蘭秋繼續說。蘭秋是個能幹、有想法的人，秦小寶知道她一定已有打算。

「我們可以去找她們兩人，現在是農閒季節，我們出錢雇她們來織布正好。」蘭秋邊想邊說道。

「最好有個屋子能讓她們兩人一起工作，這樣不但可以互相討論，還不用把棉花搬來搬去。」秦小寶補充。她越想越覺得可行，倒不如找個空屋改成小型作坊，現在籽棉越收越多，家中快堆放不下了。

「可是，她們肯將織布機搬到妳說的屋子裡嗎？織布機畢竟是她們的私人物品。」蘭秋擔心地問。

「若是不肯，我就花錢租，我們先用這兩臺織布機嘗試，如果成功了，我們再想辦法多弄幾臺織布機，做成個小型織布坊，妳說如何？」秦小寶興奮地說道，突然感覺到一股創業的激情。

「那我們是不是還得蓋個小屋？」蘭秋也被秦小寶說得激動起來，恨不得馬上開始行動。

「蓋屋子來不及了，最好是有現成的。」

「妳說，這事是不是還得跟族長說一聲？」蘭秋提醒。

「當然要得到他的支持才行，畢竟在裴家村他的話還是很管用的。」秦小寶說道。裴成德那兒她不擔心，現在她在裴成德眼中還是有幾分價值。

「那現在就去找族長說說這事吧？」蘭秋問道。

「行，妳陪我一起去吧！兩個人比一個人說服力強些。」秦小寶拉上蘭秋。

蘭秋笑著應下，她見秦小寶重新燃起了鬥志，心中暗暗鬆了一口氣。

果然不出秦小寶所料，裴成德對她提出的想法是贊成的，在秦小寶徵詢他哪裡適合做作坊時，他提了個好建議。

「村北那頭有棟舊宅，是我們這一脈的分支，沒有後人了，按規矩已收歸到族裡，現在空在那兒也沒人住，妳們這事比較急，就先拿去用吧！明年若決定要長用，再向族裡交些銀子便可。」裴成德說道。裴家村是有公共財產的，管理公共資產，也是他負責的一部分。

「曾叔公這個辦法好，還幫我們省下蓋屋子的錢，這現成的我們先用，回頭再向族裡交使用費，只是不知這使用費貴不貴啊？」秦小寶認同這個辦法，但她必須知道房租多少錢，如果太貴就沒必要了。

「大家都是裴家村的人，妳又帶著村裡人掙錢，這屋子的使用費，每個月只要四百文就好，反正空置在那兒一文錢都沒有。」裴成德說道。

四百文就是四錢銀子，秦小寶不禁在心裡想。「好便宜的房租。」她馬上答應下來。

「多謝曾叔公，明天我們就過去打掃，另外，趙氏嬸子那邊還得麻煩您幫著說說。」

趙氏是裴成德的大孫媳婦，雖然秦小寶叫她嬸子，但是年紀才比蘭秋大不了多少，因為裴成德輩分高，所以秦小寶這一輩得叫她嬸子。趙氏和邱氏一樣，在娘家時就是織布好手，所以陪嫁帶臺織布機是少不了的。

「放心，大孫媳那邊沒問題，跟著小寶做事我放心。」裴成德點頭說完，便把大孫媳叫了出來，跟她交代幾句，要她好好跟著秦小寶做事。

裴成德的大孫媳應了下來。她年紀跟秦小寶和蘭秋差不多大，相處起來自是輕鬆愉快。

開小作坊的事情成功了一半，從裴成德家走出來的秦小寶和蘭秋對視一眼，同時笑了起來，手拉著手往裴興澤家走去。

邱氏聽秦小寶和蘭秋說明來意，考慮了一下說道：「這事我得先問問公婆，我怕耽誤家中的活兒，妳們倆稍微等我一會兒，我去去就來。」

「好的。」秦小寶乖巧地說道。

秦小寶和蘭秋對著邱氏的織布機上下左右打量了一番。織布機的構造和原理秦小寶學過，但沒有實際操作過，所以研究了半天也不敢動手試試。

「小寶，我公婆同意了，咱們什麼時候開始？」沒多久，邱氏就過來問道。

「我們明天去村北的屋子打掃，後天就可以把織布機和籽棉、皮棉搬進去了，估計大後天可以開始工作。」秦小寶笑呵呵地說道。沒想到她穿越到這裡，居然開起作坊來了。

「那好，明天我就過去幫忙。」邱氏點頭道。

秦小寶給邱氏和趙氏的工錢是每天五十文，織布機每天的租金是十文，算下來一個月的人工是三兩銀子，織布機租金六錢銀子，房子的租金是四錢銀子。

裴子安雇來採收籽棉的人是每天二十文，蘭秋這邊分曬、分軋的人每天十五文，做幾天算幾天，秦小寶算了算，這些人工費大約要花掉三兩銀子。

銀子花出去沒關係，只要能織成棉布，就不怕賺不回來。

秦小寶回到家中已經是晚飯時間，裴子安也從棉田回來了。棉花不像水稻是一次收割，棉桃成熟有快有慢，所以棉花是採幾天、歇幾天，等棉桃長大了再採，總共近一個月的採收期。

「小寶，妳今天去亭林鎮談得怎麼樣？棉田那邊我看了一下，長好的都採完了，接下來要歇幾天再採了。」裴子安一邊洗手擦臉，一邊跟秦小寶說道。

「那正好，你明天和我們去打掃作坊。」裴子安一整天都在外面採棉花，還不知道秦小寶這一天過得高潮迭起，心情也猶如坐雲霄飛車一般。

裴子安正把頭埋進盆裡洗臉，一聽秦小寶的話，抬起頭困惑地問道：「什麼？打掃作坊？」

「嗯，你趕快洗完了過來，我跟你講講今天發生的事情，保證精采。」秦小寶愉快地說道。

裴子安見又有趣事了，趕緊胡亂把臉擦好，搬了個凳子坐過來，催促道：「小寶，快說。」

「娘，您也過來一下。」秦小寶對著文氏叫道。

文氏擦了擦手，走了過來。「什麼事呀？我在做飯呢！」

「我跟你們商量件事情。」秦小寶心情好，一臉笑嘻嘻地。

文氏見秦小寶心情突然好起來，便知道問題解決了，也拉了張凳子坐下來聽她說。

秦小寶向裴子安簡單說了一下亭林鎮織布坊的事情，然後聲情並茂地描述下午她和蘭秋的創舉。

「妳要自己開織布坊？」文氏和裴子安同時問道。

「其實也不算是織布坊，目前只是想弄個小作坊，自給自足，把我們家這十五畝棉田產的棉花做成棉布，等做完就歇了，到下一季再做。」秦小寶以為他倆不同意，趕緊解釋。

「原來是這樣，只要想到辦法解決了就好。」文氏只要秦小寶不愁眉苦臉的，其他什麼都好。

「這個辦法挺好的，是誰想出來的？」裴子安問道。

「嚇死我了，我還以為你們不同意呢！這方法是蘭秋姊想出來的，我們兩個一起規劃得詳細些，就變成這樣啦！」秦小寶拍了拍胸口答道。

「好，明天我跟妳去打掃作坊。」裴子安說道。

「好了，事情說定，把桌子收拾一下，馬上吃飯了。」文氏吩咐道。

「是，娘。」秦小寶乾脆地應道。

第二十八章 開工

村北的舊宅已經空置了好些年，宅子不大，但對於秦小寶的作坊來說，已經足夠了，秦小寶把裴子安和裴平安一起帶過來，人多力量大。

蘭秋根據秦小寶的意思，幫打掃的人做了簡易的口罩、帽子、手套，這樣就不怕吸入太多灰塵了。

「小寶，妳過來看，織布機就放在廳堂，這裡光線好，這空間擺上四臺不成問題。」蘭秋拉著秦小寶布置起來。

「好，左邊的廂房可以做庫房，堆放籽棉，我們得把這裡打掃得乾乾淨淨，不能讓棉花沾到灰塵。」秦小寶說道。

「右邊的廂房可以用來彈棉花。」秦小寶指了指右邊的房間。

「什麼是彈棉花？」蘭秋不解。

「就是把皮棉彈得蓬鬆，然後才能用紡錘捻線織布。」秦小寶解釋。這道工序不能少，否則棉線捻不起來，棉被也不暖和。

「哦？棉花還需要彈？那該怎麼彈呢？」蘭秋問道。

「對了！得做個工具才行。」秦小寶一拍腦袋說道。這裡沒有現成的彈棉花工具，還好她見過，等會兒畫下來找人去做。

「什麼工具啊？」蘭秋問道。

「這工具叫彈棉弓，形狀像弓箭，弦要用牛筋來做，還要做一把弓槌，彈棉花的人把棉弓繫在腰上，貼近皮棉，用弓槌捶打牛筋弦，這樣就能彈開棉花，使棉花變得蓬鬆。」秦小寶耐心地說。

她在學校曾學過彈棉花，不過這對女孩子來說吃力了些，到時得找幾個男人來做。

「聽起來滿複雜的，不過不要緊，我們一定能做好的。」蘭秋說道。

「只要齊心協力，相信沒什麼可以難倒我們，等把這裡打掃乾淨，我就去畫彈棉弓，請木匠照著做。」

「小寶、蘭秋姊，妳們兩個去做彈棉弓吧，這裡由我們來打掃就行。」裴子安在旁邊說道。

今天打掃作坊，不僅邱氏和趙氏來了，大慶和小慶也跑過來幫忙，所以一個上午下來，都整理得差不多，下午再仔細清潔一遍就可以了。

「那好，辛苦你們了，蘭秋姊，我們去做彈棉弓。」秦小寶見作坊已經收拾得差不多，也想趕快把彈棉弓做好，就拉著蘭秋回家。

秦小寶攤開紙，用炭筆畫了起來。

「小寶，妳畫得真好。」蘭秋見秦小寶下筆如神，沒幾筆便完成一張彈棉弓的草圖。

「是嗎？我大概真有畫畫的天分，嘿嘿。」秦小寶理了理掉下來的頭髮，笑嘻嘻地說。

「肯定的，我還從沒見過這種筆呢，不過確實比毛筆好畫許多，妳怎麼想出來的？」蘭秋拿起秦小寶畫畫用的炭筆問道。

「我偶然間想到的，便用紙套著炭做了一個。」

「小寶，妳能多做幾個嗎？我也想要一個，做衣服的時候可以做標記用。」蘭秋說道。

「沒問題，要多少有多少。」秦小寶慷慨地說道，然後想到正事還沒做，便忙對蘭秋說：「對了，蘭秋姊，我們得趕快去找會做木工的人，我記得隔壁的榮澤叔會做木工，我們去找他問問吧！」

裴榮澤不是專門的木匠，但平時就愛跟木頭、鉋子、鋸子打交道，家裡的桌椅都是他自己做的。

如果要找專職的木匠得到亭林鎮去，所以平時村裡有啥需要修修補補的木工活兒，都是找裴榮澤幫忙，裴榮澤也喜歡幫這種忙，所以手藝越練越好。

「榮澤叔在家嗎？」秦小寶敲著隔壁的大門問。

「來啦！」裴榮澤聽到叫聲，便過來開門。

「榮澤叔，還好您在家！能不能幫我們做個東西？」秦小寶把畫紙遞給裴榮澤。

裴榮澤接過畫紙，打開一瞧，笑了起來。「小寶，這是什麼東西？妳又在弄什麼新鮮玩意兒了？」

「這是彈棉弓，我們要用它來彈棉花，使棉花變得蓬鬆，然後就可以做棉布啦！」秦小寶笑呵呵地回答。

裴榮澤豎起大拇指，誇讚道：「小寶，妳每次想出來的都是好東西，這次叔等著看你們的棉布。」

「沒問題，能不能做成全靠榮澤叔了，把彈棉弓做好了，我們才能進行下一步呢！」秦小寶趕緊說道。

裴榮澤聽了哈哈大笑起來，抖著畫紙。「沒問題，我這就做，快的話明天就給你們送過去。」

「好啊！拜託榮澤叔啦！」

「對了，就照著這畫紙做嗎？妳講一下這工具的用途，我了解了，做起來順手一些。」裴榮澤仔細看著紙說道。

秦小寶把彈棉弓的原理跟裴榮澤解釋一遍，裴榮澤心中有了數，當即找起工具開始做起來。

秦小寶和蘭秋看著裴榮澤做出了雛型，剩下就是精修了，這才放下心來，兩人回家吃完了午飯，又到作坊繼續打掃。

第二天一早，裴榮澤就拿著一把彈棉弓到秦小寶家中說道：「小寶，妳看看這工具做得還滿意嗎？」

「榮澤叔，您做得這麼快啊？」秦小寶欣喜地迎了上去。

「是啊，昨天熬了一個晚上，終於把它完成了，妳看看好不好使？」裴榮澤雙眼通紅，一看就是熬了夜。

秦小寶聽了很是愧疚，趕緊接過彈棉弓說道：「榮澤叔，真是辛苦您了。」

「別這麼說，我這個人就是這樣，一件事非得做好才能放心，妳快看一下，如果不好使的話，我再改。」裴榮澤說道。

秦小寶點點頭，低頭仔細看了看，又把裴子安叫過來，把彈棉弓綁到他身上，取了些皮棉試彈一下，還真不錯，跟當初她用過的沒什麼差別。

「小寶，這樣就可以將棉花彈蓬鬆了嗎？」裴子安看著手上鬆鬆軟軟的棉花，好奇地問。

「是的，不過彈棉花比較累，還得請一些男丁來做才行。」秦小寶回答道。

裴子安點點頭。「這沒問題，正好這幾天棉田不用採收，我叫幾個人過來幫忙。」

「榮澤叔，這彈棉弓做得非常好，還得麻煩您再做兩把出來，您看可以嗎？」秦小寶轉頭對裴榮澤說道。

「只要好用就行，再做幾個都沒問題，我這就回去做，做完盡快給你們送過來。」裴榮澤轉身就要走。

「榮澤叔，這三把弓應該給您多少工錢呢？」秦小寶忙拉住裴榮澤問道。

「舉手之勞的事情，還給什麼工錢，小寶帶我們養魚也沒收我們工錢呢！是不是？」裴榮澤連忙擺手拒絕。

「榮澤叔，不能這樣，您這麼辛苦幫我們做彈棉弓，多少收一點工錢，否則我們心裡過意不去。」秦小寶堅持道。

裴榮澤亦堅持著不肯開價，秦小寶見這樣不是辦法，硬是塞給他一百文錢，嘴裡說道：「榮澤叔，我也不知道木工的行情如何，所以這些錢您一定要收下，以後說不定還得要麻煩您呢，您不收錢我們可不敢再去找您了。」

也許是秦小寶最後一句話起了作用，裴榮澤搖著頭收下了一百文錢，嘴裡叨唸道：「妳這孩子，跟叔還這麼客氣，以後有什麼需要的儘管開口，千萬不要不好意思。」

「知道啦！榮澤叔。」秦小寶見裴榮澤收下了錢，脆聲答道。

裴榮澤點了點頭，說了聲「先走了」，就轉身回家。

「子安哥，你把彈棉弓卸下來，昨天我們已經把作坊打掃好了，現在請大家一起將東西搬過去吧！」秦小寶見裴子安腰上還綁著彈棉弓，好笑地說道。

裴子安笑著應下。正好昨天打掃作坊的人都來了，大家便七手八腳地把籽棉、皮棉搬到廂房裡。

約莫中午時分，小作坊已經快布置好了，兩臺織布機也已經搬過來，看看空間，廳堂果然還能再放下兩臺。

翻曬後的籽棉放到左邊廂房裡，屋裡打掃得乾乾淨淨，堆放籽棉的地方鋪上了蓆子，防止掉落弄髒，等一下就可以在這裡剝皮棉了。

剝好的皮棉則統一放到彈棉花的屋子裡，屋裡臨時搭了一個架子，鋪上木板和蓆子，把皮棉均勻地平鋪在蓆子上，還沒彈過的皮棉一坨一坨的，很難捻成棉線。

裴子安在秦小寶的教導下，已經掌握了彈棉花的要領。其實秦小寶也只是將原理告訴裴子安，好在他悟性高，這才摸索著勉強彈起來。

不過，彈棉花靠的是熟練，彈多了自然就順手，只是需要時間，她們研究捻線和織布也需要時間，都是一點一點嘗試出來的。

大家各自回家吃完午飯，便來到作坊試驗起來。邱氏和趙氏忙著捻線，裴子安忙著彈棉花，秦小寶和蘭秋就在兩邊打下手。

「小寶，我們還得找幾個人來捻線才行，現在看來，棉線和麻線的捻法大同小異，我看邱氏和趙氏已經差不多試出來了。」蘭秋對秦小寶說道。

「是，要找人，不僅捻線要找人，彈棉花也要找人，不然太慢了，子安哥一個人弄怕是要累死了。」秦小寶看著裴子安彈棉花彈得一頭汗，心疼地說道。

「哎喲，小寶心疼啦！還不去給子安擦擦汗。」蘭秋調侃著秦小寶。

秦小寶對著蘭秋抿嘴一笑，說道：「好，我幫子安哥擦汗去。」

蘭秋本想看到秦小寶害臊的樣子，沒想到她還接得挺順，真是太無趣了。

秦小寶拿了條布巾走到裴子安身邊，踮起腳尖幫他擦起汗來，裴子安忙停下手，低頭讓秦小寶的手不用舉得那麼痠。

秦小寶仔細地為裴子安擦完汗，說道：「子安哥，你歇會兒，明天我們找人來彈，不用這麼著急。」

「我不累，能多彈一點就多彈一點。」裴子安對著秦小寶笑了笑，繼續幹起活來。

秦小寶回味著裴子安暖心的笑容，滿面容光地走出來，被蘭秋看到了，又是一頓調侃。只是秦小寶不羞不惱，讓蘭秋再也調侃不下去。

到了第二天，村裡已傳遍秦小寶要開作坊這件事了。自從秦小寶帶著大家養魚後，村裡人對秦小寶的一舉一動都非常好奇，等秦小寶他們來到作坊時，作坊門口已經圍滿看熱鬧的鄉親。

秦小寶一看樂了，這麼多人在這裡，正好招個工，省得一戶一戶詢問。

「各位叔伯、大娘、嬸子、姊姊們，咱們裴家村的織布坊已經開工了，這是小寶第一次開小作坊，需要各位的支援。」秦小寶站在門口，向看熱鬧的群眾行了一禮，高聲開口說道。

「小寶，妳這是要做什麼呢？需要我們支援儘管開口啊！」人群中有人附和道。

「是這樣的，我家今年種了十五畝棉田，本來想請鎮上的織布坊代為織成棉布，可是人家訂單太多忙不過來，所以我決定嘗試自己織棉布，便開了這個小作坊。」秦小寶把事情緣由簡單說明一下。

「現在我們裴家村織布坊需要招攬彈棉工和捻線工，男人做彈棉工，女人做捻線工，至於工錢，彈棉工一天二十文，捻線工一天十五文，做多少天、算多少天，不知道各位鄉親有沒有想要報名的？」秦小寶把招工條件開出來。

「有，我報名。」秦小寶話音剛落，便有人舉手高聲說道。

「好，我們作坊目前規模還小，只需要三個彈棉工和四個捻線工，想來的請到裡面排隊找蘭秋姊報名，先到先報。」秦小寶低聲跟蘭秋交代了兩句，見蘭秋走進屋子，才開口說道。

秦小寶本以為大家會一窩蜂地跑來報名，可是回頭一看，除了第一個舉手的人以外，居然只有三、四個人跟著進來。

「也罷，有人來就好，總比招不到人要好，想必大家都不知道要幹什麼活，所以猶豫不前。」秦小寶暗想。

三個彈棉工已經招到了，裴子安領著他們三人進彈棉房，另外兩把彈棉弓榮澤叔也已經做好送過來了，裴子安示範給他們看，不過到底這活兒很吃技術，教了許久大家才掌握些許要領，看來只能慢慢練習了。

捻線工招到了兩個。有了捻線工，趙氏和邱氏教會她們捻線的技巧後，便可以專心研究織布了。

「小寶在嗎？」一個微弱的聲音傳了進來。

「在啊！是哪位找我呢？」秦小寶正學著捻線。人手不足，自己和蘭秋就得親自上陣了。

「是我。」一個瘦弱的身影走了進來。

「原來是財發家的嫂子，快進來。」秦小寶抬起頭，看清楚來人的臉，起身迎道。

「小寶，我可不可以來做捻線工？」沈氏小聲地問道。

「可以啊，我們正好還缺兩個人呢！只是，妳婆婆同意妳過來做工嗎？」秦小寶問道。

沈氏是個小寡婦，剛嫁給村東口的裴財發沒多久，裴財發就病死了，只留下個遺腹子，沈氏的婆婆天天打罵她，說她剋夫，把她兒子給剋死了，還好那個遺腹子生下來是個兒子，她婆婆才收斂一點。

「就是我婆婆要我來的，說這段時間農閒，嫌我在家礙眼，還不如來這裡做工掙錢。」

沈氏低著頭說道。

「妳兒子才兩歲，誰來帶啊？」秦小寶問道。

「我婆婆說她來帶，她的親孫子，不會虧待的。」沈氏長得還算標致，只不過由於常年心情鬱結，顯得氣色很差。

秦小寶一陣心酸。沈氏是個老實膽小的人，默默地承受著命運帶給她的一切不公。

「好，妳就在我這兒幹活吧！如果有事來不了的話，記得跟我說一聲。」秦小寶拉著沈氏的手說道。可憐這手是老繭遍布、瘦骨嶙峋的，一點都不像一個不到二十歲姑娘的手。

第二十九章　惡狼

沈氏手很巧，教沒兩下便掌握了要領，秦小寶看得暗自點頭，再次感慨真是可惜了這樣一個好姑娘。

到了吃晚飯的時間，秦小寶看了看三個人捻出來的棉線，沈氏捻線時間比另外兩人短一些，捻出來的線卻多了不少。

結完今天的工錢，秦小寶等其他人走了以後，拉住沈氏，又多塞給她五文錢。

「小寶，這五文錢我不能收，說好十五文一天的。」沈氏趕緊推辭道。

「嫂子，這是妳應得的，妳的效率比她們高多了，妳看妳捻的線比她們多呢！」秦小寶將錢硬是塞回沈氏手中。

「這、這怎麼可以，被另外兩個嫂子知道，還不跟妳鬧騰起來啊！」沈氏為難地說道。

秦小寶心中一陣感動。沈氏還擔心她呢！她笑嘻嘻地低聲說道：「那就請嫂子不要跟任何人說，包括妳婆婆，這五文錢妳自己收好，別讓任何人知道，就算是為了孩子，自己身邊留點錢也好。」

「哎呀，真是，小寶妳真的對我太好了，妳放心，我一定不會對任何人說的。」沈氏見秦小寶是真心待她，便不再推辭，只是兩隻眼睛紅了起來。

「我相信妳，以後我每天也都會多給妳五文錢，妳不用覺得不好意思，這是妳應得的。」秦小寶拍了拍沈氏的肩膀，安撫道。

沈氏聽到這話，眼淚一下子就湧了出來。自從嫁到裘家村，就沒過過幾天舒心的日子，年少守寡已是不易，還要忍受婆婆的苛待，秦小寶這一番話，讓她感受到久違的關心。

秦小寶拿了塊巾布細心地為沈氏抹去眼淚，安慰道：「嫂子快別哭，對身體不好，這世上沒有過不去的坎，千萬別自己閉了眼，總想著不好的事情。」

沈氏被秦小寶的溫言軟語感染，抹著眼淚對秦小寶重重點頭，說道：「妳放心，就算是為了孩子，我也會好好地過。」

秦小寶笑著對她點點頭，見她神情恢復正常，也看不出哭過的樣子，便送她出門。

裘子安早一步回了家，秦小寶到家的時候，文氏已經做好晚飯，正在擺桌準備吃飯。

「那嫂子真可憐。」秦小寶坐上飯桌，還在感慨著。

「就是村東口財發家的？」文氏問道。

「是啊，娘，今天她來我們作坊做捻線工，是她婆婆要她來掙錢的，我看她年紀不大卻憔悴得很。」秦小寶膩在文氏身邊說道。

「唉，財發他娘也真是的，雖然財發這麼年輕就去了，她心中肯定不好受，但是這些年她對財發媳婦確實是做得過分了。」文氏嘆了口氣。

「娘，謝謝您，我真是太幸運了。」秦小寶抱住文氏，把頭埋在文氏胸口，悶悶地說道。如果她沒遇上像文氏這樣的婆婆，日子恐怕不會這麼好過。

「傻孩子，妳是我一手帶大的，就跟親生女兒一樣，謝什麼！」文氏也緊緊抱了抱秦小寶。

「小寶，好了，快吃飯吧，我們都餓了。」裴子安看著秦小寶撒嬌的樣子，笑著說道。

「娘，吃飯。」秦小寶有些不好意思地鬆開文氏。

一頓飯下來，文氏忙著給孩子們挾菜，看著他們吃得香香的，就算自己不吃也非常開心。

沈氏下了工，從小作坊回到村東口的家中，一踏進家門，就聽見婆婆在高聲罵道：「這麼晚才回來，還不趕緊去做飯！今天帶了一天的孩子，累死了，做好飯趕緊帶孩子去。」

其實沈氏的婆婆陳氏也是個可憐人，在財發很小的時候，財發爹就病死了，她一個人含辛茹苦把財發拉拔大，沒想到剛娶完媳婦，財發也生病去世，還好留下個孫子，否則沈家就絕後了。

財發和財發爹都是年紀輕輕就病死了，所以村裡人都說她家風水不好，平時沒什麼人敢接近她們，怕沾上穢氣。

財發家中人丁單薄，現在就剩下這兩大一小，家裡也只有兩畝薄田勉強夠餬口而已，日子過得緊巴巴，還好今年跟著養魚多了點收入，所以當沈氏的婆婆知道秦小寶在徵人幹活時，馬上就逼著沈氏去找秦小寶，就是為了多掙幾個錢。

「今天的工錢呢？」陳氏揹著孫子阿福問道。

沈氏捏了捏攥在手心已被汗濕的十五文錢，遞給婆婆說道：「娘，這是今天的工錢，一共十五文。」

秦小寶當著鄉親的面提過工錢，所以陳氏知道沈氏每天可以掙多少錢，陳氏接過錢仔細數了數，確認沒錯，便轉身回屋子裡，小心地將錢裝入錢袋子，放到箱子最底部，並用衣服壓了又壓，這才放心地出屋。

沈氏摸了摸藏在內衣裡的五文錢，手心全是汗。她從沒對人撒過謊，這還是第一次藏私房錢。

「妳還杵在這幹什麼？還不趕緊去做飯，妳想餓死我們啊！」陳氏出了房門，發現沈氏還站在那發呆，便高聲罵道。

沈氏嚇得一哆嗦，趕忙跑進廚房，做起晚飯。

吃飯的時候，陳氏將阿福交給沈氏，自己吃完飯，把碗筷一扔就回房去了，也不管沈氏是不是能一個人邊帶阿福邊收拾。

沈氏餵完阿福，把他綁到自己背後，狼吞虎嚥地扒了幾口，便起身收拾碗筷。等洗完碗筷，天色已經很黑了，所以她就放棄將衣物洗好的打算。

回到屋裡，沈氏已是筋疲力盡，阿福在她背上昏昏欲睡的，她趕緊將阿福放到床上，哄啊哄的，阿福很快就進入夢鄉，看著阿福熟睡的小臉，她的眼淚不禁又一次湧了上來。

第二天，天才濛濛亮，沈氏便起床了，她看到阿福還在熟睡，輕手輕腳地出了房門。

她先將昨天沒來得及洗的衣物全部清洗乾淨、晾曬好，然後到廚房做好早飯，這時阿福剛好醒了過來。

沈氏趕忙給阿福穿好衣服，餵他吃早飯，又陪他玩了一會兒，她見婆婆還沒有起床的意思，便敲了敲陳氏的房門。

「娘，時候不早了，我該去小寶的作坊做事了，去晚了不好。」沈氏低聲說道。

過了半晌，陳氏才懶懶地打開房門，嘴裡咕噥著。「一大早就來敲門，我家娶了妳這個掃把星，真是倒了大楣。」

沈氏不敢還嘴，忙伺候陳氏洗漱吃早飯，然後將阿福交給陳氏，這才放心地出門，往村北的作坊走去。

從村東口到村北走小路快很多，只不過這條小路比較偏僻，沿途都是樹和雜草，平時沒什麼人走，沈氏看著時間不早了，便走了這條小路。

沈氏匆匆忙忙地走到一棵樟樹下，突然從樹後竄出一條人影，攔住了她的去路。

「財發家的，這麼著急，要上哪兒去啊？」

沈氏被這人影嚇了一大跳，捂住胸口停下腳步，定睛一看，原來是村中的流氓裴永根正涎著臉看她。

沈氏知道裴永根是個無賴，平時就喜歡調戲自己，但沈氏從不曾理會他，他也沒機會更進一步，今天在這碰到他心中暗暗叫苦。

她沒有回答裴永根，只想從旁邊繞過去。裴永根好不容易逮著今天這個大好機會，豈會讓她輕易躲過去？

「裴永根，你給我讓開，不然我可要叫人了！」沈氏見對方不讓她過，咬著牙厲聲說道。

「哎喲，妳倒是叫啊！這裡又沒人，我看妳能叫來誰？」裴永根嬉皮笑臉地伸手要摸她。

沈氏心中一急，慌忙把裴永根的手打掉。

「沒想到妳力氣還挺大的啊！太好了，我就喜歡力氣大的女人，帶勁！」裴永根摸著被打的手，並不惱，只是在口中調戲著。

裴永根說完，便撲身一抱，將沈氏抱了個滿懷。沈氏一聲驚呼，她雖然膽小，但事關名節，便高聲喊道：「裴永根，你給我放開，信不信我告到族長那裡去！」

「好啊！妳去告啊！要告也得等完事了再去，到時候我就說是妳勾引我的，看妳的名節還要不要，還有沒有臉面在村裡待下去？還有，若妳敢對旁人多說一句，那就看好妳家阿福，讓他永遠都不要出家門。」裴永根惡狠狠地威脅道。他是個男人，就算這事被捅了出去，難道還怕一個寡婦不成？俗話說寡婦門前是非多，只要一口咬定是沈氏勾引自己的，村裡人一人一口唾沫就能把她淹死，諒她不敢張揚。

沈氏一聽裴永根拿阿福威脅，頓時一下失去主意，慌亂間身上已被裴永根的雙手占了不少便宜。

沈氏見沒法掙脫，突然放聲大哭起來，邊哭邊說：「裴永根，我求求你放開我吧！現在是大白天，我還要去作坊做工啊！」

「喲，嫂子還知道害臊呢！那我現在放開妳，不過妳得答應我，等妳做完工還得從這條路走，我就在這兒等妳，如果妳不來，就小心看好妳兒子吧！」裴永根見沈氏哭著哀求自己，心裡有種得逞的感覺，便放開了她，反正她也跑不了。

裴永根一鬆開手，沈氏頭都不敢回地撒腿就跑，直跑到作坊門口才停下腳步，她往後看了一眼，發現裴永根並沒有追來，便在門口順了順氣，等氣息平穩了才推門進去。

秦小寶和其他人都已在廳堂開工了，她聽到門響聲，抬頭就看見沈氏臉色蒼白地走了進來。

「嫂子，妳怎麼了？身體不舒服嗎？」秦小寶趕緊放下手中的活兒，將沈氏扶了進來。

「我沒事，今天耽擱了時間，剛剛走得太急了，所以有些頭暈，坐一會兒就好了。」沈氏魂不守舍地坐了下來，開始捻線。

秦小寶見沈氏不想多說，便不再追問，只是她注意到今天沈氏的效率明顯差了不少，經常拿著線發呆。

蘭秋也發現沈氏不對勁，悄悄拉著秦小寶問道：「財發家的今天好像變了個人似的，昨天她還很賣力地幹活呢，今天不知怎麼了？」

「我問過她發生什麼事情，但她不肯說，八成是她婆婆又罵她了吧！」秦小寶嘆了口氣。

「我看不像，妳看她剛進來時神色慌張、頭髮凌亂，如果是被婆婆罵，不至於這樣子。」蘭秋想了想說道。

「難道她婆婆打她了？」秦小寶倒抽一口氣問道。

蘭秋聳聳肩，表示不知道。

「等晚上下工的時候，我們找她好好聊聊吧，這樣耽誤工作可不行。」秦小寶沈吟了一下說道。

中午休息時間，大家都回家吃飯，只有沈氏不肯走，說自己不餓，要待在作坊繼續做事。秦小寶看勸不動她，便先跟裴子安回家，吃完午飯後，從自己家裡帶了一些飯菜給沈氏吃。

在秦小寶的逼迫下，沈氏才勉強吃了兩口。裴子安已經聽秦小寶說了沈氏的異常，見她如此，便對秦小寶悄聲說道：「嫂子確實不對勁，昨天她做工的勁頭很足，等今天下工時，妳私下找她聊聊，我在外頭等妳。」

「嗯，我跟蘭秋姊也是這麼想。」秦小寶點點頭說道。

裴子安帶著那三個彈棉花的壯漢已經進入狀況，彈皮棉是個費事的活兒，每個人一天只能彈個幾斤，再過一個月就要收割晚稻，看來得加快速度了。

「小寶，我這邊抓緊時間，儘量在晚稻收割前將皮棉彈好，只不過要等晚稻收割以後才織得完棉布了。」裴子安看了看彈棉房的進度，對秦小寶說道。

「沒事的，子安哥，好在皮棉不是時鮮的東西，放一段時間不會壞，我們等晚稻和稻花魚都收成了再專心織棉布吧！我估計過年前可以全部完工。」秦小寶計算著時間回答道。

「好，一過完年我就去京都送貨。我們與萬隆商號的約定不能忘記，其餘的棉布可以拿到亭林鎮和青州城去賣。」

秦小寶笑著點頭。手頭的銀子還夠用，足夠支撐到過年，所以不急著賣棉布，只要有了生財方法，晚點收到錢又有什麼關係，只不過等棉布拿到亭林鎮賣的時候，亭林織布坊要後悔死了吧！

好不容易熬到傍晚，來做工的村民跟秦小寶打了個招呼就回家了，只有沈氏好像沒感覺似地繼續在捻線。

裴子安對秦小寶和蘭秋使了個眼色，走出了院子。

「嫂子。」秦小寶叫了一聲。

沈氏沒有反應。

「嫂子？」秦小寶加大了聲音，拍了一下她的肩膀。

沈氏像驚醒似地猛一下跳起來，大聲叫道：「別碰我、別碰我！」

「嫂子，妳怎麼了？我是小寶啊！」秦小寶也被沈氏嚇了一跳。

蘭秋見狀趕緊將秦小寶拉到身後，生怕沈氏一個激動傷到秦小寶。

沈氏這才回過神來，趕緊向秦小寶道歉。「小寶，對不起，我不是故意的，嚇著妳了吧？」

秦小寶從蘭秋身後走出來，拉著沈氏的手安慰道：「我沒事，倒是妳，今天到底怎麼了，為什麼一副魂不守舍的樣子？這裡沒有別人，只有我和蘭秋姊，妳有事儘管說出來。」

「沒、沒事。」沈氏低著頭掩飾道。

「我說嫂子，到這個時候妳還不想說嗎？妳自己看看，妳今天做的東西，比昨天只花半天時間做的還少，若是每天都這樣耽誤工作，我們可不敢再用妳了。」蘭秋見沈氏依然不肯說實話，便將小臉一板，嚴肅地說道。

沈氏聞言，趕緊抬起頭求道：「小寶、蘭秋，千萬別趕我走，如果我丟了這個活兒，我婆婆會打死我的，求求妳們了。」

「那妳還不跟我們說實話？」蘭秋聽沈氏央求著，心中已經軟了一半，但她知道若不說狠話，沈氏是不會吐露實情的。

「是啊！嫂子，我和蘭秋姊都是真心想幫妳的，有困難就直說，能幫我們會儘量幫的。」秦小寶見蘭秋姊扮起黑臉，便輕聲勸道。

沈氏猶豫了，而秦小寶和蘭秋並不催促她，只是耐心地等著。

第三十章 教訓

「好，我告訴妳們實情。我實在是不敢回家但又不能不回，沒辦法了，所以才待在作坊不想走。」沈氏正心亂如麻，不知該如何處理，想想秦小寶和蘭秋都不是喜歡亂嚼舌根之人，而且對自己是真心關心，不如告訴她們，也好有人幫著出主意。

秦小寶和蘭秋聽沈氏哭著說完早上的事情，自是氣憤不已，口中不住地罵著裴永根。

裴子安聽見秦小寶在屋裡罵人，趕緊走進來，詢問發生什麼事？

沈氏泣不成聲，秦小寶簡單描述了一下經過。

「這個裴永根居然這麼無恥下流，這事我們管定了，這次不打得他一個月下不了床，我就不姓裴！」裴子安火到不行。

「對，而且要把他無恥的行為告發到族長那兒，讓他在村裡沒臉待下去。」蘭秋恨恨地補充道。

「不要，我求求你們不要說出去，這事被大家知道的話，我也不能活了，我婆婆不會饒過我，而且阿福也會有危險。」沈氏聽蘭秋說要告到族長那裡去，想起早上裴永根用阿福威脅她，趕緊央求秦小寶他們不要聲張。

在場的人面面相覷。裴永根只要活著，就什麼事情都做得出來，若不能把這無賴做的無恥之事傳出去，就只能暗地教訓他了。

「蘭秋，今天怎麼這麼晚還沒走啊？」大慶的聲音突然傳了進來。

今天晚了些，大慶在家沒等到蘭秋，便找來作坊了。

秦小寶對著蘭秋眨了眨眼睛，調侃道：「這才晚了多久啊，大慶哥便找來了，我下次可不敢把妳留下來了。」

蘭秋被秦小寶笑得有點臉紅，對大慶小聲說道：「今天有點事情耽擱了，你怎麼就找來了啊？」

「正好，大慶哥來了，我們又多個幫手。」裴子安看到大慶這個時候進來，便對蘭秋說道。

「怎麼了？需要我做什麼？」大慶疑惑地問道。

蘭秋把事情經過告訴大慶。

「真是太無恥了！這個流氓在我成親那天就搗亂，現在還敢做出這種下三濫的事情，今天非得再好好教訓他一頓不可。」大慶怒道。

「我們商量一下吧！要讓這無賴以後再也不敢找嫂子麻煩。」裴子安提議。

幾人紛紛點頭，湊在一起討論起來。

裴永根老早就等在樟樹下，這時他正叼了根狗尾草，半倚躺著大樟樹的樹幹，閉著眼睛快活地哼著小曲。

他垂涎沈氏很久了，這個小寡婦長得雖然不是很美，但她那柔弱的神情總讓人看了心癢，只是她平時除了跟著婆婆下田，並不大出門，裴永根想要親近她，一直苦無機會。今天一大早他在村裡閒逛，正巧看見她一個人出門，便尾隨她到了這裡，這才有了下手的機會。

她家只有婆婆和兩歲的兒子，沒有男人撐腰，村裡人又都躲著她們，所以他才不怕，而且用她兒子做威脅，諒她不敢不聽話。

正當他老神在在地想著心事時，一聲「裴永根」的叫喚，把他給喚回神。

他揉了揉眼睛，看見一個瘦弱的身影站在自己面前，這不是沈氏嗎？

看著沈氏眼皮微腫又楚楚可憐的樣子，裴永根禁不住叫了一聲。「哎喲！我的好嫂子，妳可算是來了，等死我了。」

說著往前跨了一步，正想伸手抱住沈氏，就在這時，一只從天而降的麻袋準確地套在他的頭上，裴永根感覺眼前一黑，本能想要掙脫，卻被一腳踹出好遠，倒在地上。

裴永根頭套麻袋滾到了一邊，還沒緩過神來，雙手和雙腳就被人用繩子綁了起來。

「他媽的，誰敢綁爺爺我，是不是活得不耐煩了！」裴永根雖被綁住手腳躺在地上，嘴上可是一點不求饒，依然高聲叫罵。

裴永根話還沒說完，屁股上就狠狠挨了兩腳，他發出哀號，嘴裡依舊罵個不停。

裴永根頭上套了麻袋，看不見外面的情形，只感覺到一陣拳腳落在自己身上，他慌了神，不知自己這條小命是否就此休矣，嘴裡的罵聲也變成求饒聲。

「幾位英雄，饒了我吧，別打了，哎喲！哎喲！」裘永根殺豬般地哀號告饒。

「子安哥、大慶哥，差不多了，把麻袋拿開吧！」秦小寶見裘永根已經被揍得動彈不得，擔心將人打死了，反倒變成自己這邊的責任，便忙喊住打得正歡的裘子安和大慶。

麻袋一拿開，只見裘永根的腦袋被揍得跟豬頭似的，眼睛也被打腫了，他努力地睜開眼睛，看到站在他面前的幾人，頓時大感不妙。

「裘永根，你這個無恥之徒，竟然調戲財發家嫂子，你是不是嫌自己活得太安逸了？」裘子安指著裘永根的鼻子罵道。

「說什麼東西？你們無緣無故打我一頓，我還沒跟你們算帳呢！」裘永根眼珠子一轉，把球直接踢了回去。

「你！你欺人太甚！」沈氏沒想到裘永根居然不認帳，氣得身體發抖。

「我說財發家的，我怎麼欺負妳了？妳倒是說啊！」裘永根一副無賴樣。反正他們沒有證據，單憑這個小寡婦的一面之詞，能拿他如何？

「不肯認是嗎？」大慶見裘永根抵賴，將事情推得一乾二淨，頓時火冒三丈，抄起手邊的柴刀就架上裘永根的脖子。還好出門時看見院子裡有把柴刀，順手帶了過來。

「哎、哎……裘大慶，你別亂來啊，我告訴你，你殺了我，你也逃不掉。」裘永根見大慶把刀架在自己脖子上，慌了神。這可不是開玩笑的，他趕緊對著大慶喊道。

「我逃不掉？我怎麼就逃不掉了？把你殺了，扔到村後面的懸崖下，神不知、鬼不覺，人家見不到你這流氓，只會以為你又去哪裡混了，你們家裡人都不管你，誰會想到是我殺了你？」大慶邪惡地一笑，陰森森地說出這番話。

這下把裴永根嚇得尿了褲子。他幹的壞事太多了，家裡人早對他死心，他也經常到村外混，混不下去了才回家討口飯吃，他爹娘都不管他，若裴大慶殺了他扔到懸崖下去，還真沒人會發現他怎麼不見了。

看裴大慶這個樣子，搞不好真的會下手。不行，小命重要，不能就這麼死了，想到這裡，裴永根趕緊哭喊著求饒。「大慶好兄弟，是我錯了，我不該調戲財發家的，我以後再也不敢了，你就饒了我吧！不要殺我啊！」

「好，既然你承認了，就在這個字據上畫押，保證以後不得騷擾嫂子一家，否則我們就把這張字據交給族長，自然會有族法來懲罰你。」裴子安見裴永根承認此事，立刻拿出早就準備好的字據讓他畫押。

這張字據是他們幾個人討論的結果。將裴永根調戲沈氏的事情都寫了下來，如果以後他再敢騷擾沈氏，這就是罪證，讓裴永根想賴也賴不掉。

「這、這……」裴永根看著字據猶豫半晌，就是不想簽。

「子安，把字據拿走，待我殺了這無賴，事情就解決了，還讓他簽什麼字據！」大慶見裴永根死活不想簽的樣子，一收手上的刀，裴永根的脖子上頓時出現一道紅痕。

裴永根殺豬般叫了起來，喊道：「別殺我、別殺我，我簽、我簽！」

「你現在想簽是了嗎？」大慶惡狠狠地盯著裴永根問道。

「我想！我想！」裴永根顫抖地看著脖子上的刀，生怕大慶一用力，自己就一命嗚呼。

「可是我現在不想讓你簽了，我覺得還是殺了你比較好。」大慶的手握刀握得更緊了些。

「不要啊！大慶兄弟，饒了我這條狗命吧！我保證以後絕對不會去騷擾財發家的了，我發誓，如果再去騷擾，就讓我裴永根遭天打雷劈。」裴永根嚇得眼淚、鼻涕都流了出來。

在一旁的蘭秋緊緊握住了秦小寶的手，手心全是汗，她擔心大慶一怒之下做出傻事。

秦小寶捏了捏蘭秋的手，在她耳邊低聲說道：「放心，大慶哥自有分寸，他不過是想嚇唬裴永根，讓他絕了以後再去騷擾嫂子的念頭。」

經過這些日子的了解相處，蘭秋知道大慶是個穩重的人，不會不計後果地做事情，但是越是親近的人越會擔心，這是沒辦法的事。

「大慶哥，既然這流氓發了毒誓，就饒了他這次吧！讓他把字據簽了，以後他若再犯，再殺他也不遲。」裴子安自然看得出大慶的用意，便跟著他一搭一唱嚇唬裴永根。

「好，看在子安的面子上，我這次就饒了你，如果再有下次，我絕不會手下留情。」大慶順勢說道，鬆開了裴永根。

裴永根趕緊拿起字據畫押，雙手顫抖著遞給裴子安，看都不敢看大慶一眼。

大慶看到裴子安收好字據，又狠狠地在裴永根身上踹了兩腳，這才罷休。

裴永根被打得渾身都是傷，好不容易爬回家中，家裡人已經習慣他這副樣子，只幫他處理了傷口，並沒問這身傷是怎麼來的。

裴永根心裡暗暗記下了這筆帳。他不是傻子，當時他被裴大慶那副凶狠勁和脖子上的刀給嚇到了，所以才慌慌張張簽下字據，現在回到家裡，仔細回想，當時裴大慶未必真的敢下手，只可惜當時他太害怕了，現在只能捶胸頓足後悔簽了字據。

「謝謝各位。」沈氏見事情解決了，感激得就要跪下來，卻被秦小寶一把拉住。

「嫂子，這件事情解決了，裴永根肯定不敢再來騷擾妳，妳就放心吧！」秦小寶說道。

「是啊！嫂子，我們陪妳回家吧！今天折騰到這麼晚，妳自己一個人回去，又要被婆婆罵了。」蘭秋看了看天色說道。

「這……這件事情已經讓你們費心了，就不麻煩你們送我回家了，我已經習慣被婆婆罵，沒事的。」沈氏覺得非常不好意思，能解決裴永根的事情她已經很感激了，不能讓秦小寶和蘭秋跟著自己回家被婆婆罵。

「不麻煩，我們送妳回去，走吧！再推辭天就更晚了。」秦小寶果斷地說道。

「大慶哥，麻煩你先回家跟我娘說我們會晚點回來，免得她擔心，我陪小寶和蘭秋姊一起去。」裴子安轉頭對大慶說道。

「好，那我先回去，你們路上當心。」大慶說道。

到了沈氏家，裴子安等在門外頭，秦小寶和蘭秋陪沈氏進屋，果然門一打開，陳氏就開罵了。「妳這個掃把星，天都黑了，妳才回來，不想回家就給我滾！」

沈氏抱歉地對秦小寶和蘭秋笑了笑，悄聲說道：「妳們別見怪，我婆婆就是這樣的個性。」

秦小寶和蘭秋了解地點點頭。

「娘，小寶和蘭秋也來了。」沈氏對著屋裡高聲說道。

陳氏拉著阿福的手走了出來，看到秦小寶和蘭秋，臉上不自然地笑著說道：「喲！小寶和蘭秋也來了啊！快進來坐。」

秦小寶到底在村中還是有點人緣的，養魚的事情大家都記著她的好，所以陳氏的態度也好了些。

「伯母，我和蘭秋姊就不進去坐了，我們送嫂子回來，就是想跟您說一聲，今天忙晚了些，所以耽擱嫂子回家的時間，請伯母不要見怪。」秦小寶笑嘻嘻地說道。

「原來是這樣啊！沒事、沒事，出去幹活本來就該聽東家的，還難為妳倆專門跑一趟解釋，這多不好意思。」陳氏雖然罵自己媳婦罵得凶，那也是因為把兒子的死歸罪到媳婦身上，其實她不是全然蠻橫無理，特別是對秦小寶，還是留了幾分面子的。

秦小寶見陳氏沒有再罵沈氏，心中舒了一口氣，對陳氏說道：「那就好，嫂子在我那兒做工很勤快，活兒做得又好，伯母真是好福氣，有這麼一個好兒媳。」

「哪裡好福氣了，可憐我的財發，年紀輕輕就走了，唉……」陳氏想到丈夫和兒子的早逝，擦了擦眼睛。

「伯母，快別傷心，這不還有阿福嗎？等我們阿福長大了，要好好孝順奶奶和娘哦！」秦小寶趕緊逗著阿福說道。

「唉……我們娘倆就指望阿福了，希望他能平安長大，我也有臉去見他爺爺和他爹了。」陳氏嘆了口氣說道。

「是啊！伯母，現在就剩下您和嫂子兩人相依為命，一定要好好帶大阿福，財發哥的事情嫂子也很傷心，同樣是女人，您一定能理解的，對嗎？」秦小寶乘機開導陳氏，不管有沒有用，她都要說上一說。

陳氏若有所思地點點頭，秦小寶轉頭對沈氏說道：「嫂子，伯母這麼多年也挺不容易的，妳也多體諒她。」

沈氏見秦小寶幫自己說好話，心中感激，忙點頭說道：「是，一家人在一起，有什麼事情過去就算了，現在我和娘最大的心願就是阿福平安長大。」

說完，轉頭對陳氏說道：「娘，這麼晚了，您餓了吧，我去做飯，馬上就好。」

陳氏「嗯」了一聲，看著瘦弱的媳婦匆匆忙忙地進廚房，嘆了一口氣。

她何嘗不知道兒媳婦的好，只是每當看見她，就會想起死去的兒子，所以總是忍不住開罵。

秦小寶婉拒了陳氏的留飯，一路上心裡都酸酸的，只盼著陳氏和沈氏的關係好一點才是。兩個女人都是可憐人，為什麼不能好好地在一起生活呢？如果陳氏能想明白就好了。

——未完，待續，請看文創風575《巧心童養媳》下

2017年10月出版

以妻為貴

文創風 569～573

身為傭兵界翹楚，穿越來竟然變成一個乾癟的小丫頭?!
既不受寵又軟弱，弄得她只能在遙遠的祖宅裡窩著，但真不甘心，
既然一身絕活還在，不如就來個劫富濟貧，順便賺點錢！

生猛逗趣的求生之道、
拍案叫絕的求愛之旅／淺淺藍

唉，明明是身手非凡的傭兵界第一把交椅，
如今卻得窩在這鄉下的祖宅裡無人理，身邊只有個笨手笨腳的傻丫鬟，
忠心的嬤嬤雖然體貼，卻成不了什麼事，但她不甘心就此活過這一世，
既然沒人理會沈四小姐，可給了她「自由發揮」的機會，
乾脆讓她在古代扮一回劫富濟貧的俠女，伸張正義順便還能賺點錢呢……

國家圖書館出版品預行編目資料

巧心童養媳 / 葉可心著. --
初版. -- 臺北市 : 狗屋, 2017.10
冊 ; 公分. --（文創風）
ISBN 978-986-328-787-2（上冊 : 平裝）. --

857.7 106014532

著作者	葉可心
編輯	張馨之
校對	沈毓萍　簡郁珊
發行所	狗屋出版社有限公司
地址	台北市104中山區龍江路71巷15號1樓
電話	02-2776-5889～0
發行字號	局版台業字845號
法律顧問	蕭雄淋律師
總經銷	知遠文化事業有限公司
電話	02-2664-8800
初版	2017年10月
國際書碼	ISBN-13　978-986-328-787-2

本著作物由北京晉江原創網絡科技有限公司授權出版

定價250元

狗屋劃撥帳號：19001626

網址：love.doghouse.com.tw　E-mail：love@doghouse.com.tw